LE TRIPODE

Littératures ■ Arts ■ Ovnis

EMMA PICARD

Une première édition de ce roman a été publiée
aux éditions Flammarion en 2015 sous le titre
Un faux pas dans la vie d'Emma Picard.

Illustration de couverture
Michael Lukasiewicz

Mathieu Belezi

EMMA PICARD

roman

LE TRIPODE

Qui laisse pourrir nos fils
À la fleur de l'âge ?
MARINA TSVETAIEVA

Un jour tous les pauvres seront aidés – les grelottants réchauffés – les brûlants rafraîchis – les affamés nourris – les assoiffés désaltérés – les loqueteux vêtus – et ce monde culbuté qui souffre sera remis sur pied.
EMILY DICKINSON

Avant-propos

C'est la voix d'un seul personnage, Emma Picard, femme ayant pour son malheur écouté les sirènes du gouvernement français qui tentait de peupler vaille que vaille cette Algérie récalcitrante en offrant aux apprentis colons des terres agricoles. Emma Picard obtient vingt hectares et quelques murs. Elle traverse la Méditerranée avec ses quatre fils et s'installe entre Sidi Bel Abbès et Mascara à la fin des années 60.

Pourquoi la fin des années 60 ? Parce que c'est une période terrible pour la colonisation française. Je cite l'historien Pierre Darmon : « Entre 1866 et 1868, l'Algérie, dont la population s'élève à 2,9 millions d'habitants, va en perdre officiellement 500 000, voire davantage, c'est-à-dire 17 % au moins du total, à la suite d'une avalanche de catastrophes… À l'origine du désastre, un chapelet de plaies : sécheresse, invasion de sauterelles, récoltes inexistantes ou détruites, tremblements de terre, famine, maladies. »

À cela il faut ajouter le souvenir de la lecture d'un récit de voyage de Maupassant en Algérie, *Au soleil,* et de ce passage en particulier qui m'est resté en mémoire :

La vieille, exténuée, s'assit dans la poussière, haletante sous la chaleur torride. Elle avait une face ridée par d'innombrables petits plis de peau comme ceux des étoffes qu'on fronce, un air las, accablé, désespéré.

Je lui parlai. C'était une Alsacienne qu'on avait envoyée en ces pays désolés, avec ses quatre fils, après la guerre. Elle me dit :

— Vous venez de là-bas ?

Ce là-bas me serra le cœur.

— Oui.

Et elle se mit à pleurer. Puis elle me conta son histoire bien simple.

On leur avait promis des terres. Ils étaient venus, la mère et les enfants. Maintenant trois de ses fils étaient morts sous ce climat meurtrier. Il en restait un, malade aussi. Leurs champs ne rapportaient rien, bien que grands, car ils n'avaient pas une goutte d'eau. Elle répétait, la vieille :

— De la cendre, monsieur, de la cendre brûlée. Il n'y vient pas un chou, pas un chou.

La vieille, j'en ai fait mon Emma Picard. Je l'ai simplement un peu rajeunie. Et puis je l'ai laissée parler.

Mathieu Belezi

Mais avant de me taire, il faut que je dise dans quel enfer on nous a jetés, nous autres colons, abandonnés à notre sort de crève-la-faim sur des terres qui ne veulent et ne voudront jamais de nous

Léon, ouvre bien tes oreilles

qui s'échinent à ronger les doigts de nos mains paysannes, à tanner la peau de notre dos, brûler les pupilles de nos yeux, couper le souffle à nos poitrines

Léon, ouvre bien tes oreilles et tiens-toi tranquille, je t'en prie

qui s'acharnent à blanchir avant l'heure les os de nos carcasses

oui, il faut que je dise

que je te dise, Léon

dans quel enfer on nous a jetés

tes frères Charles, Joseph et Eugène, et toi Léon, toi mon fils, et moi ta mère

moi qui ai eu le malheur d'écouter ce qu'un homme à cravate assis derrière son bureau de fonctionnaire me conseillait de faire pour sortir du trou dans lequel je me débattais depuis la mort de Gustave, le fermier choisi par mon marieur de père, et que j'avais épousé à seize ans, et jamais trompé, jamais quitté, et même jamais cessé d'aimer moi qui ai eu le malheur d'écouter et de suivre les conseils de cet homme à cravate qui avait plus d'un boniment dans son sac, et à la main une règle en fer qu'il pointait sur une carte de géographie pendue au mur

— L'Algérie c'est là, madame

la règle en fer dessinait les contours d'un pays qui me paraissait aussi vide que grand

— La France vous en offre vingt hectares, peut-être plus. Il faudra voir sur place

et pour sortir du trou dans lequel je me débattais j'ai dit oui, je suis allée toucher du doigt le morceau de carte qui représentait ce pays d'Algérie et j'ai dit oui à l'homme à cravate assis derrière son bureau de fonctionnaire

oui, oui, oui, trois fois oui

tu te tais, Léon, allongé comme un mort vivant sur ton lit, mais tu dois m'en vouloir d'avoir dit oui à présent que ton corps est tout démanché, et que tu ne sais plus si tu es mort ou vivant

je lui ai dit oui, et j'ai signé de mon nom le bout de papier qu'il me tendait, est-ce que j'avais le choix ? avec quatre fils à nourrir, quatre âmes en peine expulsées au forceps des entrailles de mon ventre, est-ce que j'avais le choix ?

— Vingt hectares, madame, ce n'est pas rien

les mouches tournent autour de ta bouche, pompent ce qui te reste de salive sur les lèvres, chasse-les, Léon, chasse-les, sinon c'est moi qui vais encore être obligée de me lever et de le faire

saletés de mouches

et le jour où nous avons débarqué, le jour où nous avons posé le pied sur cette terre maudite de l'Algérie française il y avait des nuages plein le ciel *n'est-ce pas, Léon, qu'il y avait des nuages plein le ciel ?*

une pluie d'hiver tambourinait sur nos pauvres têtes de Français de France

— Eugène, Léon, donnez-moi la main

et barbouillait de traînées les murs des maisons, et noyait de brume l'horizon de la mer

— Charles, prends Léon sur tes épaules

n'est-ce pas, Léon, qu'il faisait froid ?

si froid que je voyais mes fils claquer des dents et se recroqueviller sous les rafales du vent qui balayait les rues, des hommes au regard noir passaient sans nous voir, enroulés comme des fantômes dans ces burnouss de laine troués de misère

l'homme à cravate assis derrière son bureau de fonctionnaire ne m'avait-il pas dit que l'Algérie était un pays de cocagne où les pauvres devenaient aussi riches que les riches, pour peu qu'ils ne rechignent pas à courber l'échine dans la pierraille et le marécage, et à peser de toutes leurs forces sur les mancherons des charrues, et à mouiller de sueur leur chemise du matin jusqu'au soir ?

— Un pays d'abondance, madame, où chacun pourra bientôt récolter à profusion ce qu'il a semé

Joseph portait les valises les plus lourdes, et Charles avait coincé le sac de linge sous un bras pendant que de l'autre il retenait les jambes de Léon perché sur ses épaules

— Léon, garde ta capuche

des soldats couraient se réfugier sous les arcades de la rue, là où un Arabe avait fait du feu, une cloche a sonné je ne sais plus quelle heure, effrayant les corbeaux perchés sur les terrasses, j'ai levé la tête, regardé s'envoler ces oiseaux de malheur, au-dessus de la ville les nuages continuaient de rouler la mauvaise humeur de leurs ventres gonflés de pluie

c'était bien la peine d'avoir fait tout ce chemin pour être accueilli de la sorte

comme les soldats nous nous sommes arrêtés sous les arcades, tournant autour du feu de l'Arabe, tendant nos mains glacées aux maigres flammes, et j'ai demandé

— Est-ce que quelqu'un pourrait m'indiquer une auberge ?

— Une auberge ?

— Oui, une auberge pas chère. Depuis Marseille ça fait trois jours que nous n'avons pas fermé l'œil

les soldats ont haussé les épaules, ils arrivaient de Kabylie et ne connaissaient rien aux rues d'Alger, Charles s'est approché d'eux, il leur a demandé comment était la terre en Kabylie, Mais comme ailleurs dans ce pays, ont-ils répondu, comme ailleurs, il faut dormir le fusil sur le ventre si on veut garder sa tête bien vissée sur les épaules, et ils ont ri en se lançant des œillades lourdes de sous-entendus, qu'avaient-ils vécu qu'ils préféraient taire ?

ne pas raconter à nous autres apprentis colons ?

ruisselants de pluie les chevaux d'une diligence se sont mis à hennir, pendant que des voyageurs escaladaient le marchepied, hommes, femmes et enfants habillés pour la circonstance, coiffés de chapeaux à larges bords et chaussés de bottes, et qu'un cocher occupé à vérifier la solidité des rênes chassait à coups de fouet les gamins en loques qui pataugeaient dans la boue en réclamant des sous

l'Arabe s'est penché vers moi, a pointé un doigt en direction de la diligence

— Va par là, madame

au bout de la rue il avait un cousin qui louait presque rien deux ou trois chambres, un homme avec un ventre énorme et un bandeau sur l'œil, un voleur qui, après discussion et paiement de la somme qu'il demandait pour les trois nuits que je comptais passer à Alger, s'est fendu d'un sourire aussi large que la main, me montrant à moi et à mes quatre fils les fourberies de sa bouche édentée

la chambre était grande, sans fenêtre et sans cheminée, trois paillasses infestées de puces et de punaises s'alignaient le long des murs, et une chandelle fichée dans le goulot d'une bouteille trônait au milieu de la pièce

— Ça te plaît, madame ?

je n'ai pas répondu, et sur la bouche édentée j'ai refermé la porte, respiré un grand coup avant d'annoncer

— C'est là qu'il va falloir dormir

— Là-dessus ?

a dit Eugène en montrant les paillasses

— Oui

et nous avons posé nos valises, nos cabas trempés, et dans la lumière vacillante de la chandelle, nous nous sommes assis sur les paillasses, avons déballé ce qui nous restait de pain et de fromage, mais avions-nous faim ? et mangé en silence sans qu'aucun de mes fils trouve quelque chose à me dire, je les regardais mâcher la croûte humide du pain, leurs yeux fixés sur la flamme de la bougie qui ne cessait de se coucher et de se redresser, et je me demandais pourquoi j'avais décidé de les entraîner dans cette aventure

aujourd'hui encore je me le demande, Léon

ensuite nous nous sommes couchés, Charles seul sur la plus étroite des paillasses, Eugène et Joseph ensemble, recroquevillés l'un contre l'autre dans leurs vêtements humides, n'ayant même pas pris la peine de retirer leurs croquenots, et moi gardant contre mon sein le petit Léon enrhumé

tu n'avais pas six ans, mon fils

l'enfant que j'avais mis au monde pour la dernière fois, le seul enfant qui avait les yeux bleus de son père, et lui chuchotant des histoires de fée Carabosse, d'éléphants à grande trompe, de bateaux malmenés par des océans démontés

tu n'avais pas six ans, Léon, le jour où nous avons débarqué dans le port d'Alger je t'assure que tu n'avais pas six ans, et là sur ton lit de mort vivant tu as l'air d'un nabot mangé par la vieillesse, avec tes joues creuses et tes yeux cernés de rides, tes os pointus, ta bouche grumeleuse que les mouches tourmentent

saletés de mouches

et pas seulement les mouches, mais la chaleur blanche, et le mauvais vent du sud, et le culot des scorpions qui entrent et sortent sans se soucier de toi, de la peur que tu as toujours eue pour les scorpions, je me souviens

je me souviens que tu te précipitais le sabot à la main dès que tu en voyais un sur le mur, l'écrasant, le réduisant en bouillie

mon Dieu, où en suis-je ?

la nuit a passé sans que je puisse demeurer très longtemps dans le sommeil, je dormais et puis je me réveillais, écoutant gargouiller l'eau de pluie quelque part au-dessus de ma tête, et puis je me rendormais, et le manège a duré jusqu'à ce que Charles finisse par se cogner la tête contre le mur, je l'ai entendu grogner, se secouer comme un cheval qui s'ébroue, ensuite ouvrir la porte et sortir

— Où vas-tu ?

lui ai-je demandé, mais il n'a pas répondu, il est sorti, refermant la porte derrière lui, et presque aussitôt il est revenu sur ses pas en annonçant

— Il fait jour

je me suis levée, nous nous sommes tous levés, et nous avons été nous débarbouiller dans la cour, entre un acacia et un figuier poussiéreux il y avait une vasque remplie d'eau, nous y avons trempé nos mains et notre figure

— Maman, aide-moi

j'ai frotté les joues chiffonnées du petit Léon, les ai essuyées avec un pan de ma jupe, et en levant les yeux j'ai vu que le carré de ciel au-dessus de nos têtes était bleu, d'un bleu dur que la pluie avait eu tout le temps de récurer

une fois dehors, nous avons retrouvé la rue de la veille qui fumait sous le soleil, des gens s'agitaient le long des arcades, en criant se frayaient un passage entre les carrioles et les chevaux, levaient les bras au ciel, s'interpellaient en je ne sais trop quel charabia

— Venez

ai-je dit à mes fils, et nous nous sommes rendus à l'adresse qui était indiquée sur la feuille qu'on m'avait donnée à Paris, une feuille que je tenais pliée en quatre dans mon corsage et que j'ai dû montrer et remontrer aux passants avant de trouver le bâtiment de pierre blanche et les bureaux où s'entassaient une bonne centaine de songe-creux débarqués de France eux aussi, et à qui des fonctionnaires à moustache frisée avaient promis monts et merveilles, un toit et des terres, et du bétail, et des outils, et tout ce qu'il faut à un cultivateur pour cultiver

tu n'as pas oublié Léon, n'est-ce pas ?

tu n'as pas oublié les deux jours que nous avons passés dans les bureaux du bâtiment de pierre blanche à attendre qu'on veuille bien confirmer notre droit de colon à disposer de vingt hectares de bonnes terres algériennes

dis-moi que c'était bien vingt hectares de bonnes terres algériennes, Léon

dis-le-moi

parce que je crois que le gouvernement général de ce pays d'Algérie s'est bien fichu de nous en affirmant que les vingt hectares de poussière, de cailloux et de palmiers nains étaient vingt hectares de bonnes terres qui feraient de nous autres pauvres bougres des colons aussi riches qu'un colon peut l'être dans un pays de colonie

mais enfin on nous l'a confirmé notre droit, et on nous les a donnés ces vingt hectares, et la ferme, et les outils qui allaient avec, en nous précisant que les derniers occupants étaient retournés en France pour des raisons de santé, c'était ça la vie dans les colonies, des gens partaient, d'autres arrivaient, disait le fonctionnaire du gouvernement général, les lumières du progrès s'éteignaient, se rallumaient, peinaient à rayonner, mais il fallait avoir confiance, car un jour prochain le pays tout entier y verrait clair, l'obscurité en serait définitivement chassée, et les temps anciens de la barbarie deviendraient par la seule volonté des colons des temps révolus

— Des temps révolus !

prophétisait le fonctionnaire, le doigt levé au-dessus de nos têtes de songe-creux débarqués de France

et en diligence, sur des routes boueuses tracées au travers de solitudes si sauvages qu'elles me glaçaient le sang, nous avons rejoint Mascara, dix ou quinze jours après, je ne comptais plus à la fin, le dos rompu, l'œil enflammé, sales comme des peignes

une sacrée trotte

réfugiés derrière les remparts de la ville il nous a fallu trouver un logis, payer plusieurs nuits une chambre pleine de rats en attendant le départ d'une autre diligence pour Sidi Bel Abbès, il avait trop plu et les oueds en crue empêchaient le passage des voitures

le soir j'ai entraîné mes fils dans les rues où fumaient les lumignons des boutiquiers alignés le long des façades de briques crues, j'ai acheté des couvertures de laine à un Juif, les marchandant jusqu'à ce qu'il cède, qu'il s'incline et me dise

— Vous avez de la chance d'être une belle femme, madame, et d'avoir des fils dignes de vous

je l'ai remercié et en ai profité pour lui demander où on pouvait se nourrir bien dans cette ville, il m'a montré la tour branlante du minaret qui se dressait au-dessus des toits et m'a conseillé d'aller chez Gaston, près de la grande mosquée

nous avons tourné un moment autour du bâtiment, avant de découvrir la salle voûtée où s'attablaient tous les soirs autant de soldats que de colons, de rudes hommes que je n'aurais pas aimé rencontrer dans un bois, et quant aux femmes il fallait les chercher, il s'en montrait deux ou trois aux tables du fond, et c'était tout, alors forcément je ne suis pas passée inaperçue, des colons m'ont saluée et des tablées entières de soldats se sont tues au passage de mes quatre fils et du froufrou de mes jupes pourtant bien crottées

le troisième soir

tu as mal, Léon ? je te vois te tordre, tu as mal ? ou bien est-ce que ce sont les mouches qui t'énervent, ces saletés de mouches que le sirocco rend folles, ça fait deux jours qu'il souffle celui-là, qu'il tourne et retourne dans notre cour comme un diable dans sa boîte, par la porte ouverte je l'entends secouer l'acacia

tu l'entends, Léon ?

raboter la chaux morte des murs encore debout, se faufiler dans les cassures, s'en prendre à l'âne coincé sous les décombres, l'âne pelé de Mékika qui rue des sabots et pousse des sanglots à fendre le cœur

tu l'entends, ce sirocco de malheur ?

le troisième soir il y avait un orchestre dans la salle, enfin si on peut appeler ça un orchestre, deux rebuts de musiciens égarés là on ne sait trop comment, un accordéoniste et un violoneux si j'ai bonne mémoire, des drôles de pistolets qui crachaient par terre le jus de leur chique pendant que nous mangions la soupe aux choux

et à force de gavottes et de valses musettes les soldats échauffés se sont mis à danser entre eux, s'attrapant par la taille, roulant des hanches, poussant des cris et vidant les uns derrière les autres les cruchons de piquette qu'on leur apportait

un homme ivre a voulu m'inviter, il a tendu vers moi une main autoritaire, et Charles s'est aussitôt dressé sur ses pieds *rappelle-toi, Léon, la force de Charles, dans notre pays il était réputé pour avoir soulevé un jour de foire deux charrettes de foin l'une après l'autre*

il a fait face au soldat et l'a repoussé en essayant de lui expliquer que sa mère n'avait pas envie de danser

— Ta mère !

s'est exclamé le soldat

— Oui, ma mère

l'autre s'est retourné, a cligné de l'œil en direction de ses compagnons

— Une pute, oui ! Une pute comme on devrait en voir plus souvent par ici

Charles a fermé les yeux pendant que les tablées de soldats s'esclaffaient dans leurs gamelles vides, et lorsqu'il les a rouverts c'était trop tard, je n'avais plus le temps d'intervenir, le poing de mon fils s'est abattu sur la tête de l'homme, l'assommant d'un coup

rappelle-toi, Léon, cette force de Charles

et aussitôt les soldats se sont rués sur lui, déclenchant une bagarre générale, les colons prenant notre parti et les militaires celui de l'homme ivre, C'est comme ça qu'on chasse le cafard par ici, à coups de poing et à coups de pied, m'a expliqué Gaston, un soir sur deux c'est l'empoignade, on se bigorne, on s'étripe, on soulage ses nerfs

et pendant que les chaises et les bancs volaient au-dessus des têtes et que Joseph aidait son frère à se sortir de la mêlée, j'en ai profité pour entraîner Eugène et Léon vers la porte

— Demain ce sera plus calme !

m'a lancé Gaston

j'ai pensé que demain nous serions loin, embarqués enfin dans la diligence qui partait pour Sidi Bel Abbès à onze heures, j'ai levé le nez et j'ai vu que les étoiles avaient chassé les nuages, qu'elles brillaient en silence autour du minaret obscur, le froid de la rue avait éteint les lumignons des boutiques, les volets étaient clos, les marchandises rangées, seuls des chiens se chamaillaient autour d'une mare d'eau croupie

Charles et Joseph sont sortis à leur tour, les poings en sang

— Ça va, maman, on n'a rien de cassé

a dit Charles, sa veste était déchirée à une manche, il avait un œil presque noir, mais comme il me le répétait en posant une main sur mon épaule il n'avait rien de cassé

grelottant dans nos vêtements pas assez chauds, nous n'avons pas mis longtemps à rentrer et nous fourrer sous les couvertures, mes fils s'endormant aussitôt et moi cherchant à imaginer ce que le destin nous réservait

ensuite

si tu te souviens bien, Léon

ensuite nous avons pris la route de Sidi Bel Abbès, à huit heures nous étions sur la place, au milieu des diligences et des chevaux, des porteurs courbés en deux sous le poids des ballots, des ânes brayant d'impatience

hi-han ! hi-han !

au soleil de ce jour nouveau ça grouillait comme fourmilière, ça discutait, ça piaillait du côté des femmes et des enfants, les colons en costumes et manteaux fourrés, les Arabes enroulés dans leurs burnouss, et les soldats en armes surveillant ce trafic des hommes et des marchandises une vraie foire de chez nous

perché sur des échasses un nain à tête de taureau secouait des clochettes et invitait à regarder la pantomime de son singe savant, des bossus offraient leurs panières de beignets au miel, des gosses voulaient cirer les chaussures de tous les colons qui les repoussaient à coups de pied, pressés qu'ils étaient de s'engouffrer dans ces diligences qui partaient en direction de Géryville, de Tiaret, d'Oran ou de Tlemcen en passant par Sidi Bel Abbès

tu voulais un beignet, Léon, toi et ton frère tiriez sur mes jupes pour que je cède à vos caprices

mais je n'ai pas cédé, n'avions-nous pas dépensé suffisamment de sous depuis trois jours que nous traînions dans les rues de Mascara ? le voyage me coûtait cher, plus cher que ce qu'il était raisonnable de dépenser quand on était pauvre comme moi, privée de mari et en charge d'une famille de quatre garçons jamais rassasiés

ne m'avaient-ils pas dit, ceux qui se croyaient bien renseignés et qui ne l'étaient pas, que l'Algérie était la terre de l'abondance, que nous avions là-bas tous les pouvoirs et tous les droits, en particulier ceux de vivre à peu de frais ?

quatre garçons à nourrir ce n'est pas rien, ça demande de l'imagination et des sacrifices quand on n'a pas la bourse de ces colons à gilets et chaînes en or que je voyais parader entourés de domestiques et de mendiants à genoux

alors toi et ton frère avez oublié les beignets en découvrant un chameau chargé de sacs qui attendait sous un palmier, le cou tendu et les babines plongées dans un bac d'eau boueuse

rappelle-toi, Léon, le temps que tu es resté bouche bée devant l'animal j'ai bien voulu m'approcher de la bête pendant que Charles et Joseph installaient nos affaires sur le toit de la diligence

— C'est ça un chameau ?

a demandé Eugène

c'était bien la première fois qu'Eugène et Léon voyaient la bosse d'un chameau, et leurs yeux brillaient d'une flamme intrépide

rappelle-toi

ils voulaient tous les deux monter dessus

— Oui, oui, on veut monter dessus !

répétaient-ils en sautant sur place

le chamelier a secoué la tête, il leur a dit que ce n'était pas possible de jouer avec un chameau comme on joue avec un chien, mais il les a pris l'un après l'autre dans ses bras

d'abord ton frère, et puis toi

pour qu'ils puissent toucher la bosse du chameau et être contents quand même, et pousser des cris, et rire aux éclats

rappelle-toi, Léon

mais ça ne sert à rien, tu vas me dire, les années que nous avons vécues ici nous ont fait tellement de mal qu'il est inutile de se souvenir de quoi que ce soit

ça ne sert à rien

et moi je suis sûre que ça sert à quelque chose, tu m'entends, Léon ? j'en suis même tellement sûre que je ne veux pour rien au monde empêcher vos rires de résonner en moi, de me parcourir des pieds à la tête en ébranlant mes os rompus de fatigue

c'était la première fois que je vous voyais rire aux éclats sur la terre d'Algérie, est-ce que tu peux comprendre, Léon, que ces souvenirs-là ne sont pas des souvenirs à oublier ?

ils riaient tant mes garçons, et j'étais si heureuse de les voir et de les entendre rire que je ne pensais plus à la diligence, et qu'il a fallu que Charles coure nous chercher à l'autre bout de la place

— Maman !

criait-il

— Maman !

et lorsqu'il nous a rejoints près du chameau, trop de temps avait passé

— Dépêchez-vous tous les trois ! La diligence va partir !

il a coincé sous chacun de ses bras Eugène et Léon, et j'ai attrapé et relevé jusqu'aux genoux mes jupes pour le suivre, là-bas le cocher assis tout en haut de sa voiture agitait son fouet en maudissant les gens qui n'ont pas le respect du travail des autres, il tirait sur sa moustache, implorait le ciel de lui trouver un emploi moins fatigant que celui de cocher, s'en prenait aux Arabes qui se tenaient les côtes, la bouche fendue d'une oreille à l'autre, suivant d'un œil égrillard notre course effrénée

nous avons grimpé dans la diligence, fermé les portières, et l'attelage s'est mis en marche au son du fouet qui claquait au-dessus des croupes pendant que le cocher se frayait un passage à travers les attroupements de gens

au sortir de Mascara la route filait plein ouest en direction de Sidi Bel Abbès, la tête penchée à la fenêtre j'ai laissé le vent de mars m'ébouriffer les cheveux, fermant les yeux et les rouvrant lorsque la diligence dépassait les roues brinquebalantes des carrioles, le pas mal assuré des ânes chargés de bois mort et que leurs maîtres frappaient sans cesse, les files de gens à pied qui rentraient chez eux en courbant le dos sous le poids de ce qu'ils avaient acheté à Mascara

j'ai montré à Léon les pousses vertes des champs de blé qui ondulaient dans la plaine, les rangées d'oliviers échevelés par le vent, et les collines arrondies comme des bosses de chameaux

oui, Léon, tu as raison, oui c'est toi qui m'as montré les collines et le troupeau de vaches qui broutaient l'herbe maigre des pentes, avec ton doigt pointé à la portière je me souviens à présent que c'est toi qui me les as montrées, tu te tords et t'agites pour rien puisque je me souviens

à la fin je me suis laissée aller sur la banquette et j'ai pris Léon sur mes genoux

— Dors un peu

lui ai-je dit

à ma droite il y avait un curé en soutane qui lisait un livre de messe, il a levé la tête, observé avec un sourire les joues de Léon assoupi entre mes bras, et puis il a voulu savoir ce que je faisais en compagnie de mes quatre fils sur les routes d'Algérie, et je lui ai répondu que nous allions tous les cinq rejoindre la ferme que la France de Paris nous avait attribuée

— Une ferme de vingt hectares, monsieur le curé, qu'il nous faudra remettre en état d'après ce qu'on m'a dit

il secouait la tête en m'écoutant, ses yeux bleus perdus à contempler je ne sais quoi par la portière, je voyais bien qu'il se retenait de me dire les choses qu'il avait envie de me dire, et quand je lui ai avoué que notre voyage touchait à sa fin, Dieu merci, que la ferme en question se trouvait dans les parages de Mercier-le-Duc

— Un village de colon tout neuf sur la route de Sidi Bel Abbès, monsieur le curé

il a paru soulagé de m'annoncer qu'il allait lui aussi à Mercier surveiller la construction de l'église, un édifice dont il avait les plans dans son sac, et qu'il s'est empressé de nous montrer, à moi et aux autres voyageurs qui n'étaient pas plus intéressés que ça mais qui ont volontiers tendu le cou pour se distraire

— Une belle église, mesdames et messieurs, une église ouverte aux fidèles et à ceux qui voudront bien se convertir

qu'est-ce qu'il a encore ce sirocco ? dis-moi Léon, qu'est-ce qu'il a ? il ne peut pas nous laisser tranquilles, moi qui ai déjà toutes les peines du monde à respirer, les joues en feu, les reins en sueur, qu'est-ce qu'il a ? il trépigne comme un danseur de Saint-Guy, et d'un coup il entre et entame un galop furieux autour de la chambre

seigneur Dieu

piétine ton lit, et s'enfuit en claquant la porte, nous plongeant tous les deux dans le noir

seigneur Dieu

il me faut aller en tâtonnant jusqu'à la porte, et la rouvrir, et la caler avec une chaise, pendant que le sirocco, je le vois bien, s'est perché dans les arbres et me nargue

seigneur Dieu, n'aurez-vous donc jamais pitié de moi

la chaise calée, je retourne m'asseoir à ma place, essuie avec un mouchoir la sueur qui m'aveugle, qu'est-ce que j'étais en train de raconter ? je ne sais plus, tu le sais toi Léon ce que j'étais en train de raconter ?

jamais un mot, jamais un geste qui me soulage

je ferme les yeux, attends que ça se calme dans mon cœur et dans mes veines, que ça cesse de peser sur ma poitrine, d'étouffer ma respiration, qu'est-ce que j'étais en train de raconter ?

qu'il y avait de la poussière sur la route de Sidi Bel Abbès, que le petit Léon s'était endormi dans mes bras, qu'un curé assis à côté de moi avait trouvé bon de sortir les plans de son église et de les montrer à tous les voyageurs de la diligence, une quinzaine d'hommes, de femmes et d'enfants, sans compter les Arabes perchés sur le toit

— Une église qui procédera aux enterrements de la commune, tout comme elle célébrera dans la joie et la bonne humeur de l'Algérie nouvelle les baptêmes et les mariages

a proclamé le curé en repliant le plan de son église, pendant que la diligence effectuait un premier arrêt devant les planches d'une auberge peinturlurée de bleu pour être vue de loin, ceux qui avaient soif sont descendus boire, des paquets ont été déchargés, et des Arabes ont pris la place de ceux qui dégringolaient du toit

et puis le fouet a claqué, et la diligence a quitté la cour, avant de remonter sur la route et de rouler bon train entre les collines jusqu'à l'auberge suivante, c'étaient les chevaux à présent qui avaient soif, le cocher a pris le temps de leur faire boire tout ce qu'ils voulaient boire, et Eugène et Léon sont allés se dégourdir les jambes du côté de la mare où jouait l'enfant d'une femme arabe qui lavait son linge

soudain j'ai entendu l'enfant qui criait, et en tournant la tête je l'ai vu qui se débattait dans l'eau

tu te souviens, Léon ?

j'ai su plus tard que c'était toi et ton frère qui l'aviez poussé, pourquoi ? je ne sais pas, et encore aujourd'hui je serais bien en peine de dire pourquoi l'envie vous est venue de pousser cet enfant dans l'eau, il n'avait pas trois ans et il se serait noyé si sa mère n'avait pas eu le réflexe de l'attraper par les cheveux avant qu'il ne coule comme une pierre au fond de la mare

tu te souviens, Léon ?

tu devrais pourtant te souvenir, car il a fallu s'y mettre à plusieurs pour contenir la fureur des Arabes que la femme avait appelés à son secours, et qui arrivaient le couteau à la main, déterminés à vous égorger, toi et Eugène, si on les avait laissé faire

heureusement que des soldats sortis de l'auberge ont pointé sur eux le canon de leurs fusils, prêts à tirer dans le ventre de ces sauvages qui hurlaient en montrant des dents noires de colère

Charles et Joseph ont attrapé leurs frères et les ont fourrés dans la diligence

pendant que derrière les soldats se formait un attroupement de colons mains nues ou armés de bâtons, tous prêts à en découdre si c'était nécessaire, mais ça n'a pas été nécessaire, la mère hurlait toujours en montrant son enfant ruisselant d'eau et de boue, cherchait à pousser en avant les Arabes qui malgré tout ont fini par reculer, rengainer leurs couteaux et tourner le dos aux fusils, seul un homme est resté planté face aux soldats, le poing levé, apostrophant Dieu sait qui, peut-être moi, peut-être Charles et Joseph demeurés à l'écart et sur le qui-vive il a fallu que les soldats renversent cet homme, le frappent pour qu'il lâche son couteau, et qu'ensuite ils l'enchaînent et le traînent malgré ses cris jusqu'à une espèce de bauge où ils l'ont enfermé

le calme est revenu, fatalistes les colons sont allés retrouver leurs verres d'absinthe et de vermouth, leurs pipes abandonnées sur le comptoir, leur tabac à chiquer, me proposant de boire un verre avec eux, Ça requinque, affirmaient-ils l'œil perdu dans les obscurités de la gargote, j'ai bu, et ils ont bu avec moi, et tous m'ont conseillé de faire attention désormais, Est-ce votre première expérience en Algérie ? Oui ça l'est, leur ai-je répondu, alors ils ont voulu me mettre en garde contre l'Arabe avec qui j'allais devoir vivre au quotidien, Comment hélas faire autrement ? se sont-ils lamentés, et puisque nous tous Français de France, Espagnols, Italiens avons la lourde tâche de mener à bien l'entreprise d'aménagement agricole et industriel de ce malheureux pays, il ne faut jamais oublier de garder un œil, et le bon ! sur l'Arabe qui travaille à nos côtés, car l'Arabe, voyez-vous madame, est un être imprévisible sur lequel nous ne pouvons absolument pas compter, menteur tout autant que voleur, paresseux, sournois, il est capable des pires violences, et ce au moment où l'on s'y attend le moins, alors prenez garde !

le cocher est remonté se percher sur le siège de la diligence, a lancé un appel aux voyageurs avec cette espèce de corne qu'il tenait pendue à son cou, et nous avons quitté la cour de l'auberge salués par les colons qui semblaient n'avoir rien d'autre à faire que de nous saluer, contents de s'être distraits avec l'histoire de ce gosse arabe poussé dans l'eau et le soir, au débouché d'un passage taillé dans la colline, nous avons découvert Mercier-le-Duc, la grande rue bordée de cabanes et de maisons en brique qu'on finissait de construire à grands coups de marteau

tu n'as pas oublié Léon, n'est-ce pas ?

tu n'as pas oublié ? parce que je ne veux pas que tu oublies le nombre de jours passés sur les routes de France et d'Algérie, et sur la mer qui séparait les deux pays et que nous avons dû traverser en nous tenant le ventre malmené du début à la fin par le roulis du bateau

et je ne veux pas que tu oublies le soir où nous sommes arrivés à Mercier

la place était grande, et le pistachier qui en occupait le centre avait des branches centenaires, nous sommes descendus de la diligence comme des babouins jetés hors de leur cage, les yeux écarquillés, les jambes tremblantes parce que nous avions enfin atteint le but que nous nous étions fixé, nous autres Français de France jamais sortis de leur trou, but qui était celui de vivre à Mercier-le-Duc une nouvelle vie d'apprentis colons, dans ces collines dorées par le soleil du soir, quelque part à l'abri d'un repli de terrain où un homme à cravate assis derrière son bureau de fonctionnaire avait décidé de nous octroyer vingt hectares de terre soi-disant bonne à cultiver

la grande rue était en plein travail à cette heure, on déchargeait des charrettes de bois frais, on remuait des caisses, des sacs, des ballots de marchandises, des ânes attachés à des piquets ne cessaient pas de braire, un troupeau de vaches se frayait un passage au milieu des colons et des burnouss arabes qui allaient et venaient dans la poussière, et c'est presque malgré moi que je me suis retrouvée mêlée à l'activité de ces hommes, observée, bousculée, interpellée, alors que le curé agitait un bâton au-dessus de sa tête pour tenir à distance les curieux de tout poil

— Place ! Place !

et puis il m'a montré du doigt les quatre murs sortis de terre de son église et m'a dit

— Ce sera la maison de mes ouailles

tout en tapotant les joues d'Eugène et Léon que je tenais serrés contre mes hanches par crainte que quelqu'un ou quelque chose les renversent ou les piétinent, sait-on jamais, dans ce pays en folie rien n'était sûr et il valait mieux être prudent, ne venais-je pas d'en faire l'expérience ?

— Maman, lâche-nous !

trépignaient-ils, désireux d'aller voir au plus vite à quoi ça pouvait bien ressembler Mercier-le-Duc

— Lâche-nous !

pendant que Charles et Joseph récupéraient nos bagages, saluaient le cocher qui déjà secouait les rênes de son attelage et s'engageait dans la grande rue en direction de Sidi Bel Abbès

et comme le jour touchait à sa fin, nous avons cherché sans succès un endroit pour dormir, frappant aux portes des maisons et à celle de l'auberge

souviens-toi, Léon

et en désespoir de cause acceptant faute de place un coin de grange rempli de foin que l'aubergiste nous a nettoyé comme il a pu, sa maison bâtie de ses mains ne disposait que de quatre chambres, a-t-il expliqué, et elles étaient toujours louées, vu que les affaires de Mercier-le-Duc allaient bon train depuis quelque temps

— Pas de bougie, pas d'allumettes !

a-t-il prévenu avant de refermer la porte derrière lui

à tâtons nous nous sommes allongés tout habillés, et serrés les uns contre les autres nous avons dormi comme des loirs dans la chaleur de cette herbe aux odeurs de pré mûr

et c'est le lendemain

le jour était à peine levé, et il faisait froid dans la grande rue, des panaches de fumée s'échappaient des toits et dérivaient en direction des collines, un feu brûlait au milieu d'un terrain vague où des travailleurs arabes avaient passé la nuit

c'est le lendemain que nous nous sommes présentés au bureau de la colonisation pour récupérer les clés de la ferme, signer un paquet de documents à l'écriture illisible, et écouter le discours du fonctionnaire chargé de l'installation des nouveaux arrivants, ensuite un Arabe nous a expliqué qu'il était chargé de faire le guide et de nous conduire sur nos terres qui se trouvaient dans les collines

— Là-bas, patronne

m'a-t-il indiqué en pointant un doigt en direction du soleil

— C'est loin ?

— Ça dépend comment on marche, patronne

et son bras s'est à nouveau dressé au-dessus de nos têtes, le même doigt cherchant à nous montrer ce que nous ne pouvions voir il avait un âne avec lui, et sur le dos de l'animal Charles et Joseph ont attaché les bagages et installé le petit Léon qui n'était pas peu fier de chevaucher une bête africaine

n'est-ce pas que tu étais fier, Léon ?

mais avant de quitter Mercier-le-Duc je suis entrée dans le seul et unique magasin du village, une quincaillerie-épicerie appelée Aux volcans d'Auvergne, qui se vantait d'avoir tout ce qui était utile au colon, et au milieu du fouillis des meubles et outils en tout genre, j'ai acheté à manger pour la semaine, riz, nouilles, farine, sel, biscuits, boîtes de conserve, et d'autres vivres en prévision des mois de vache maigre, les étagères du magasin étaient bien fournies, je ne peux pas dire le contraire, il y avait de quoi se remplir la panse et faire du gras si on ne comptait pas ses sous, mais il ne fallait pas les compter car les prix n'étaient pas ceux de la France, et ils en étaient même très loin, c'était souvent le double ou le triple de ce qu'on avait l'habitude de payer chez nous, et comment aurait-il pu en être autrement ? puisque tout ce qui se vendait ici avait traversé la Méditerranée et emprunté ces routes de terre si peu commodes

et c'est seulement aux alentours de midi que nous avons quitté le village, que nous avons pris ce mauvais chemin qui nous est devenu par la suite si familier, l'Arabe devant et l'âne dans son ombre, nous quatre marchant derrière, la main en visière pour se protéger les yeux de la lumière aveuglante du soleil à son zénith, et considérant d'un mauvais œil les touffes de palmiers nains qui montraient partout leurs palmes têtues, et scrutant le ciel où volaient des oiseaux de printemps, était-ce des hirondelles ?

et reniflant à pleins poumons les odeurs mêlées du figuier, de l'eucalyptus et du myrte

au bout d'une heure nous nous sommes arrêtés à l'ombre des peupliers qui bordaient le chemin, l'herbe était verte autour des troncs, et l'Arabe nous a montré la source qui jaillissait entre les pierres

— C'est de l'eau bonne et fraîche, patronne

— On peut la boire ?

— Sûr et certain que vous pouvez la boire. Qu'Allah me coupe la langue et m'arrache les deux oreilles si je mens !

il a bu dans le creux de sa main, et nous avons bu à notre tour avant de nous rafraîchir le visage et les bras, ensuite l'Arabe a fait boire son âne, l'a attaché au tronc d'un peuplier, et sans se presser il est venu s'asseoir à côté de nous, retranché dans les pans de son burnouss comme un animal dans sa fourrure il nous fixait en souriant de toutes ses dents qu'il avait grises et en mauvais état

— Si vous voulez, patronne, je peux travailler pour vous

— Comment tu t'appelles ?

lui ai-je demandé

— Mékika, patronne

— Comment ?

— Mé-ki-ka. C'est facile à retenir. Les gens qui habitaient la ferme, ils aimaient bien mon nom. Leur fille surtout, leur petite Odile qui m'appelait cent fois par jour. Mékika ! Mékika ! criait-elle, Mékika je veux monter sur ton âne. Et je l'asseyais sur le dos de mon âne, et je trottais avec elle entre les doums

— Qu'est-ce que c'est des doums ?

la question d'Eugène a dérangé l'Arabe, arrêté net dans son élan il a froncé les sourcils et plissé les yeux avant de répondre

— Y en a tout autour de toi des doums, tu les vois ? c'est pas ce qui manque par ici. Ce sont des palmiers qu'on voit jamais grandir, et pourtant ils font des racines aussi grosses que le bras dans les profondeurs de la terre

Léon était allé rejoindre l'âne, il le caressait entre les oreilles et lui parlait comme à un chien, au-dessus de lui les branches des peupliers gonflées de sève avaient déjà leurs feuilles, et c'était pour ça que nous avions de l'ombre, une ombre verte qui laissait un goût de sucre sur la langue

— Au début l'homme et la femme se sont battus jour et nuit contre les palmiers, sciant les troncs, creusant profond la terre, arrachant tout ce qu'ils pouvaient de racines. C'étaient des gens courageux, je vous le dis patronne, des gens qui seraient encore en train de travailler la terre qu'ils avaient défrichée si leur fille n'était pas morte dans les fièvres

— Morte ?

— Oui, morte en une nuit, emportée par une fièvre chaude qui lui a pompé toute l'eau qu'elle avait dans le corps. C'est terrible, patronne, c'est plus terrible que n'importe quoi cette maladie. Et ils l'ont pleurée trois jours avant d'enfermer le corps dans un cercueil et de rentrer en France

l'âne a redressé la tête, pointé les oreilles en direction de la colline, et puis il a poussé une longue plainte qui s'est enrouée très vite dans sa gorge, et forcé au silence il nous a regardés, et nous tous l'avons à notre tour regardé, cherchant malgré nous dans les yeux de l'animal quelque trace de la disparue

— Allons-y

ai-je dit, me levant et défroissant mes jupes du plat de la main

l'Arabe a détaché son âne, pris Léon par la taille pour le réinstaller sur le dos de l'animal, et nous sommes repartis les uns derrière les autres parce que le chemin devenait rocailleux à présent qu'il prenait de la hauteur et grimpait en se contorsionnant la pente boisée de la colline

arrivés au sommet l'Arabe s'est arrêté pendant que derrière lui nous finissions péniblement notre escalade, la poitrine essoufflée, la peau du visage rougie par l'effort, il nous a laissés reprendre notre souffle avant de nous montrer la terre qui s'étendait en contrebas sur des hectares et des hectares de lumière et de silence, tantôt pierreuse et semée de palmiers nains, tantôt découpée en parcelles que les parents de la petite Odile avaient dû labourer des saisons durant avant de les abandonner aux herbes mauvaises des collines

— C'est ici, patronne

les bras ouverts, il dodelinait de la tête, content de lui et de l'effet que produisait sur nous la brusque découverte des vingt hectares que nous avait promis la France

— Tout ça ?

a demandé Charles

— Oui, tout ça est à vous

— Et la maison ?

— La maison elle est là, patronne

je ne l'avais pas vue, mais à présent que l'Arabe pointait le doigt dans sa direction je la voyais, je voyais son toit de tuile qui dépassait le rocher contre lequel elle se tenait, l'arbre qui avait été planté pour lui faire de l'ombre, une yeuse peut-être, la lumière trop crue m'empêchait de bien distinguer les choses, je voyais un coin de la cour en terre battue, des outils blanchis par le soleil, les restes d'un mur

nous sommes demeurés un moment immobiles, nos yeux aveuglés clignant et s'écarquillant, tant il nous était difficile de croire à la réalité de cette terre algérienne qui jusque-là n'avait existé que dans notre imagination de Français de France jamais sortis de leur trou, une imagination de pauvre

tu es d'accord, Léon ?

et une imagination de pauvre ça construit des maisons très grandes, des champs très gras, des arbres très nombreux, une imagination de pauvre ça vous fait prendre les vessies pour des lanternes, comme on dit

tu es d'accord avec moi ?

et puis nous avons fini par retrouver nos esprits, par nous réconforter les uns les autres, Charles et Joseph passant leurs bras autour de mes épaules et m'étreignant, étreignant la mère qui les avait entraînés sans bien réfléchir dans ce voyage insensé, lui disant et lui répétant

— C'est une belle terre, maman. Ne t'en fais pas. C'est une belle terre

l'embrassant sur les joues, essuyant ses larmes, et riant, riant fort parce qu'il était de leur devoir de rire aux éclats, de forcer ainsi la lumière et le silence de ces vingt hectares qui appartenaient encore aux anciens propriétaires ils ont ri, et j'ai ri avec eux, et l'Arabe Mékika en nous voyant rire a haussé les épaules, comme s'il s'était résigné à admettre que les Français de France ne se comporteraient jamais pareil que les Arabes d'Algérie, quoi qu'ils disent et quoi qu'ils fassent, et en marmonnant des inch'allah fatalistes il s'est tourné vers son âne et l'a poussé dans la descente, aussitôt suivi par Eugène et Léon qui n'ont pas tardé à le dépasser, tant ils étaient pressés d'arriver en bas

— Eugène ! Léon !

mais il était trop tard pour les appeler, à toutes jambes ils dévalaient la pente, multipliant les cris et les moulinets de bras, chassant au-devant d'eux les moineaux effrayés par le bruit

Léon, tiens-toi tranquille

et quantité de serpents, de lézards aussi gros que le bras

— Eugène ! Léon !

de scorpions, de tourterelles qui s'envolaient en tendant vers le ciel leurs becs inquiets

si tu as soif je peux te donner à boire, la bouteille est encore à moitié pleine, et si tu as faim, je te l'ai dit, il y a des dattes que j'ai retrouvées dans le capharnaüm de nos affaires et mises à sécher sur le rebord de la fenêtre, alors qu'est-ce que tu veux ? de l'eau ? des dattes ?

et comme tu ne me réponds rien, c'est la maison qui gémit à ta place, qui pousse des plaintes à fendre l'âme, qui éclate en craquements soudains quand le sirocco pèse trop lourdement sur les murs et la toiture ruinés

je sais bien que ça t'énerve, mais qu'est-ce que je peux y faire, moi, si le vent ne s'arrête pas de souffler ? dis-moi, qu'est-ce que je peux y faire ?

seigneur Dieu

et pendant que le sirocco passe ses humeurs sur notre ferme, moi j'écrase les mouches à grands coups d'éventail, toujours le même tu vois, celui que toi et tes frères m'avez offert à mon anniversaire, un éventail tout bleu, avec la casbah d'Alger peinte dans les plis

en bas, je veux dire dans les champs abandonnés où étaient encore tracés de vagues sillons, nous avons couru à notre tour, Charles et Joseph sautant par-dessus les herbes folles, et moi essayant de les suivre, empêtrée que j'étais par le poids de mes jupes qu'accrochaient les épines des chardons, devant nous les murets dressaient leurs clôtures de pierres, les rochers s'empâtaient, les champs se gorgeaient de lumière, et plus nous courions plus la maison prenait forme, plus elle grandissait sous nos yeux, s'étirait, s'allongeait, montrait bien nettement au soleil de ce soir unique ses trois fenêtres, ses deux portes, sa cheminée bancale qu'il serait nécessaire de réparer

tiens, je me disais, il faudra commencer par ça, réparer la cheminée

ses niches lézardées où s'accrochaient encore les restes d'une treille, son toit de tuiles grossières, son arbre dont les branches s'inclinaient au-dessus de la cour, cet arbre que j'avais pris tout à l'heure pour une yeuse et qui était un acacia

il semblait que ce n'était pas Charles, pas Joseph, pas même moi qui avancions en courant, mais les choses, rochers, champs, arbres, façade percée de fenêtres et de portes, toutes ces choses qui se rapprochaient de nos yeux d'apprentis colons, se matérialisaient, et nous invitaient à en prendre possession sans que nous ayons besoin de courir et nous avons atteint la maison avant de nous apercevoir que nous l'avions atteinte, plantés là tout soudain au pied des murs, essoufflés, un peu ivres, je me souviens que je cherchais dans mes jupes la clé que le fonctionnaire de Mercier-le-Duc m'avait donnée, et que je ne la trouvais pas

— Dépêche-toi, maman !

que l'Arabe me regardait faire tout en attachant son âne à l'anneau scellé dans le mur

— Dépêche-toi !

et que je commençais à m'énerver

— Où j'ai bien pu la mettre ? Charles, Joseph, dites-moi, où j'ai bien pu la mettre ?

je me souviens que je fouillais mes poches avec des mains tremblantes pendant que Léon et Joseph se perchaient dans les branches de l'acacia en poussant des cris d'exclamation, et sautaient au milieu de la cour, et se précipitaient sous l'auvent de la grange, et dressaient au-dessus de leurs têtes les faux, fourches et bêches noyées dans un nuage de poussière, et empoignaient les mancherons noircis de sueur de la charrue

et lorsque j'ai mis la main sur cette clé, il m'a fallu l'introduire dans le trou de la serrure, énervée comme j'étais je n'y arrivais pas

— Laisse-moi essayer

mais je n'avais pas envie que Joseph essaye, c'était à moi qu'on avait donné la clé, c'était à moi de me débrouiller

— Laisse-moi essayer

j'ai fini par venir à bout de la serrure, et en pesant sur la poignée la porte s'est ouverte d'un coup dans un grincement de gonds attaqués par la rouille *tu n'as pas oublié Léon, n'est-ce pas ?*

je me suis retrouvée projetée la première au milieu de la pièce

tu n'as pas oublié le moment où je me suis retrouvée projetée la première au milieu de la pièce

suivie de près par mes quatre fils, et par la lumière de ce jour unique que la porte ouverte laissait s'engouffrer dans la maison et se prendre au piège des toiles d'araignée

— Ça y est ! Nous y voilà !

Charles et Joseph sont allés ouvrir les fenêtres, repousser les volets, et la même lumière a révélé la poussière qui recouvrait le sol en terre battue, le fatras de meubles, de caisses et d'ustensiles de cuisine pendus au mur

et c'est à ce moment-là que notre vie d'apprentis colons a commencé

à ce moment-là

parce qu'il n'était pas question de reporter au lendemain matin le nettoyage de la maison, il fallait se mettre tout de suite au travail, ne pas perdre une minute de ce temps précieux qui nous était accordé en Algérie, et c'est ce que nous avons fait malgré la fatigue accumulée durant le voyage, manches et jambes de pantalon retroussées, balais et chiffons en main, nous avons chassé la poussière et les toiles d'araignée, nettoyé le fourneau, redressé la table, le banc, les trois chaises à la paille rongée, pendant qu'Eugène et Léon armés de bâtons chassaient les souris

— Patronne ?

leur cassaient les reins avant de les attraper par la queue et de les jeter dans la cour

— Patronne ?

sa main sur mon épaule, l'Arabe cherchait à me parler, moi que les mouvements du balai environnaient de poussière et qui avais oublié jusqu'à l'existence de cet homme tant il y avait de travail dans les chambres comme dans la cuisine

— Qu'est-ce que tu veux ?

le balai immobilisé, toussant, reniflant, crachant cette poussière que les rayons obliques du soleil découpaient en lanières, j'attendais qu'il parle, qu'il me dise ce qu'il avait à me dire

— Patronne, est-ce que je pourrais pas rester travailler avec vous ? Je connais tout dans cette ferme. Je sais ce qu'il faut faire et ce qu'il faut pas faire

— Mais je n'ai pas d'argent à te donner

— Ça n'a pas d'importance, patronne

— Comment ça ?

— J'ai pas besoin d'être payé, vous me donnez à manger et un coin de la grange pour dormir, et voilà

il s'est raclé la gorge et a écarté les bras

— Et voilà

a-t-il répété

si content de lui qu'il a penché la tête et laissé une espèce de sourire lui fendre la bouche jusqu'aux oreilles pendant que je réfléchissais

j'ai dit d'accord, j'ai dit que je ne pouvais pas le payer mais que j'acceptais le marché qu'il me proposait, que j'étais d'accord avec son idée de travailler à la ferme sans être payé

— C'est d'accord

il m'a tendu sa main, je lui ai tendu la mienne, et c'est comme ça que l'Arabe Mékika est devenu par sa seule volonté notre Arabe Mékika, celui qui nous a aidés dans nos travaux jusqu'à la fin, et qui pour rien au monde n'aurait touché à un cheveu de notre tête, il faut lui reconnaître cette loyauté, alors que par ici nombreux sont ceux qui n'hésiteraient pas à trancher la gorge de leurs maîtres si l'occasion se présentait

notre Arabe Mékika était un bon Arabe, dans mes malheurs j'ai eu au moins cette chance de pouvoir compter jour et nuit sur un bon Arabe à mes côtés

tu te souviens, Léon, qu'il t'a sauvé la vie ? je te vois froncer les sourcils et plisser le front, ça a l'air de t'étonner, mais ça ne doit pas, car c'est ce qui est arrivé le jour où tu es tombé dans ce trou creusé en plein champ par l'ancien propriétaire qui cherchait de l'eau, c'était un trou profond de dix mètres, peut-être de quinze, et d'eau le propriétaire n'en avait pas plus trouvé ici qu'ailleurs sur les vingt hectares que nous avait si généreusement concédés le gouvernement français

quelle escroquerie !

pressé de creuser un autre trou il avait oublié de combler celui-là, et tu es tombé dedans, Léon, tu es tombé dedans parce que tu n'as jamais regardé où tu mettais les pieds

tu peux bien secouer la tête, c'est pourtant vrai

le nez en l'air ou la tête ailleurs, tu n'as pas vu à temps le trou qui s'ouvrait devant toi et tu as fait une chute de dix mètres, peut-être de quinze, dans cette cheminée souterraine creusée à la pioche, par miracle c'est à peine si tu t'es égratigné les genoux et les mains, mais tu étais au fond du trou et tu pouvais bien hurler de toutes tes forces, tu n'avais aucune chance d'être entendu, je te le dis, et tu serais mort si Mékika ne s'était pas souvenu du trou qui avait été creusé à cet endroit, c'est lui qui t'as retrouvé, c'est lui qui est descendu au moyen d'une corde jusqu'à toi, et qui t'a pris dans ses bras d'Arabe, et qui t'a remonté comme il a pu jusqu'à nous

comme quoi les Arabes ne sont pas tous aussi mauvais qu'on le dit à Mercier-le-Duc

je te le répète, Léon, ce jour-là Mékika t'a sauvé la vie

je lui ai dit que j'étais d'accord avec son idée de travailler à la ferme sans être payé, il m'a tendu sa main, je lui ai tendu la mienne

seigneur Dieu, où en suis-je ? ce sirocco qui siffle à mes oreilles me fait perdre le fil de l'histoire

j'en étais au soir de notre arrivée

seigneur Dieu

ensuite, oui ensuite le grand nettoyage a continué de nous occuper jusqu'à la nuit, jusqu'à ce que les ténèbres envahissent la maison, des ténèbres aussi lourdes que du plomb, qui pesaient sur nos épaules, et qui aveuglaient, désorientaient, effrayaient nos pauvres cœurs de Français de France

et j'ai trouvé plus rassurant d'aller chercher dans les bagages notre lampe à huile, de l'allumer et de la poser sur une caisse au milieu de la cour afin de tenir à distance ces sauvageries africaines que nous devinions en train de prendre possession des alentours, et que nous entendions pousser des cris et des grognements

peureux, Eugène et Léon se sont assis dans le cercle de lumière, et j'ai pris place sur le banc entre eux deux, leur passant un bras autour du cou, les embrassant et les rassurant avec mes baisers et mes paroles de mère, pendant que Charles coupait des tranches de pain et distribuait des morceaux de fromage

nous ne parlions plus, nous étions trop fatigués pour dire encore quelque chose, nous nous contentions d'écouter les bruits de la nuit, d'enfourner pain et fromage dans notre bouche, de mastiquer en regardant droit devant nous, sans rien voir de ce que nous regardions

— Demain soir je ferai un feu, patronne

et comme je ne répondais pas, notre Arabe Mékika a répété

— Demain soir je ferai un feu

et puis il a sorti de sa poche une poignée de dattes qu'il nous a offertes et que nous avons eu du mal à manger parce que c'était la première fois que nous goûtions à ce fruit

tu n'en as pas voulu, Léon, tu avais sommeil, et je suis allée vous coucher, toi et ton frère, dans le lit où avait dormi la petite Odile

retournée dans la cour

ai laissé brûler la bougie que tu m'avais demandé d'allumer parce que tu avais peur du noir, Maman j'ai peur du noir, chuchotais-tu de ta voix d'enfant, l'œil cherchant le secours de la flamme haute et droite de la bougie qui projetait mon ombre rassurante sur le mur

retournée dans la cour, j'ai observé les étoiles qui avaient basculé par-dessus les collines et illuminaient à présent toute l'étendue du plateau, c'était beau à voir, ce sommeil sauvage de la terre vierge, ces horizons à peine sortis de l'enfer où j'imaginais qu'ils avaient croupi des siècles durant

nous autres qui avions tout à apprendre de ce pays si

peu chrétien, serions-nous à la hauteur des travaux qu'il nous était demandé d'accomplir ?

et puis j'ai rejoint mes fils qui fumaient leur pipe dans la lumière de la lampe, le visage penché en avant, écoutant ce que racontait notre Arabe Mékika qui connaissait la ferme comme sa poche, Ses coins et ses recoins, affirmait-il, et son histoire depuis que l'homme colon envoyé par la France avait posé la première pierre du premier mur, C'était dans un autre temps, pas si éloigné d'aujourd'hui qu'on pourrait le croire, continuait-il, mais ici le temps passe sur les hommes d'une autre manière, il est lent, il ronge, il fait mal aux jambes et aux épaules, il casse les reins, brouille la vue, mine le courage de l'homme colon le plus courageux

— Vous comprenez ?

et ses yeux inquiets nous fixaient, moi et mes fils

oui nous comprenions, enfin nous comprenions sans avoir envie de comprendre ce que disait notre Arabe Mékika, parce que si nous avions vraiment fait l'effort de comprendre ce qu'il cherchait à nous dire nous aurions rebroussé chemin au plus vite, et fui les malheurs qui n'ont pas manqué de s'abattre sur notre famille, comme ils se sont abattus sur les familles de milliers de colons pourtant débarqués en Algérie avec des volontés de fer

mais ce soir-là, devant la flamme de la lampe à huile, sûrs de nous et de notre volonté de réussir, ça nous arrangeait de ne comprendre que d'une oreille le discours de Mékika, nous hochions la tête, aussi têtus que peut l'être un apprenti colon qui vient de faire la traversée de la Méditerranée pour prendre en main une ferme et ses vingt hectares de terre, et paupières closes nous préférions écouter les battements paisibles de notre cœur, au loin les abois d'un chien sauvage auxquels répondaient d'autres abois de chiens sauvages, n'était-il pas temps d'aller dormir ?

— Maman !

a crié Léon, à moins que ce ne soit Eugène

— Maman !

je me suis levée, j'ai dit que j'étais fatiguée, que je prenais le lit de la chambre du fond, puisqu'il n'y avait plus que ce lit

— Il faudra trouver du bois et fabriquer des lits supplémentaires

et j'ai demandé à mes deux garçons et à notre Arabe de s'arranger quelque chose dans la grange, il y avait des restes de foin

— Ne t'en fais pas pour nous

a dit Charles

tous les trois m'ont regardé frissonner dans mes jupes poussiéreuses, c'est vrai que j'avais froid, ce n'était encore que le début du printemps, les bras croisés sur la poitrine j'ai passé le seuil de la porte, ai traversé l'obscurité de la cuisine, puis la chambre sur les murs de laquelle dansait en silence la flamme de la bougie

— Maman, on a peur

a chuchoté Léon, recroquevillé avec son frère au creux de la paillasse

— Mais de quoi avez-vous peur ?

— De tout

ils me tendaient leurs bras, ils voulaient que je m'allonge avec eux dans le lit

— Comme ça on aura moins peur

je me suis glissée sous la couverture, entre Eugène et Léon qui se sont aussitôt agrippés à mon corps, serrés contre mes hanches en gémissant, qu'est-ce que je pouvais leur dire pour les rassurer ? qu'est-ce que je pouvais faire pour réveiller cette maison, redonner vie aux choses mortes, à la cheminée, aux marmites, à l'étagère plâtreuse, à leur lit bancal sur ses pieds et dans lequel ils se sentaient si peu en sécurité ? qu'est-ce que je pouvais faire pour chasser la ribambelle de fantômes qui se promenaient sans se gêner d'une pièce à l'autre, pour éloigner le plus loin possible de nous autres la gueule ouverte des bêtes féroces que j'imaginais aller et venir dans la nuit sauvage des collines et les profondeurs des ravins ? oui, qu'est-ce que je pouvais faire ?

— Dormez, mes enfants, dormez sans crainte. Je suis là. Et vos grands frères sont là aussi. Et notre Arabe Mékika que vous ne connaissez pas encore mais qui sera votre ami, j'en suis sûre, et qui vous apprendra à ne plus avoir peur sur la terre d'Algérie

j'ai caressé le front en sueur d'Eugène, posé la main sur les paupières tremblantes de Léon

tu te souviens, Léon, de cette première nuit où vous n'arriviez pas à trouver le sommeil ?

et je leur ai demandé de ne penser à rien, d'oublier la peur qui les empêchait de dormir parce qu'il n'y avait plus aucune raison d'avoir peur à présent, ils étaient dans mes bras

bien au chaud dans mes bras

et c'est comme ça qu'ils ont fini par s'endormir, la poitrine libérée de leurs craintes enfantines, le souffle apaisé, tétant le pouce qu'ils s'étaient fourré dans la bouche, et c'est comme ça que j'ai pu quitter leur lit, la bougie dans une main, une couverture dans l'autre, et gagner ce qui allait être et serait jusqu'à ces jours derniers ma chambre, une commode faite de planches mal équarries sur laquelle trônaient bassine et broc en fer-blanc, un placard encastré dans le mur avec une porte à targette, et à la droite du lit une table de nuit française, comme on en voit partout en France, recouverte d'un dessus en marbre, et munie d'un tiroir et de deux étagères

en chemise dans le lit malpropre, la couverture remontée jusqu'au nez, cherchant à oublier l'inconfort de la paillasse qui avait besoin d'un rembourrage de paille et de feuilles, j'ai fermé les yeux, coincé entre les cuisses mes mains glacées, tout mon corps tremblant de fatigue et d'une espèce de crainte dont je me croyais immunisée, et qui se manifestait à présent que j'avais atteint le but du voyage et que se dressait devant moi l'avenir incertain de ma vie et de celle de mes quatre garçons sur des terres qui ne ressemblaient pas aux nôtres

un oiseau est venu se poser sur le toit de la maison, un gros oiseau sans doute qui a promené ses pattes d'un bord à l'autre de la toiture, marchant et butant sur les tuiles comme l'aurait fait un homme

cloc, cloc, cloc

un traîne-misère descendu de ses collines

cloc, cloc, cloc

affamé dans son burnouss

cloc, cloc, cloc

j'étais prête à me relever, à m'armer du tisonnier pendu au crochet de la cheminée pour aller voir ce qui nous menaçait, quand soudain l'oiseau s'est envolé en criant, j'ai entendu ses ailes battre, son cri s'enrouer dans les ténèbres, ce n'était donc pas un homme, pas un traîne-misère, pas un affamé, ne m'avait-on pas dit et répété que la région était pacifiée ? que les soldats avaient fait leur travail de soldat trente années durant dans les villes et les campagnes afin que nous puissions justement dormir sur nos deux oreilles ?

alors dors sur tes deux oreilles, ma fille

je me suis tournée contre le mur, la vieille paille et les feuilles mortes ont craqué sous le poids de mon corps, je commençais à me réchauffer, Oui réchauffe-toi, me disais-je, réchauffe-toi, convaincue que si je me réchauffais je ne tremblerais plus de fatigue et de crainte, je ne tremblerais plus du tout, et c'est en me réchauffant que j'ai trouvé le sommeil

que je me suis endormie

et que comme une bienheureuse j'ai enchaîné les rêves jusqu'à ce que Léon et Eugène s'introduisent à pas de loup dans ma chambre avec la lumière aveuglante du jour nouveau, et sautent sur mon lit, et m'écartent les paupières pour voir si j'avais bien encore des yeux

— Allez, maman, réveille-toi

j'étais en sueur, essoufflée, j'avais la bouche sèche comme quelqu'un qui vient de beaucoup s'agiter, je me suis redressée d'un bond, le cœur battant à se rompre, je les ai regardés, j'ai regardé la chambre où je venais de dormir et de me réveiller, les toiles d'araignée au plafond que je n'avais pas eu le temps d'enlever, la fenêtre qui se reflétait dans le broc en fer-blanc, d'un revers de manche je me suis essuyé le front, j'ai attrapé Eugène et Léon, les ai serrés contre moi

sais-tu, Léon, que malgré ce nombre incalculable de mois passés sur la terre algérienne, des mois qui se comptent en années à présent, trois ou peut-être quatre, sais-tu que malgré ces trois ou quatre années d'interminable enfer je vous vois tous les deux comme si huit jours ne s'étaient pas écoulés ? je vous vois, je vous touche, je vous sens mes deux fils, je sens votre odeur de garçons remuants, toujours en mouvement, j'entends vos cris comme si huit jours ne s'étaient pas écoulés, Allez, maman, réveille-toi ! ils résonnent dans ma tête, Secoue-toi ! Secoue-toi !

Léon, tu te souviens ?

tu hurlais Debout, maman ! Debout ! tu trépignais dans le lit, tu riais aux éclats

je vous vois, je vous touche, je vous sens mes deux fils, mon Léon et mon Eugène, seigneur Dieu, j'en ai même les larmes qui me viennent aux yeux, Allez, maman, réveille-toi ! des larmes que l'haleine du sirocco dérobe avant même qu'elles coulent sur mes joues, Secoue-toi ! Secoue-toi !

seigneur Dieu

et puis je les ai chassés, ai fermé la porte de la chambre pour m'habiller, passer une brosse dans mes cheveux, il traînait encore dans l'air cette odeur rancie des choses abandonnées, l'odeur du temps qui ne passe plus, qui a été tenu enfermé de longs mois dans le silence, je suis allée vers la fenêtre, mais elle a d'abord refusé de s'ouvrir, avant que Charles arrivé à mon secours en vienne à bout avec sa force d'homme

l'air tout neuf du printemps est entré dans la pièce, j'ai repoussé les deux battants, me suis penchée sur le rebord de pierre, ai regardé avec des yeux de propriétaire ce qui s'offrait à moi, l'acacia baigné de soleil, le muret qui marquait la limite de la cour, plus loin la grange et les appentis

— Il faudra mettre des fleurs sur le mur

ai-je lancé à mes fils, Charles était encore près de la fenêtre, Joseph rafistolait le manche d'une pelle, et mes deux petits qui s'étaient assis sur le banc attendaient que je leur donne à manger

— Où est Mékika ?

— Il est allé chercher de l'eau au puits

a répondu Charles en me montrant une direction derrière l'appentis

je suis sortie avec le pain et le fromage, et nous nous sommes installés autour de la caisse, un peu perdus au milieu de ces terres qui ne nous étaient pas familières, que nous avions besoin d'arpenter, de toucher, de travailler avant d'en prendre vraiment possession, c'est moi qui ai coupé les tranches de pain, qui ai distribué le fromage

— Avez-vous bien dormi ?

oui, ils avaient bien dormi, Charles et Joseph s'étaient trouvés dans la grange une bonne place

— Et toi, maman ?

j'ai dit que j'avais beaucoup rêvé

— À quoi ?

que je ne savais plus à quoi, mais que j'étais dans tous mes états au réveil, le dos moite, les cheveux collés au front, les poumons à bout de souffle, comme si j'avais couru longtemps

— Tu ne sais plus à quoi ?

— Eh non !

j'ai regardé le ciel qui s'embrasait à présent que le soleil avait dépassé la cime des arbres, j'aurais bien voulu savoir où m'avaient entraîné les rêves de cette nuit, était-ce après Gustave que je courais ? était-ce après mon défunt mari qui depuis sa mort ne cessait de juger mes efforts de veuve, ma lutte acharnée, mon combat quotidien contre ceux qui cherchaient par tous les moyens à me précipiter, moi et mes quatre fils, dans la fosse commune de la misère ? car je ne pouvais pas supporter qu'il me tourmente jusque dans mon sommeil, et si je courais après lui qui fuyait toujours en se moquant de moi, c'était pour lui expliquer que ces efforts, cette lutte, ce combat, je les menais au nom de la famille que j'avais à nourrir

Mékika est arrivé avec deux seaux pleins qui pendaient au bout de ses bras en brinquebalant, des giclées d'eau aspergeaient ses jambes et la poussière de la cour où ses pieds nus avançaient en prenant pourtant toutes les précautions possibles, il a posé ses seaux devant nous, s'est essuyé le front d'un revers de manche

— Comment ça va, patronne ?

je me suis contentée de hocher la tête, j'avais la bouche pleine, mastiquant avec effort la croûte du vieux pain

— Vous avez de la chance, patronne, parce qu'il a beaucoup plu cet hiver. Alors y a de l'eau. Mais bientôt ce sera fini

il tournait la tête en parlant, regardait l'herbe verte des champs pendant que j'avalais de travers mes croûtes de pain, toussais, me raclais la gorge

— Pourquoi tu me dis ça, Mékika ?

— Parce que le puits n'est pas un bon puits, il faut

le savoir patronne. Peut-être qu'on vous l'a pas dit dans le bureau du chef qui distribue les terres, mais moi je vous le dis, ce n'est pas un bon puits

il a planté ses yeux d'Arabe dans les miens

— C'est un puits d'hiver, comme beaucoup de puits dans ces collines. Et seulement un puits d'hiver. L'été, quand le marteau du soleil cogne sur les têtes et dans les champs, le puits est à sec, patronne. Je vous le redis, le puits est à sec

— Et comment faisaient les anciens propriétaires ?

a demandé Charles, alors que Mékika prenait place à l'extrémité du banc, remerciant Joseph qui l'invitait à s'asseoir à côté de lui

— Les anciens propriétaires, ils faisaient comme tous ceux qui n'ont pas d'eau sur leurs terres, ils allaient la chercher ailleurs

— Et où ça ?

il a pris un air désolé, comme si c'était de sa faute si les collines manquaient d'eau en été

— À la source où nous avons bu

voulait-il parler de la source aux peupliers ? oui, c'était de cette source qu'il voulait parler, c'était grâce à cette source que les anciens propriétaires n'étaient pas morts de soif

et c'est comme ça que notre première journée a débuté

tu te souviens, Léon ?

par cette mauvaise nouvelle dont nous ne comprenions pas très bien la portée, pauvres apprentis colons que nous étions, préoccupés de notre seule installation, pressés de cracher au plus vite dans nos mains et d'empoigner les manches de nos outils, et nous nous sommes contentés de hausser les épaules, Charles, Joseph et moi-même, décidant qu'à la ferme Laforgue, rebaptisée par nos soins ferme Picard, rien ne saurait arrêter notre marche obstinée de colon vers les lumières du progrès, surtout pas un malheureux puits d'hiver

et le premier mois s'est écoulé sans que nous ayons besoin de reparler de tout ça, il y avait tant à faire, réparer la cheminée, aiguiser les outils, fabriquer des lits que Charles et Joseph ont disposés aux deux coins de la chambre où dormaient déjà leurs frères, couper du bois de chauffage, nettoyer et bêcher l'enclos du potager situé à l'ombre de l'appentis, se dépêcher de profiter des quelques pluies du soir pour enfouir dans la terre meuble nos semences rapportées de France, tomates, pommes de terre, carottes

oui, il y avait tant à faire

aller et venir de notre ferme Picard à Mercier-le-Duc, et de Mercier-le-Duc à notre ferme Picard, moi affublée d'un chapeau de paille

je crois qu'il est toujours dans la commode, Léon, rangé dans un des tiroirs de cette commode qui tient encore debout je ne sais trop comment

et d'un panier passé en travers du bras, et Joseph marchant devant moi avec l'âne de notre Arabe Mékika, tenant d'une main le licou de l'animal, de l'autre un fort bâton en bois d'olivier

oui, il y avait tant à faire

aller à Mercier-le-Duc au moins deux fois par semaine et revenir chargés de sacs et de matériel que j'achetais au magasin Aux volcans d'Auvergne, discuter dans la grande rue avec les colons du coin, prendre une limonade ou un vermouth chez le père Perret, au café des Messageries, saluer le curé, le maire, l'instituteur qui levait les bras au ciel et s'agitait beaucoup parce qu'il ne disposait toujours pas de la salle de classe promise depuis Noël par le gouvernement d'Alger

— C'est une honte !

répétait-il, debout entre les tables du café

— Mais dès qu'elle sera prête je veux que tous les enfants de toutes les familles de Mercier et des alentours rejoignent dare-dare l'école, pas de dérogation, entendez-vous ? pas de passe-droit ! Et vous, madame Picard, combien avez-vous d'enfants ?

— Quatre. Mais deux n'ont plus l'âge d'aller à l'école

— Alors vous m'enverrez les deux autres. Où habitez-vous ?

— Loin, monsieur Robin. Dans les collines. Il faut marcher longtemps avant d'atteindre la ferme.

— Eh bien ils marcheront longtemps, ça leur dégourdira les jambes

oui, il y avait trop à faire, vraiment trop à faire, Léon, et sans doute as-tu du mal à te souvenir combien nous avons dû courir le premier mois, courir à droite, courir à gauche, être au four et au moulin presque jour et nuit, Charles, Joseph, et notre Arabe Mékika qui ne ménageait pas sa peine, tu peux me croire

c'est à la fin de ce premier mois qu'au marché du lundi j'ai acheté avec mes dernières économies une vache, des lapins, des poules, un coq, et aussi des semences, une charrette, deux fusils de chasse, des cartouches, et un cheval, un beau cheval de labour qu'il a fallu marchander deux heures durant avant de trouver un accord avec le propriétaire, un jeune paysan de l'Hérault aussi têtu que moi, mais ce cheval je le voulais, et à force d'embobeliner l'homme avec mes manières je l'ai eu, et à mon prix encore, en ne déboursant pas un seul franc supplémentaire

Mékika n'en revenait pas

— Vous êtes pire que nous, patronne

— Pire que vous, les Arabes ?

— Oui, pire que nous, les Arabes

enroulé dans son burnouss il grattait la croûte d'un bouton qu'il avait au front, me considérait des pieds à la tête comme si c'était la première fois qu'il me voyait, je lui ai dit

— Vous vous y connaissez dans ces affaires-là ?

— Patronne, sans vouloir vous fâcher, je crois qu'on s'y connaît un peu

et il a éclaté de rire

Charles, Joseph, Eugène et Léon, nous étions tous au marché ce jour-là, ce n'était pas rien d'acheter une vache et un cheval, chacun voulait donner son avis

même toi, Léon

Léon ?

qu'est-ce que tu as ? je ne t'entends plus remuer comme tu as fait toute la journée, et dans un sens, et dans l'autre pour échapper aux ruades du sirocco, tu as mal ?

à présent que le soleil s'est couché la nuit est en train de prendre la place du jour, impatiente comme à son habitude, déjà elle est entrée dans la chambre et a tout escamoté, la commode, le lit où je te voyais tout à l'heure et où je ne te vois plus

Léon ?

le sirocco a changé d'humeur et perdu de sa force, mais

ça ne veut pas dire qu'il ne recommencera pas demain matin à ruer dans les brancards, je le connais ce vent, il nous a assez fait souffrir, et du coup l'âne qui n'a pas arrêté de braire depuis que je t'ai ramené dans ton lit, l'âne miraculé s'est tu

il faudrait que j'allume la lampe, et que j'aille récupérer quelques affaires dans la cour

il faudrait

mais je n'en ai pas le courage, me lever, quitter la chambre, zigzaguer entre les tuiles, les pierres, les branches brisées de l'acacia

seigneur Dieu

et puis fourgonner dans le fatras des casseroles, des bassines et du linge jeté en travers de tout ça

seigneur Dieu, c'est au-dessus de mes forces

Léon, tu as mal ?

j'écoute, mais je n'entends que le bourdonnement des mouches, et par la porte ouverte le sabbat des ténèbres, danse enragée de tout ce qui vole, rampe, se tortille sur cette terre du diable, sans se soucier de mes malheurs

est-ce qu'en rentrant du marché, la vache attachée à la charrette où étaient montés Eugène et Léon, et le cheval tirant le tout, est-ce qu'à ce moment-là je pouvais me douter du sort qui me serait réservé ?

non, je dois dire que non, sur le chemin du retour, dans mes jupons et mon caraco de la couleur du ciel, j'étais au contraire aussi confiante et sûre de moi qu'un colon peut l'être à son arrivée sur des terres étrangères, pour fêter nos achats j'avais acheté de la viande et du vin de Mascara, et je me souviens que j'ai sorti la table de la cuisine et lui ai trouvé une place sous l'acacia

— Ce soir on baptise la ferme Picard !

ai-je annoncé à mes hommes qui revenaient du potager avec pelles, bêches et louchets, plantés au milieu de la cour dans les ombres et la lumière du soleil couchant ils se sont mis à rire

qu'ils avaient raison de rire, d'être joyeux et de rire !

— Allez vous laver au puits, je prépare à manger

et lorsqu'ils sont réapparus, les mains et les pieds propres, le visage nettoyé des sueurs du travail, la table était mise, assiettes, verres, couteaux et fourchettes, miche de pain achetée chez le boulanger de Mercier-le-Duc, bouteilles fraîches de vin et d'eau

ils se sont assis, chacun avait sa place après quatre semaines de vie à la ferme, moi à un bout de la table, deux fils à ma droite, deux à ma gauche, et Mékika à l'autre bout, car jusqu'à la fin Mékika a mangé avec nous, les gens avaient beau me dire qu'un Arabe n'a pas à s'asseoir à la table de ses maîtres, que ma façon de faire me vaudrait un jour ou l'autre les pires ennuis, j'ai toujours considéré qu'un homme qui travaille dur dans mes champs, soigne mes bêtes et entretient mes outils, a le droit de manger à ma table ce que je mange, qu'il soit Breton ou Arabe

et je n'ai jamais changé d'avis

même si les couteaux des congénères de Mékika ont souvent menacé la vie des colons, même si ces mêmes couteaux ont égorgé d'épouvantable façon des familles entières

non, je n'ai jamais changé d'avis

cette nuit-là, cette nuit de fête nous avons mangé le ragoût de mouton et les pommes de terre, partagé le pain, bu ensemble le vin de Mascara, et Eugène tout comme Léon malgré leur jeune âge, et Mékika auquel sa religion interdisait l'alcool et qui a demandé à son Dieu de fermer les yeux sur le péché qu'il allait commettre

— Tu es mon maître, Allah, et ma vie t'appartient. J'espère que tu m'en veux pas si je bois dans ton dos le verre de vin de l'amitié. Aie pitié de moi et pardonne ma faiblesse

la lune s'était levée au-dessus des champs, ronde et paisible dans le ciel étoilé, et la flamme de la lampe pendue à la branche de l'acacia papillonnait le long des bouteilles presque vides

seigneur Dieu

étincelait dans nos yeux lourds de fatigue

seigneur Dieu, avons-nous bien vécu ce que je suis en train de raconter ?

allongeait nos ombres dans la poussière de la cour et projetait jusque sur la façade de la maison des fantômes qui dansaient la gigue, attisés par une brise de nuit arrivée on ne sait d'où, des champs, des collines, des ravins rocailleux

Léon, souviens-toi comme nous étions heureux de respirer à pleins poumons le fumet de notre patrie nouvelle

et nous nous laissions enivrer par cette brise, nous gardant bien de prononcer la moindre parole, nous nous laissions étourdir

souviens-toi

et nous ne sommes allés nous coucher que très tard

souviens-toi

la lampe s'était éteinte, un nombre incalculable d'insectes étaient morts, ailes et pattes engluées dans le gras des assiettes, des mouches bleues flottaient à la surface de nos verres, nous les regardions flotter et nous écoutions les grillons, la note répétée à l'infini de leur chant familier, et nous serions demeurés jusqu'à l'aube à cette table si Eugène et Léon n'avaient pas interrompu nos rêveries

— Maman

s'étaient-ils plaints

alors nous nous étions levés, Mékika avait rejoint sa grange, et nous autres la maison, mes quatre fils la chambre jaune où tous dormaient à présent que Charles et Joseph avaient fabriqué à la hâte deux lits en pin et jeté dessus deux paillasses que j'avais cousues de mes mains et bourrées d'herbes sèches coupées dans la garrigue, et moi la chambre bleue, vaguement bleue, blanchie par le soleil et les poussières, où je m'étais réfugiée, et déshabillée, et glissée dans le lit avec l'envie de jouir, l'envie d'avoir entre les cuisses un homme

n'importe quel homme

mais qu'est-ce que je te raconte, Léon ?

oui, en cette nuit de printemps trop caressante avouons que j'aurais accueilli n'importe quel homme, pourvu qu'il me prenne à bras-le-corps, qu'il me roule sous sa poitrine d'homme, et qu'il me pénètre avec son membre d'homme

qu'est-ce que je te raconte ?

j'ai mis des heures à m'endormir, recroquevillée en chien de fusil, les cuisses serrées sur mes poings impuissants, je berçais mon corps d'avant en arrière, gémissant peut-être, je ne sais plus bien, observant par la fenêtre ouverte l'agitation africaine des ténèbres jamais en repos, et quand le sommeil s'est emparé de moi il ne m'a pas apaisée mais entraînée très loin, et très profondément en des lieux impossibles à identifier, comme si quelque chose cherchait à me montrer ce que je ne savais pas encore voir

et le temps d'avril, et celui de mai ont passé dans cet aveuglement, nous accomplissions notre travail de paysan, celui que nous avions fait en France et que nous étions sûrs de savoir faire en Algérie, nous avions dès le début planté des pommes de terre, des carottes, des pois chiches et des lentilles, labouré un champ avec le cheval en espérant y récolter pastèques et melons, tous les jours Eugène menait la vache au pré et la laissait manger l'herbe des pluies pendant des après-midi entières, ne surveillant que d'un œil les déplacements de l'animal parce qu'il était toujours à se bagarrer avec Léon, je les voyais faire du haut des terrasses où nous allions à présent pour nous occuper des vignes à l'abandon, nettoyer la terre autour des pieds, tailler les sarments, changer ou rafistoler les échalas

le curé est passé nous voir un dimanche, je l'ai vu pointer au bout du chemin sa tête de rouquin, il chevauchait un mulet, regardait à droite et à gauche nos champs nettoyés des mauvaises herbes, mesurait le travail que nous avions accompli, il secouait la tête, souriait dans sa soutane plus noire que l'ébène, à ses côtés marchait un jeune Arabe qui n'avait pas quinze ans

— Vous en avez fait des choses, madame Picard !

s'est-il exclamé en s'arrêtant devant le portail tout neuf de la cour

oui nous n'avions pas chômé depuis notre arrivée, les poings sur les hanches dans mes jupons du dimanche j'ai acquiescé, secoué la tête avec fierté pendant que le jeune

Arabe courbait le dos pour que le curé puisse prendre appui des deux pieds sur son échine de garçon et sauter à terre

— Avez-vous soif, monsieur le curé ?

— Bien sûr que j'ai soif

il a serré la main de Charles et de Joseph, ébouriffé les cheveux d'Eugène avant d'entrer dans la cuisine et de boire le verre d'eau fraîche dans lequel j'avais pris soin de presser le jus d'un citron avant de le lui tendre

— Êtes-vous contente, madame Picard, des terres qui vous ont été allouées ?

j'ai haussé les épaules

— Je ne sais pas, monsieur le curé. Il faut attendre que l'été passe et voir ce que devient le puits. Il paraît qu'il est à sec en juillet et en août

— Qui vous a dit ça ?

— Mékika, l'Arabe qui a travaillé avec les anciens propriétaires et que j'ai repris à mon service

nous sommes allés voir le puits, le curé a penché sa tignasse rousse par-dessus la margelle, observé l'eau qui miroitait dans les obscurités de la terre, reflétant un coin de la lumière du ciel

— Effectivement, ce n'est pas un puits très profond

il s'est redressé, a frotté le devant de sa soutane et s'est dirigé d'un pas nonchalant vers le potager, il semblait réfléchir, l'œil soucieux, les mains derrière le dos

— Dites-moi, madame Picard, votre Arabe ne vous a pas entretenue des rumeurs qui circulent dans la région

— Quelles rumeurs ?

— Vous n'êtes pas au courant ?

— Comment voulez-vous que je le sois, puisque personne ne me rend visite

— Mais votre Arabe pourrait savoir des choses

— Mékika travaille

le curé s'est arrêté, a décroché sa soutane prise dans un roncier, puis il s'est tourné vers moi en plongeant ses yeux bleus dans les miens, que cherchait-il à savoir ? aveuglée par la lumière trop crue du soleil je n'ai pas réussi à soutenir son regard, j'ai clos les paupières, et à mon tour je me suis détournée de manière à ne plus avoir le soleil dans les yeux

— On raconte que les tribus des collines alentours sont sur le pied de guerre et qu'elles pourraient bien s'en prendre à nos possessions

des corbeaux fouillaient de leurs becs la terre du potager, j'ai couru pour les faire fuir, frappant dans mes mains et poussant des cris

— Avez-vous de quoi vous défendre, madame Picard ?

saisie par la question du curé, et ma course stoppée nette, j'ai porté les mains à ma poitrine, et malgré moi mes yeux ont fouillé au-delà du vol effrayé des corbeaux les hauteurs rébarbatives des collines qui dominaient la ferme

— Nous avons deux fusils de chasse, monsieur le curé. Ils nous servent à tuer des lièvres et des perdrix. Pour le reste je ne crois pas qu'ils soient utiles à grand-chose

— Il n'y a pourtant pas d'autre moyen de défendre son bien et sa vie en Algérie

— Et vous croyez que nos deux fusils feront fuir ceux qui auront décidé de brûler notre ferme ?

le curé ne m'a pas répondu, il avait arraché une feuille de menthe et il la mâchait en promenant lui aussi ses yeux sur la crête des collines

l'homme à cravate assis derrière son bureau de fonctionnaire ne m'avait-il pas affirmé que l'Algérie était un pays pacifié ? que l'armée avait traqué sans relâche la résistance ? et qu'à présent la terre était offerte à celui qui saurait la féconder ? j'avais envie de répéter au curé tout ce qu'on m'avait dit en France, mais à quoi bon ? si la France m'avait menti, je finirais bien par m'en apercevoir toute seule

nous avons rebroussé chemin et gagné la cour en louant l'un et l'autre les bonnes dispositions de ce printemps algérien qui avait arrosé les terres en quantité suffisante, et à l'ombre de l'acacia nous nous sommes amusés à suivre le manège de mes fils qui chevauchaient à tour de rôle le mulet tenu par Mékika, c'était un dimanche paisible, à la lumière un peu ivre, chargée de pollen et d'insectes

tu te démenais comme un fou, Léon, pour être celui qui passerait le plus de temps possible sur le mulet, tu trépignais, tu tendais tes bras têtus, mais ça n'a pas empêché Joseph d'enfourcher l'animal et d'entamer tout seul le grand tour du pré, fier comme un homme qu'il n'était pas encore, malgré les maigres poils de sa moustache qu'il portait dans le seul but de faire oublier ces deux années qui le séparaient de Charles

te rappelles-tu du malin plaisir que tu prenais à te moquer de lui ? tu profitais de sa gentillesse et de sa patience, grimpais sur ses genoux, te pendais à son cou, et sans crier gare tirais en ricanant sur les poils de cette moustache si peu fournie et n'essaye pas de me dire que je radote, Léon, j'ai encore toute ma tête, Dieu merci, et une mémoire sans faille, tu le sais, combien de fois pour lui avoir tiré les poils de sa moustache ton frère s'est-il vengé en te bottant les fesses ? dis-moi, combien de fois ? et combien de fois es-tu venu pleurer dans mes jupons en accusant Joseph de t'avoir fait mal ?

mais ce jour-là, c'est vrai, tu ne te moquais pas de ton frère, tu courais à ses côtés, dans l'herbe presque aussi haute que toi, tu te cramponnais à sa jambe, et tu riais

j'entends encore tes rires perçants, je vois encore tes sauts de cabri dans la lumière un peu ivre, chargée de pollen et d'insectes, de ce dimanche paisible

un dimanche comme nous n'en avons pas vécu beaucoup si je réfléchis bien, tant nous avons eu notre compte de malheurs, un dimanche qui donnait envie d'arrêter le temps, de demeurer indéfiniment dans cette lumière de pollen et d'insectes, un dimanche qui m'exaltait le cœur, soûlait de certitudes ma poitrine d'apprentie colon, il me semblait alors que nous avions entre nos mains tout ce qu'il fallait pour mettre nos vies à l'abri de la misère

— Madame Picard ?

— Oui, monsieur le curé

une rafale de vent s'est prise aux branches de l'acacia, et le bruit de crécelle des feuilles malmenées a couvert nos voix, j'ai fermé les yeux, senti gonfler autour de moi la cotonnade de mes jupons

— Promettez-moi qu'à la moindre alerte vous nous rejoindrez à Mercier

— Je ne peux pas vous promettre ça, monsieur le curé. Cette ferme est à moi depuis que j'y ai posé le pied, et je ne suis pas disposée à laisser des sauvages la détruire

je me souviens qu'il a haussé les épaules, balayé les poussières de fleurs sur le plastron de sa soutane, et appelé son Arabe de quinze ans

— Mohamed, le mulet !

le garçon a ramené par la bride l'animal, le jeu était fini, mes fils se sont assis sur le muret, les jambes pendantes, observant avec amusement les contorsions du curé qui s'aidait du dos de Mohamed pour enfourcher la selle de son mulet pourtant pas très haut sur pattes, mais le curé était un homme à peine de ma taille, alors forcément il avait du mal à grimper sur le dos de la bête lorsqu'il décidait d'aller à la rencontre de ses ouailles, comme il disait en ricanant

il te faisait peur, Léon, tu le fuyais comme la peste, je ne sais pas si c'étaient ses cheveux rouges qui te terrifiaient, ou bien sa carrure de bûcheron, peut-être les deux, mais tu n'étais pas le seul à le craindre, en quelques semaines sa force et ses colères avaient fait le tour de la région, et personne à Mercier ou ailleurs n'aurait osé lui manquer de respect

tu ne l'as pas oublié, j'espère

parce que c'est lui qui t'a enseigné le catéchisme, dans l'église de Mercier-le-Duc toute neuve

oui, rappelle-toi

vous étiez bien une quinzaine à écouter sa parole, des enfants de colons aussi pauvres que nous l'étions, sauf peut-être le fils du cabaretier et la fille de la quincaillerie-épicerie

tu ne l'as pas oublié, j'espère, ce curé aux cheveux rouges

si ta mémoire te fait défaut je veux croire au moins qu'elle garde l'image de cet homme dévoué qui savait remettre dans le droit chemin vos âmes de drôles toujours prêtes à s'égarer, car il a mal fini sa vie, notre pauvre curé, comme beaucoup de colons sur cette terre d'Algérie il n'a pas eu le temps de vieillir, il croyait avoir l'éternité devant lui quand le destin en avait tracé la limite à une paire d'années, pas plus, et le moment venu, un dimanche de visite à ses ouailles justement, le curé a trouvé sur sa route des bandits à la solde de Bou-Zian qui ne lui ont laissé aucune chance, se jetant comme des fous furieux sur sa soutane, le renversant et lui tranchant la tête sans autre forme de procès

il avait neigé pendant la nuit, tu te souviens Léon ?

sur la route enneigée on a retrouvé son corps mais pas sa tête, la tête les bandits de Bou-Zian l'avaient emportée là-haut dans leurs refuges des montagnes, pour en faire quoi ?

Dieu seul le sait, mon fils

Dieu seul le sait, toujours est-il que les hommes armés de Mercier-le-Duc ont suivi longtemps les traces de sang dans la neige, jusqu'à épuisement de leurs chevaux, sans réussir à rattraper ces barbares, à les punir comme ils le méritaient, et à récupérer la malheureuse tête de notre curé tant aimé et respecté, dont chacun à Mercier appréciait le culot, car ce n'était pas un homme d'église comme les autres, rien ne lui faisait peur, pas même les bagarres dans les cabarets où je l'ai vu assommer de ses poings certains énergumènes qui avaient passé les bornes

il faudrait que j'allume la lampe

Léon ?

je croyais t'avoir entendu m'appeler, mais non c'est un gecko qui vient d'entrer par la porte ouverte

tu le vois, Léon ?

et qui avance dans le rayon de lune, c'est lui qui a poussé sa plainte de gecko, une sorte de pleur étranglé, et à présent il se tient immobile, attendant l'insecte qui finira bien par passer à sa portée

il faudrait que j'allume la lampe, mais à quoi bon

dis-moi plutôt où j'en suis, dis-moi si j'en ai terminé avec le curé

non, pas tout à fait

dans la lumière entre chien et loup du jour qui se retirait et de la nuit qui hésitait à prendre sa place, le curé nous a quittés, lui, son Arabe de quinze ans et son mulet, deux fois il a agité sa main couverte de poils roux, et la deuxième fois j'ai crié

— Au revoir, monsieur le curé !

les garçons étaient repartis jouer, et Mékika ouvrait la porte de la grange en poussant son âne devant lui, je suis allée boire un verre d'eau à la cuisine et lorsque je suis ressortie il était en train de l'attacher à un piquet planté dans un coin du pré

— Mékika !

l'ai-je appelé, prenant à pleines mains ma chevelure et la repoussant en arrière, offrant mon visage à la brise du soir

l'âne a dressé les oreilles et tourné la tête dans ma direction

— J'arrive, patronne

et il a coupé tout droit à travers le pré, foulant de ses pieds nus l'herbe fraîche, le corps perdu dans les plis de sa chemise trop grande pour lui, le front soucieux, l'œil inquiet

— Qu'est-ce que j'ai fait qui n'est pas bien, patronne ?

il s'était appuyé contre le muret de la cour, et tout en parlant il écrasait avec un ongle les fourmis qui couraient sur les pierres

— C'est le curé qui vous a dit du mal de moi ?

— Ne raconte pas de bêtises, Mékika

— J'ai bien remarqué que vous me regardiez en parlant avec le curé

il continuait d'écraser l'une après l'autre les fourmis affolées

— Tu te trompes, Mékika, l'affaire qui préoccupe le curé n'a rien à voir avec toi

et brusquement il m'a fait face en me montrant un visage que je ne lui connaissais pas, impatient, hargneux, durci par une colère froide que ses poings crispés tentaient de retenir

— Alors c'est quoi ?

m'a-t-il lancé

— Si tu veux savoir, le curé m'a parlé de l'agitation des gens dans les gourbis des collines. Et il se demandait si tu étais au courant

— Et pourquoi je serais au courant ?

— Parce que tu as de la famille là-bas

il a cherché un endroit pour s'asseoir, s'est calé le dos contre le muret, et la tête affaissée sur la poitrine il a laissé son visage reprendre peu à peu les traits que lui avait façonnés sa condition de domestique, entre ses jambes il fixait les cals noircis par le travail de ses pieds nus, comme si je n'étais pas à trois mètres de lui, comme si je n'existais plus

— Tu es au courant, Mékika ?

oui, il était au courant, il a haussé les épaules avant de m'avouer que ça lui aurait été difficile de ne pas être au courant, que les deux fois où il était allé voir sa famille on lui avait parlé de ceux qui en avaient marre de crever de faim, des chefs qui voulaient prendre les armes, et descendre sur les terres des colons, et mettre le feu dans les champs, et tout casser dans les fermes

— Tu aurais pu m'en parler

— Ça fait pas assez longtemps qu'on se connaît, patronne. J'avais envie de vous le dire, mais comme je ne savais pas comment vous le dire, j'ai préféré me taire. Et puis j'avais peur que vous décidiez de rentrer en France

— Tu aurais quand même pu m'en parler

— Vous inquiétez pas, patronne. Ils sont pas près de prendre les armes. D'abord ils n'en ont pas d'armes : des couteaux, des fourches, des bâtons, deux ou trois vieux tromblons qui n'enverraient pas une autruche au paradis d'Allah, c'est tout ce qu'ils ont. Vrai de vrai, patronne. Et puis s'ils descendaient quand même, on sait jamais avec tous ces excités, s'ils décidaient d'en découdre avec les colons, ils s'attaqueraient pas à votre ferme. Je le leur ai dit, Vous attaquez qui vous voulez mais vous touchez pas à la ferme Picard, sinon c'est moi que vous trouverez en travers de votre chemin !

il s'était redressé et il se frappait la poitrine avec le poing, fier de me montrer sa fidélité

— Il me reste quelques sous, Mékika, et je crois qu'avec ces sous je vais acheter deux autres fusils

et c'est ce que j'ai fait, à Mercier-le-Duc j'ai marchandé les trois fusils qu'un soldat cherchait à vendre, Je vends les trois ou rien, s'obstinait-il à me répéter, alors j'ai pris les trois, et les boîtes de cartouches qu'il avait en réserve

mais il ne s'est rien passé, je veux dire qu'aucune tribu n'a osé se lancer à l'attaque des fermes de Mercier ou d'ailleurs, Alger nous avait envoyé un régiment de la Légion étrangère qui est allé se promener dans les collines en montrant aux Arabes des gourbis qu'il ne fallait pas plaisanter avec eux, ça a suffi

tout est rentré dans l'ordre

jusqu'à ce que l'été vienne s'abattre d'un coup sur nos terres, ce fameux été africain que m'avaient décrit les colons au café des Messageries

— Un enfer, Emma, un enfer comme il ne devrait pas en exister sur terre si votre Dieu avait de l'amour pour les hommes !

me confirmait cet habitué venu de Paris avec lequel je parlais volontiers, un dénommé Jules Letourneur qui occupait son temps à lire et à boire des absinthes aux tables du café, une sorte de révolutionnaire à la retraite, m'avait-on dit, ou en attente de révolution

si bien que nous n'avons pas été surpris lorsque le niveau d'eau du puits s'est brutalement réduit, nous nous sommes armés de patience, descendant vingt fois le seau dans le fond caillouteux et attendant qu'il se remplisse, c'était long, fatigant, mais enfin nous arrivions à remonter la quantité d'eau nécessaire pour arroser les légumes du potager, donner à boire aux poules et aux lapins, et étancher notre soif d'apprentis colons

et puis, après que le soleil eut grillé l'herbe des prés, les feuilles trop tendres des vignes, et les fleurs de nos rosiers, après qu'il eut ouvert des crevasses grosses comme le bras dans les champs de pois chiches et de lentilles, l'eau a commencé à manquer, on avait beau jeter le seau par-dessus la margelle, et attendre, attendre, et tirer sur la corde, et faire grincer la poulie jusqu'à en avoir mal aux mains, ça ne servait plus à rien, le puits était à sec et le resterait sans doute longtemps

— Au moins deux mois

affirmait Mékika en levant les bras au ciel

— Peut-être trois

alors il a été décidé que chaque matin et chaque soir nous irions avec l'âne remplir deux tonneaux à la source où nous nous étions reposés le jour de notre arrivée

la source aux peupliers

et avant que le soleil se lève, dans les lumières grises des premières lueurs de l'aube, j'entendais Mékika ouvrir la porte de la grange, parler à son âne pendant qu'il attachait les deux tonneaux sur le dos de l'animal

— Joseph ?

appelait-il à mi-voix

une brise à peine rafraîchie descendait des collines et entrait par les fenêtres ouvertes

— Joseph ?

et dans la chambre jaune j'entendais les pas de loup de Joseph qui ne pouvaient pas s'empêcher de faire craquer les lattes mal équarries du plancher, ensuite la porte grinçait, et la voix de Joseph commençait à chuchoter je ne sais quoi à l'adresse de Mékika, et notre Arabe toussait, répondait ou ne répondait pas, et quand il répondait c'était pour faire rire Joseph, et à la fin ils riaient tous les deux, étouffant leur gaieté matinale dans les manches de leurs chemises

nue sous le drap qui me couvrait, souvent les reins en sueur, et la poitrine, et l'intérieur des cuisses, j'essayais de me rendormir en écoutant cogner les sabots de l'âne contre les pierres du chemin, mais c'était déjà trop tard, le jour était là qui entrait partout, réveillant les oiseaux dans les arbres, et les nuées de mouches et de moustiques qui ne cessaient pas de nous tourmenter où que nous allions et quoi que nous fassions, si bien que je n'attendais pas plus longtemps le moment de me lever, l'air était si chaud dans la chambre malgré la fenêtre ouverte que j'éprouvais du soulagement à quitter le lit, en chemise de nuit j'allais donner du foin à la vache et au cheval, et les restes de ce que nous avions mangé la veille aux poules et aux lapins

c'était peu de chose, nos restes, nous étions six à table, souviens-toi Léon, six bouches affamées

au potager je m'accroupissais entre les pieds de tomates, grattais la terre pour effacer les crevasses de mauvais augure, coupais les feuilles inutiles, et dans mon chapeau recueillais les fruits mûrs avant que les oiseaux s'en emparent, je les voyais qui avaient déjà pris position sur le toit, le bec vorace, l'œil impatient, attendant que je leur abandonne la place

mais qu'espéraient-ils trouver après mon départ ?

le soleil, l'effroyable chaleur de midi avaient dévasté les carrés de choux et de poireaux que je m'étais obstinée à planter malgré les conseils de Mékika

— C'est du travail inutile, patronne. Vous ne récolterez rien. Même pas ça et il coinçait un ongle entre ses dents, le faisait claquer avec l'air de quelqu'un qui sait de quoi il parle

à quatre pattes je rejoignais mes salades à l'ombre du mur, je ne voulais pas qu'elles crèvent celles-là, j'avais envie qu'elles grossissent, que leurs feuilles se développent, se multiplient, et qu'on en remplisse nos assiettes avec de l'huile et de l'ail aux repas du soir, sous l'acacia, à la lumière de la lampe à huile où venait danser des nuages d'insectes, et pour être sûre de réussir mon coup je m'obligeais à en inspecter chaque jour les feuilles, tuant de mes mains les doryphores et autres dévoreurs de jardins, avant de verser à chacune un verre de cette eau fraîche rapportée par Joseph et Mékika, et que nous économisions autant que nous pouvions

y avait-il un moyen de faire autrement ?

tout le mois d'août, je dis bien tout le mois d'août, Mékika et Joseph sont partis matin et soir chercher de l'eau afin d'éviter que nous mourrions de soif, ce n'était pas facile de se rationner, de chasser de notre esprit cette envie de boire qui nous tenaillait la gorge, et aux heures torrides de l'après-midi nous allions nous coucher, fenêtres et volets clos, dans une obscurité vénéneuse qui nous tenait à l'écart de la chaleur aveuglante du dehors, sans nous délivrer du calvaire de ce temps arrêté dans sa course

un temps figé

ouvert comme un gouffre et tout près de nous engloutir, alors que nos yeux brûlaient et que la sueur sortait par tous les pores de notre peau d'apprenti colon, jamais je n'aurais imaginé qu'il puisse faire aussi chaud

jamais

et à la fin du mois il est arrivé ce qui devait arriver, Eugène et Léon en jouant sous le mauvais soleil de midi ont attrapé la fièvre, une fièvre chaude que tout le monde attrape dans ce fichu pays

Léon, tu es entré dans la cuisine avec ton frère et tu m'as dit, Maman on se sent pas bien, tu étais rouge, tes yeux brillaient, des mèches de cheveux étaient collées à ton front, j'ai regardé Eugène qui avait comme toi l'allure de quelqu'un qu'on aurait poussé dans un chaudron, je vous ai fait asseoir sur le banc, avec un chiffon trempé d'eau j'ai essayé de vous rafraîchir la tête, Ça va mieux ? je vous demandais, ça va mieux ? mais ça n'allait pas mieux, alors toi et ton frère vous êtes allés vous allonger, j'ai fermé les volets de la chambre, ouvert le lit, et j'ai dit, Déshabillez-vous, mais vous avez eu du mal à retirer vos vêtements, il a fallu que je vous aide, que je tire sur les jambes de vos pantalons, vous étiez sans force, il a fallu que je vous allonge dans le lit, que je demeure à vos côtés le reste de l'après-midi, renouvelant en permanence des linges mouillés sur vos fronts et vos joues rougis par la fièvre

et le soir Mékika est venu me voir, il était allé rejoindre le gourbi où vivait sa famille, très haut dans les collines, avec son âne et son chapeau de paille à larges bords, je crois même qu'il y avait passé la nuit, essayant de réconforter son père et sa mère, et les quinze personnes qui vivaient à leurs crochets, parce que eux aussi manquaient d'eau et avaient toutes les peines du monde à se nourrir, tant leurs réserves étaient maigres, de l'orge, des pois, c'était bien tout ce qu'il leur restait, alors ils arrachaient des racines, celles qui s'enfonçaient profond dans la terre et qui étaient tendres, et ils les mangeaient, tout comme il leur arrivait de manger des cigales quand ils en trouvaient sur les pentes des collines, des cigales, des grillons, des criquets

— Qu'est-ce qu'ils ont les enfants, patronne ?

— Le soleil leur a donné la fièvre, et je ne sais pas ce qu'il faut faire pour leur refroidir la tête

Mékika s'est approché, a posé la main sur le crâne de Léon, et puis sur celui d'Eugène

dehors Charles et Joseph étaient de retour, ils avaient pris le cheval et malgré la chaleur ils étaient partis chercher l'eau qui nous était tant nécessaire

— Comment vont-ils ?

a demandé Joseph, pendant que Charles se précipitait dans la chambre, une cruche d'eau fraîche à la main

— Pas très bien

j'ai répondu

nous avons essayé de leur donner à boire, mais ils avaient du mal à avaler, ils recrachaient presque tout

— Patronne, je crois que ça va pas partir leur maladie. Il faut aller chercher le docteur militaire à Mercier. Le sang, il est en train de bouillir dans leur corps, et il continuera à bouillir si un docteur ne fait pas un trou pour que sorte le trop-plein de sang

— Qu'est-ce que tu racontes, Mékika ?

il s'était mis à marcher de long en large dans la chambre, levant les bras au ciel et implorant Allah

— Je vous dis ce que je sais, patronne. Combien de fois j'ai vu les docteurs saigner un soldat ou un colon que le soleil avait cuit

il a répété que c'était le seul moyen de sauver Eugène

et Léon, trois, quatre fois, peut-être dix fois, et Charles a fini par se laisser convaincre

— J'y vais, maman

et en se laissant convaincre il m'a soulagée d'un poids, soudain j'ai senti que je reprenais courage, je me suis levée, ai passé une main sur ma figure en sueur

— Oui, tu as raison, vas-y

pendant que Joseph détachait le cheval

— J'aurai plus vite fait à pied

a crié Charles, il était déjà parti en courant, et nous avons suivi sa course jusqu'à ce qu'il disparaisse au bout du chemin, ensuite nous sommes rentrés dans la chambre et avons attendu son retour, Joseph, Mékika et moi-même, ne parlant pas, ne bougeant pas, et respirant à peine

seigneur Dieu

dans l'acacia les cigales nous assourdissaient, et la façon qu'elles avaient de nous ignorer en grinçant des ailes au-dessus de nos têtes augmentait encore notre inquiétude

sous le drap qui les couvrait Eugène et Léon n'arrêtaient pas de gémir, leur pauvre visage roulait sur le traversin, dérangeait les mouches occupées à pomper l'eau des linges humides qui leur rafraîchissaient le front, j'agitais la main autour d'eux, chassais comme je pouvais ces mouches

un peu comme je fais aujourd'hui avec toi, Léon, sauf que j'ai dans la main l'éventail que vous quatre m'avez offert le jour de mon anniversaire, un éventail qui a perdu ses couleurs, il faut bien le dire

la nuit était tombée lorsque le docteur est arrivé au galop dans la cour, Mékika avait allumé la lampe pour y voir clair

— Par ici, patron docteur

il a pris les rênes que l'homme lui tendait, calmant de l'autre main le cheval aux babines blanchies d'écume

j'étais sur le pas de la porte, bras serrés contre la poitrine, la gorge nouée par la peur de perdre mes deux fils, la nuit accentuait sans doute la fatigue de mon visage, devait me creuser les joues, enfoncer dans leurs orbites mes yeux de mère affolée, j'imaginais ce visage qui n'était plus le mien et que le docteur a jaugé d'un coup d'œil avant de s'arrêter devant moi et de poser une main consolante sur mon épaule

— J'ai galopé jusque chez vous sans attendre votre fils. Il ne va pas tarder à nous rejoindre

j'ai secoué la tête, me suis écartée et l'ai laissé entrer

— Alors, où sont ces malades ?

— Dans la pièce à côté, docteur

il a jeté sa sacoche sur une chaise, s'est approché d'Eugène et de Léon, les a d'abord débarrassés des linges mouillés, ensuite il a repoussé le drap qui les couvrait et leur a tâté le pouls

— C'est un coup de chaleur

a-t-il déclaré, et puis en se redressant il a ajouté

— Rien de grave, madame

et comme il avait besoin d'un récipient, Mékika est parti récupérer la bassine de la cuisine et la lui a tendue avec un soupir de soulagement

— Sortez tous de la chambre, à présent, et fermez la porte. J'ai besoin d'être seul

passant dans la cour, nous avons fini par nous asseoir à la table parce que nous ne trouvions rien d'autre à faire que de tourner en rond autour de l'acacia, alors nous nous sommes assis, la tête dans les mains, le tympan taraudé par les grillons sortis de leurs trous

la lune qui s'était levée éclairait comme en plein jour, ronde, froide elle ressemblait à un œil sans paupière au milieu du ciel, un œil qui ne cessait pas de nous observer

nous avons entendu du bruit dans le chemin, des pierres qui roulaient sous quelque semelle, et soudain nous avons vu apparaître Charles entre les bouquets de romarin, il n'en pouvait plus, sa poitrine était à bout de souffle, ses jambes raidies par la fatigue avaient du mal à se plier

— Alors ?

nous a-t-il demandé en s'appuyant contre la table

— C'est rien

a répondu Mékika

— Le docteur est en train de les saigner. C'est ce que j'avais dit, il leur enlève le trop-plein de sang qui bout. Y avait pas autre chose à faire

Charles s'est assis entre son frère et moi, j'ai pris sa main qui tremblait

— Tu as faim ?

lui ai-je demandé

il a secoué la tête, non il n'avait pas faim, Mékika a quand même sorti de sa poche des figues séchées et les lui a tendues

— Mange, ça te redonnera des forces

et Charles a mangé les figues, les enfournant l'une après l'autre dans sa bouche tout en surveillant la porte de la cuisine, car il ne pouvait faire autrement que de guetter la sortie du docteur, comme je la guettais moi-même *tu sais, Léon, que j'ai toujours été une mère inquiète, que je n'ai jamais su prendre les choses du bon côté, jamais, et que j'ai toujours préféré envisager le pire, me désespérer les méninges et me tordre les tripes, pauvre de moi*

tu sais ça

et tu te doutes bien qu'en agissant de la sorte ma vie n'a pas été une partie de plaisir, j'ai passé mon temps à me ronger les sangs, et je me les ronge encore ce soir

oui, Léon

je me ronge les sangs parce que tu es tout ce qui me reste, et que je n'ai pas envie que ce Dieu querelleur qui ne me lâche plus t'emporte comme il a emporté tes frères, qu'est-ce que je deviendrais moi si tu disparaissais ? as-tu seulement songé à ce que je deviendrais, Léon ?

tous assis autour de la table, le tympan taraudé par les grillons sortis de leurs trous, nous avons attendu que le docteur en finisse avec Eugène et Léon, et qu'il se présente sur le seuil de la porte, en bras de chemise, l'œil encore échauffé par le travail qu'il venait d'accomplir, tenant d'une main la bassine pleine du sang de mes fils, de l'autre sa lancette

— Voilà, c'est fini

a-t-il annoncé en s'essuyant le front avec la manche de sa chemise

— Laissez-les se reposer, vous les verrez plus tard

il a tendu la bassine à Mékika et demandé son cheval

— J'ai un autre malade qui m'attend

a-t-il ajouté, comme s'il avait besoin de justifier son départ précipité, mais qu'avait-il besoin de justifier ? nous n'avions rien à voir avec ces riches familles qui étaient en train de faire fortune dans les plaines de la Mitidja, et nous tous colons pauvres de Mercier devions considérer comme une faveur la visite d'un docteur militaire dans nos fermes du bout du monde, alors je lui ai demandé ce que je lui devais, et il a haussé les épaules avant de grimper sur son cheval, de caler sa sacoche entre ses cuisses et de tirer sur les rênes

le cheval a fait un tour complet sur lui-même, soulevant un nuage de poussière

— Je suis un médecin militaire, je n'ai pas besoin de votre argent. Gardez-le pour les coups durs

et il est parti au galop, nous laissant seuls au milieu de nos arbres défeuillés et de nos champs morts de soif dans lesquels les grillons avaient creusé des milliers de trous

vous n'avez pas mis beaucoup de temps à retrouver la santé, toi et ton frère, huit jours après vous galopiez et sautiez en l'air comme si de rien n'était

malgré tout j'ai décidé que vous n'iriez plus au soleil sans chapeau, et Mékika s'est installé sous l'acacia avec ses outils et vous en a fabriqué deux avec de la paille qu'il a tressée tant bien que mal jusqu'à obtenir des sortes de chapeaux pas vraiment à la taille de vos têtes dures, mais avec des bords suffisamment larges pour vous protéger du soleil, Vous êtes jamais contente patronne ! protestait notre Arabe en me voyant grimacer

tu te souviens, Léon ?

planté au milieu de la cour, les paumes jointes et le visage tourné vers le ciel afin que son Dieu témoin des injustices dont il avait à souffrir lui vienne en aide, C'est vrai, vous êtes jamais contente de mon travail !

tu te souviens, Léon ?

et avec de la corde j'ai noué ces deux chapeaux à vos mentons en sueur, vous promettant des calottes si je vous voyais tête nue au soleil

parce que le soleil a continué de s'acharner sur nous jusqu'à la fin du mois de septembre, grillant dans le feu de ses rayons à peu près tout ce qui restait de vie autour de notre ferme

et puis l'horizon a fini par s'obscurcir, et un grand galop de nuages a fondu sur nous dans un grondement de tonnerre, avais-je jamais vu le ciel s'écorcher de pareille façon ? je ne crois pas, les éclairs avaient tant de force qu'ils donnaient l'impression de vouloir partager les montagnes en deux, et dans ce vacarme passaient et se bousculaient des nuées d'oiseaux effrayés, des feuilles arrachées aux arbres, des branches mortes et de la poussière prises dans les tourbillons du vent

il a plu une nuit entière, nous entendions l'eau ruisseler sur le toit, gargouiller dans les rigoles, c'étaient des bruits qui ne nous étaient plus familiers, que nous avions presque oubliés

il faut le dire, presque oubliés

et c'est sous cette pluie que j'ai accompagné Eugène et Léon à l'école le lendemain matin, c'était le jour d'ouverture de la classe à Mercier-le-Duc, l'instituteur nous avait prévenus, nous autres parents colons, qu'il était de notre devoir d'envoyer nos enfants à l'école, je n'avais donc pas la possibilité de faire autrement que de forcer mes deux drôles à marcher devant moi dans la pluie et le vent et les nuages bas de ce jour-là, sans parapluie, sans rien pour nous protéger, au point que nous avons eu très vite le visage et les cheveux trempés, les pieds noyés dans nos galoches, mais peu nous importait, tant l'eau bénie de ce ciel d'Algérie nous soulageait des violences de l'été, Eugène et Léon tanguaient d'un bord à l'autre du chemin, ouvraient les bras, dodelinaient de la tête, trois mois qu'ils n'avaient pas senti la fraîcheur de l'eau sur leur peau, trois mois ! ils en étaient tout retournés, tout étourdis, presque ivres

moi-même je me souviens que je laissais la pluie m'inonder sans chercher l'abri des arbres, et respirais à pleins poumons l'odeur de cette terre gorgée d'eau qui entrait dans mes narines

devant la grange transformée en salle de classe avec des bancs en bois, un tableau et une estrade sur laquelle trônait une table, devant le mur passé à la chaux de cette grange j'ai laissé mes deux fils se joindre aux garçons et aux filles de colons qui formaient des rangs séparés de chaque côté de la porte, face au maître d'école en grande tenue de maître, la règle à la main, un pouce glissé dans l'emmanchure de son gilet

— Madame Picard, comment allez-vous ?

m'a-t-il lancé

j'ai haussé les épaules, qu'est-ce que je pouvais faire d'autre que de hausser les épaules après l'été que nous venions d'endurer ?

il ne pleuvait plus, les nuages se déchiraient dans le ciel, et le soleil cherchait déjà une échappée, profitant de l'éclaircie j'ai rejoint la grande rue luisante de pluie, ai salué ceux que je commençais à connaître, tout en observant l'activité des commerçants qui déballaient leurs marchandises arrivées d'Alger, le travail du forgeron occupé à cogner sur du fer rougi au feu, celui du charpentier, du maréchal-ferrant, du bourrelier toujours en train de crier aux oreilles de ses deux Arabes qui travaillaient de travers

— Les affaires vont bien, Ernest ?

l'homme relevait la tête, me souriait

— Emma !

ils me souriaient tous, comme si ça leur faisait plaisir de me voir

j'ai franchi la porte des Volcans d'Auvergne rien que par curiosité, suis ressortie comme j'étais entrée, parce que ce n'était pas le moment d'acheter des bêtises, je savais qu'il faudrait remplacer les lapins et les poules morts de chaleur, pauvres bêtes, et ma bourse n'était pas loin d'être vide après les dépenses que j'avais engagées lorsque le potager réduit à rien par ces fournaises du diable n'avait plus été capable de nous nourrir

autour de moi chevaux et mulets piaffaient d'impatience dans la boue, des vaches mangées de mouches attendaient le bon vouloir d'un Arabe en discussion avec un autre Arabe, deux mendiants se traînant sur des béquilles de fortune ont tendu leurs mains sales dans ma direction, comme si j'étais un de ces bourgeois cousus d'or qu'on voit parader au marché, moi Emma Picard, avec mes jupons crottés et ma dégaine d'apprentie colon, je leur ai dit d'aller tendre la main chez ceux qui en ont de trop des billets de banque et des pièces d'or, et puis la diligence est arrivée dans un fracas de ferrailles et de grelots, les portières se sont ouvertes et des gens en sont descendus avec l'œil ahuri que je devais avoir lorsque Mercier-le-Duc m'était apparu au printemps dernier

de nouveaux colons il en arrivait toutes les semaines, des hommes sans femme, jeunes et vieux, barbus, la tignasse en bataille, la plupart du temps dépourvus de bagages, ne transportant avec eux qu'un sac de toile, un instrument de musique ou un fusil de chasse pendu à l'épaule par une bretelle de corde

je les ai observés pendant qu'ils descendaient de la diligence, fiévreux comme des chiens, maladroits dans leurs gestes, souvent plus pauvres qu'ils en avaient l'air, et malgré tout ça décidés à en découdre avec la terre d'Algérie

que venaient-ils faire par ici ? qu'avaient-ils en tête ?

ensuite j'ai salué le cocher qui aimait bien avoir de mes nouvelles, curieux qu'il était des profits que je réussissais à tirer de mes vingt hectares, je lui répondais toujours que ce n'était pas encore l'abondance, que mes champs rebelles demandaient de la patience, et beaucoup d'effort et de sueur, mais qu'un jour ou l'autre les fruits de notre travail nous rapporteraient gros, la fortune peut-être

— Qui sait ?

ai-je lancé au cocher après lui avoir débité mon boniment habituel

— Seigneur Dieu, si ceux qui peinent étaient enfin récompensés, le monde aurait une autre allure !

le cocher a secoué la tête, et puis il est parti d'un grand éclat de rire

— Emma, vous n'avez plus l'âge de croire aux balivernes !

m'a-t-il répondu

en caressant la croupe des chevaux je cherchais dans ma tête des arguments, mais à quoi cela m'aurait-il servi ? je n'avais pas envie de poursuivre la conversation, alors le mieux était d'abandonner le cocher et de rejoindre le café des Messageries, et c'est ce que j'ai fait, je suis allée retrouver le père Perret qui était debout sur le pas de sa porte, un torchon à la main, surveillant du coin de l'œil le remue-ménage de ses tables où les clients oubliaient leurs misères dans les rires gras et les injures

— Va-t-il repleuvoir ?

il questionnait le ciel, le nez en l'air, observant la fuite des nuages en direction de Mascara

— Venez, Emma, je vous offre un café

je l'ai suivi à l'intérieur, posant les fesses sur l'unique tabouret du comptoir, et regardant mon visage dans le miroir, les cernes qui m'étaient venus avec les chaleurs de l'été, j'ai passé les mains dans mes cheveux encore trempés de pluie, ai considéré le contour épuisé de mes lèvres, celui de mes joues creuses, de mon nez aux narines pincées

derrière moi, assis à sa table, celle qui lui servait à écrire et à lire, il y avait ce Jules Letourneur, l'homme à qui j'avais tapé dans l'œil le jour où il m'avait mis en garde contre l'enfer des étés algériens, il tournait les pages d'un livre et n'avait pas remarqué mon entrée dans la salle

j'ai eu le temps de boire la tasse de café que me tendait le père Perret, d'arranger un peu mes cheveux, et lorsqu'il a relevé la tête je m'apprêtais à quitter le bar

— Emma !

s'est-il exclamé

— Qu'est-ce que vous faites ici ? Venez vous asseoir

était-il convenable d'obéir à cet homme ? sûrement pas, mais je n'avais que faire des convenances dans ce pays d'Algérie

tu le sais, Léon

si bien que je suis descendue du tabouret et comme il me le demandait je suis allée m'asseoir à sa table

peut-être même que ça te déplaisait de voir ta mère se moquer à ce point des convenances, mais qu'est-ce que tu veux, je n'avais guère de moyens d'échapper à la vie que je menais, au dur labeur quotidien que m'imposait la terre d'Algérie

tu as beau secouer la tête, c'est la vérité

et une femme qui vient de dépasser sa quarantaine et qui travaille la terre comme une négresse, une femme sans mari qui plus est

tu as beau secouer la tête

est bien obligée de se moquer des convenances et de les trouver ces échappatoires qui consistent d'abord, à Mercier-le-Duc comme ailleurs, à ne pas jouer les effarouchées et à se montrer aimable en toutes occasions, ce qui veut dire accepter dans son lit aussi bien le désir violent des hommes de passage que celui des bourgeois en mal d'aventures

tu comprends ça, Léon ?

— Alors, Emma

m'a-t-il dit

— Comment vous l'avez passé cet été avec vos quatre fils ?

il m'a offert un verre de bitter curaçao, pendant que je lui répondais que j'avais passé le plus mauvais été de ma vie, comme il pouvait s'en douter, pas d'eau trois mois durant, et l'obligation d'aller en chercher deux fois par jour à la source aux peupliers, ça mine le moral

— Je vous avais prévenue, Emma

et pour couronner le tout un soleil si mauvais que la moitié de mes lapins et de mes poules en étaient morts, et que mes deux plus petits avaient failli en mourir eux aussi, sauvés de peu par le docteur militaire qui avait été obligé de les saigner

— Je vous avais prévenue, il ne fait pas bon cultiver la terre par ici

j'ai tourné la tête en direction de la porte, ai regardé le mouvement des charrettes et des hommes dans la rue

— À quoi ça sert que la France pousse les gens à venir s'installer dans ce pays, si c'est impossible de gagner sa vie ?

— Mais il y en a qui font de l'or, Emma, ne le savez-vous pas ! de l'or en barres en exploitant jusqu'à la mort la sueur du burnouss tout comme celle du soldat, de l'ouvrier et du paysan arrivés là par on ne sait quels concours de circonstances, et qui pour la plupart en repartiront les pieds devant !

il s'échauffait vite, le Jules Letourneur, un rien le dressait sur ses ergots, œil menaçant, barbe furibonde

j'ai haussé les épaules

— Il va bien falloir qu'on s'en sorte pourtant

et je me suis mise à le fixer dans les yeux cet homme révolté, qui n'avait d'autre préoccupation que de renverser les lois de ce monde afin d'en mettre d'autres à la place, comme ses livres en avaient rêvé et comme il en rêvait lui-même, oui je me suis mise à fixer le noir profond de ses pupilles d'homme étonné que mon audace de femelle ose devancer son désir de mâle nous n'avons plus parlé, nous nous sommes regardés en silence, oubliant ce que nous étions en train de dire, par la porte ouverte du café entraient les bruits familiers de la grande rue, un brouhaha incessant de voix et de cris d'animaux qui aurait pu nous déranger dans notre observation de l'autre, mais qui ne nous dérangeait pas, lui regardait mon visage lavé par la pluie, et moi le sien vieilli par ce que j'imaginais être un nombre incalculable de nuits blanches passées à boire, à fumer et à tenter de convertir à sa cause les rêveurs de son espèce

— Si on allait chez moi ?

a-t-il fini par me proposer

je l'ai regardé, comme si je n'avais pas très bien compris ce qu'il venait de me dire, et affrontant sans ciller la malice de son sourire je lui ai répondu

— Pourquoi pas

— Alors buvez votre bitter

j'ai vidé mon verre d'un coup, et je me suis levée, et j'ai marché entre les tables en évitant de croiser le regard du père Perret, de toute façon il était occupé à servir des clients qui parlaient fort en donnant des coups de poing sur le zinc du comptoir, comme s'ils étaient en colère, mais ils ne l'étaient pas, ça se voyait à leur manière de vider les verres de vermouth les uns derrière les autres

dehors j'ai essayé de calmer le tremblement de mes jambes qui flageolaient sous mes jupes, avais-je attrapé froid ce matin sous la pluie du chemin ? comme si je ne savais pas ce qui m'arrivait, comme si je pouvais oublier que je n'avais jamais été avec un autre homme depuis que Gustave m'avait mariée à l'âge de seize ans, alors que j'étais encore vierge et ignorais la façon dont il fallait aimer un homme

mais qu'est-ce que je te raconte, Léon

Jules est sorti, sa pile de livres coincée sous le bras, a rallumé sa pipe, sucé le tuyau avec des lèvres gourmandes tout en me lorgnant du coin de l'œil

— Venez

m'a-t-il soufflé avec l'empressement d'un homme emporté par son désir

nous avons remonté la grande rue l'un à côté de l'autre, saluant au passage nos connaissances, moi inclinant la tête, lui serrant des mains, et au bout d'un moment Jules a tourné dans une ruelle boueuse où stagnait l'eau des pluies de la nuit, il a fallu sauter les flaques dans lesquelles se bousculaient les nuages en fuite, monter l'escalier qui s'appuyait contre la façade d'une maison de bois, une des plus anciennes de Mercier, a commenté Jules, un doigt pointé en direction de la toiture mal en point

arrivés en haut des marches il m'a poussée à l'intérieur de la pièce qui lui servait de cuisine et de chambre, qui était sombre parce que c'est à peine si on avait pensé à percer une ouverture dans la cloison, et qui sentait le tabac froid et la sueur d'homme

et puis il a claqué la porte derrière lui, m'a empoignée à bras-le-corps et jetée sur la paillasse du lit, me troussant jusqu'au nombril, fourrant d'autorité sa barbe de révolutionnaire entre mes cuisses bien obligées de s'ouvrir

mais qu'est-ce que je te raconte, Léon

de s'offrir

seigneur Dieu ! était-il possible que mon désir de femme s'accorde à ce point à celui d'un homme !

j'espère que tu as fini par t'endormir, et que tu ne m'entends pas te raconter tout ça, mon pauvre fils, j'espère même que tu dors sur tes deux oreilles et que tu ne m'entends pas te déballer dans le détail l'histoire de notre aventure coloniale, comme si c'était vital pour moi de forcer ma nature et d'accepter le grand déballage de mes fautes, car fautes il y a

les grillons ont beau chercher à m'entortiller la mémoire en répétant la note têtue de leur rengaine nocturne au seuil de la porte qui marque la frontière entre eux et moi, ils ne sauraient me convaincre du contraire

oui fautes il y a, dans la mesure où je n'ai pas su comprendre que je n'avais rien à faire sur ces terres africaines, rien à conquérir, rien à construire, rien à espérer, surtout pas une vie meilleure, car l'Algérie était bien incapable de m'offrir quoi que ce soit

Léon, si je ne m'étais pas laissée berner par la France, vous seriez tous encore en vie et tous autour de moi, alors ne m'en veux pas de te raconter ce qui se raconte et ce qui ne se raconte pas dans la vie d'une femme, c'est l'heure de mon grand déballage

l'heure de forcer ma nature, de ravaler mes pudeurs, et de ne pas avoir peur d'être grossière si c'est nécessaire

mais j'espère quand même que tu ne m'entends pas te raconter tout ça, mon pauvre fils

mes cuisses

tout ce grand déballage

mes cuisses qui ont bien été obligées de s'ouvrir, de s'offrir, de livrer passage au sexe de Jules Letourneur, un sexe gonflé de fougue et d'impatience qui m'a pénétrée, fouillée sans que j'aie le temps de consentir à quoi que ce soit

j'espère que tu as fini par t'endormir, Léon, j'espère même que tu dors sur tes deux oreilles

un sexe qui m'a culbutée comme une putain avant de m'envahir le ventre d'une semence pressée de me noyer

— Excuse-moi

a-t-il fini par me dire lorsqu'il a rouvert les yeux et basculé sur le côté, son front était en sueur, sa barbe et ses cheveux humides luisaient dans le peu de lumière que versait le trou de la fenêtre, j'avais chaud moi aussi, je me suis déshabillée entièrement avant de me blottir dans ses bras et d'attendre qu'il veuille bien refaire ce qu'il avait fait dans le désordre et la précipitation

peut-être avons-nous dormi, je ne sais plus

je me souviens seulement de sa main qui allait et venait entre mes cuisses et qui m'a réveillée, j'ai ouvert les yeux sans plus savoir où j'étais, en me demandant même qui était l'homme allongé à côté de moi, il a fallu que Jules pose ses lèvres sur mon front pour que je redescende sur terre

— Emma

j'ai remarqué qu'il s'était déshabillé, qu'il était aussi nu que moi, et que le désir lui tenaillait à nouveau le ventre

alors je lui ai souri, et à mon tour j'ai dit

— Viens

et dans les draps encore humides de notre sueur nous nous sommes aimés sans retenue, oubliant notre condition d'égarés sur cette terre d'Algérie, parce qu'il fallait bien vivre, lui sa vie d'homme et moi ma vie de femme *comprends-tu, Léon ?*

et c'est à partir de ce jour que Jules a commencé à fréquenter la ferme

il arrivait à pied dans ses chaussures de Parisien, la barbe drue, le cheveu long tombant sur les épaules, Voilà le révolutionnaire ! criait ton frère, et toi Léon tu lui sautais au cou, Alors comment elle pousse la graine de colon ? questionnait-il en vous attrapant chacun sous un bras et en vous portant la tête en bas jusque dans la cour

tu l'aimais bien ce Jules Letourneur, n'est-ce pas Léon que tu l'aimais bien ?

et moi qui en étais amoureuse j'étais contente que vous autres mes fils lui réserviez un si bon accueil, car avec cet homme j'aurais volontiers refait ma vie, comme on dit, si l'idée lui était venue de prendre en main la ferme et de devenir paysan

mais c'était un Parisien, et un Parisien ça n'a pas et ça n'aura jamais le goût de la terre

oui, c'est à partir de ce jour que Jules a passé la plupart de ses dimanches chez nous, et qu'il nous a aidés dans nos travaux harassants, dans notre lutte contre l'hostilité continuelle de la nature, acharnée à détruire ce que notre obstination de colon tentait par tous les moyens de faire pousser

avoue, Léon, que ces deux bras supplémentaires n'étaient pas de trop lorsqu'il nous fallait couper du bois pour l'hiver, tenir à pleines mains la charrue que seul Charles avait la force de soumettre et guider sans faillir dans le droit sillon de la terre

acharnée à ravager, dévaster, brûler les récoltes

lorsqu'il nous fallait faucher au plus vite l'orge et le blé de nos champs avant que le soleil de juin les grillent sur pied

acharnée à nous décourager, à nous ruiner la santé hiver comme été, parce que l'hiver ne nous a jamais été plus favorable que l'été, seigneur Dieu où ai-je autant souffert du froid qu'en ces collines maudites d'Algérie ? autant grelotté sous les rafales incessantes des vents du nord qui transperçaient jusqu'aux os ? nulle part, je peux bien l'avouer, nulle part en France je n'ai vu des mois de janvier et février aussi terriblement froids

aussi terriblement entêtés à nous geler le sang

Jules, dans les moments où il se plaisait à jouer les oiseaux de mauvais augure, était catégorique

— L'hiver

affirmait-il

— L'hiver est pire que l'été, il tue les bêtes et les hommes en bien plus grand nombre. Tu verras

il tournait sa barbe de révolutionnaire en direction de mes fils

— Vous verrez, les garçons

et nous avons vu, dès le mois de décembre l'hiver nous est tombé dessus, comme ça, sans crier gare, du jour au lendemain ou presque, je me souviens que le dimanche il faisait encore bon sous l'acacia, nous avions mangé dehors et ri des histoires que nous racontait Jules, avec des effets de manche et des grimaces que notre Parisien en homme habitué aux cafés des boulevards multipliait à plaisir pour capter l'attention de son public

le ciel était clair, les champs silencieux

j'étais fatiguée, tout l'automne j'avais gratté, pioché, ensemencé le potager, taillé la vigne, ravaudé le linge, lessivé du sol au plafond la cuisine et nos chambres, pendant que Charles, Joseph et Mékika profitaient des pluies de l'automne pour labourer les champs, et qu'Eugène et Léon arpentaient le chemin de l'école dans un sens et dans l'autre, et j'écoutais d'une oreille distraite les histoires de Jules, la tête reposant dans le creux de ma main, rêveuse comme peut l'être une femme qui a retrouvé l'usage de son corps

je veux dire la manière d'en jouir

et le lundi, comme ça, sans crier gare, l'hiver était là, poussé par le vent d'est descendu des montagnes de l'Ouarsenis il avait profité de la nuit et refroidi d'un coup les immensités de plateaux, d'oueds, de ravins escarpés, et puis des hectares et des hectares de terres avec fermes et granges à bétail, il a fallu que j'habille Eugène et Léon qui grelottaient dans la cuisine, que je leur trouve des chaussettes, que je sorte du coffre leurs capes mitées d'écolier, que je leur noue des cache-nez de laine autour du cou avant de les laisser partir en courant dans le chemin jonché de feuilles

de feuilles brunes, et mortes, et craquantes comme du vieux papier

Mékika est allé chercher du bois, a tenté sans succès d'allumer la cheminée

Mékika, qu'est-ce que tu fais ?

des bouffées âcres ont envahi la cuisine, et pris de quintes de toux nous avons été obligés de quitter la pièce

— Le trou de la cheminée est bouché, patronne

a crié Mékika

je l'entendais fourgonner dans le conduit avec un bâton, jurer comme un charretier, prendre Allah à témoin, comme si son Dieu avait le pouvoir de déboucher les conduits de cheminée ! j'ai envoyé Joseph chercher l'échelle dans la grange, c'était là qu'elle était rangée à présent, il est ressorti en la tenant en équilibre sur son épaule, l'a installée le long du mur, et Charles a grimpé sur le toit en luttant contre les tourbillons du vent qui se glissaient dans les jambes de son pantalon et dans les manches de sa chemise

— Fais attention, Charles, ne va pas te casser le cou !

ne cessais-je de lui répéter

— Fais attention !

il avançait à quatre pattes sur les tuiles, et ce n'est qu'en arrivant près de la cheminée qu'il s'est redressé, a fourré son bras dans le conduit et en a retiré les nids que les hirondelles avaient bâtis durant les trois printemps où la ferme était restée sans propriétaire, sans animaux, sans même un domestique

au moins quatre nids, et un fatras de branches et de feuilles formant là-dedans un bouchon que les fumées du feu avaient bien du mal à franchir, et que Charles s'est empressé de faire sauter, libérant ainsi de lourds panaches de fumée qui s'en sont allés rejoindre les nuages

c'était la première fois que je voyais la fumée sortir de la cheminée, ça lui changeait son allure à la ferme Picard, ça lui donnait de l'avenir, et puisque nous avions été capables de vivre entre ses quatre murs une année presque complète, j'imaginais avec fierté que dans cent ans les Picard y vivraient encore, pas moi, pas même mes fils, mais les filles et les garçons de mes fils, ces Picard pas encore nés à qui j'espérais léguer le centuple de ce que la France nous avait offert, une propriété agrandie jusqu'à la plaine, avec des champs à perte de vue, du bétail, de l'eau à foison

oui, de l'eau à foison, hiver comme été

jamais, Léon, tu m'entends bien ? jamais je n'aurais pensé qu'une terre puisse nous faire autant de mal, et pourtant c'est ce qu'elle a fait, au lieu de nous enrichir elle nous a appauvris, ruinés, réduits à rien

à moins que rien, Léon

et aujourd'hui que je suis seule à tenir encore debout dans le silence revenu d'une nuit de printemps à mille autres pareille, nuit infatigable où passent et repassent devant la porte les feux follets des fantômes d'antan, aujourd'hui je voudrais mettre en garde les apprentis colons qui se jettent comme des fous furieux sur le moindre lopin, et leur dire qu'ils seraient bien avisés de réfléchir à deux fois avant de traverser la Méditerranée, car la cruauté de cette terre algérienne est sans limite

je l'ai appris à mes dépens

mais jamais, tu m'entends bien Léon ? jamais je n'aurais pensé qu'une terre puisse me faire autant de mal

— Fais attention, Charles !

debout sur le toit entre ciel et terre, la tête menacée par les nuages tant ils étaient bas, et lourds de ce que l'hiver avait arraché aux montagnes et transporté jusque chez nous, Charles nous a regardés avec un sourire, rajustant la corde qui retenait son pantalon et passant la main dans ses cheveux qui avaient tant poussé qu'ils tombaient en boucles sur ses oreilles, et puis ses yeux se sont perdus dans les horizons chahutés des collines, qu'avait-il en tête mon fils à cet instant ? j'aurais bien aimé le savoir, son sourire avait disparu, son visage s'était durci que craignait-il ?

il est redescendu en prenant toutes les précautions possibles, Joseph tenait l'échelle, guidait ses pieds qui tâtonnaient sur les barreaux, ensuite il est venu vers moi, souriant à nouveau comme il en avait l'habitude, les bras serrés contre la poitrine parce qu'il avait froid, et que le froid là-haut sur le toit lui avait glacé les os, je l'ai pris par la taille, l'ai poussé à l'intérieur de la maison pendant que Joseph rangeait l'échelle

— Ça y est, patronne, le feu est parti

les flammes étaient en train de dévorer le fagot de sarments, le bois craquait, éclatait, fusait en gerbes incandescentes jusqu'à nos pieds, Mékika a rajouté des bûches dans le feu, et ensemble nous sommes demeurés debout, immobiles, un temps si long que nous n'arrivions plus à nous éloigner de la chaleur des flammes

mais qu'importait le temps à présent que l'hiver était là, les travaux des champs étaient terminés, il ne nous restait plus qu'à prendre notre mal en patience, à attendre que les mois passent et que le printemps revienne, et nous en avons profité pour réparer les outils, arranger notre pauvre ferme bien mal en point sur ses murs de brique crue

le vent a tisonné les terres huit jours durant, dénudant les arbres, dépouillant de leurs insectes les touffes de thym et de romarin, brisant les tiges des herbes folles, soufflant son haleine hostile à travers la garrigue, débusquant les dernières fleurs dans les recoins tièdes, et chacun de nous en avait par-dessus la tête de ce remue-ménage, la nuit nous dormions mal, recroquevillés sous les couvertures, le jour nous nous entortillions dans tout ce que nous pouvions trouver de vêtements

Eugène et Léon rentraient de l'école le nez rouge, les yeux brillant de larmes, le ventre affamé, et j'étais obligée de garder en permanence la marmite de soupe sur le fourneau

quand je vous vois revenir de l'école dans la nuit charbonneuse et ventée du chemin, avec les ailes de corbeau des capes qui vous battaient le dos, ton frère toujours devant et toi qui le suivais à grand-peine, trottinant sur tes jambes de jeune bouc, et butant contre les pierres, et criant Attends-moi ! pendant qu'Eugène qui n'avait aucune envie de t'attendre continuait d'avancer

quand je vous vois dans le brouillard du matin vous enfuir et rejoindre au galop l'école

seigneur Dieu

je me dis que nous en avions du courage, et qu'avec l'aide de Dieu nous aurions très bien pu réussir, dompter et soumettre à notre volonté cette satanée terre d'Algérie qui n'a jamais voulu et ne voudra jamais de nous

je ne demandais pas grand-chose à la vie, qu'elle soit ici un peu meilleure qu'en France, est-ce que c'était trop demander, Léon ?

est-ce que c'était trop demander ?

jusqu'aux fêtes il a fait un froid de gueux, et le soir de Noël nous nous sommes rassemblés autour de la cheminée et avons passé la veillée à manger les châtaignes que Mékika nous avait rapportées de ses montagnes, dehors tout était clair, silencieux, recueilli sous les immensités du ciel

— Maman, allons voir

a dit Joseph

nous sommes sortis en nous dandinant sur nos jambes molles, le ventre plein, l'œil en larmes, saisis de la tête aux pieds par le froid de la nuit qui donnait le vertige, d'instinct nous nous sommes serrés les uns contre les autres et, le nez en l'air, nous avons cherché l'étoile du berger

tu te souviens, Léon ?

cherché longtemps avant qu'Eugène tout fier nous la montre du doigt

— La voilà ! La voilà !

tu te souviens ?

en chœur et face au ciel nous avons chanté ces chants de Noël qu'Eugène et Léon avaient appris à l'école, et nos bouches laissaient échapper des bouquets de vapeur pendant que nous chantions et que nos cœurs battaient à se rompre

tu te souviens ?

je tenais mes fils par la main, et nos cœurs battaient à se rompre parce que nous étions sûrs d'avoir choisi la bonne voie, celle qui promettait de nous enrichir dans cinq, dix ou quinze ans, après que nous aurions accompli le dur labeur que la France exigeait de nous, labeur de galérien qui consistait à ouvrir, défoncer, récurer ces terres d'Algérie si mal entretenues pour en faire des jardins riants et fertiles

convaincus de notre droit, pouvions-nous imaginer ce qui nous attendait ?

non, cent fois non, nous regardions le ciel, nos bouches laissaient échapper des bouquets de vapeur pendant que nous chantions, nos cœurs battaient à se rompre, non, nous ne pouvions pas imaginer ce qui nous attendait car là-haut dans le trou si noir de la nuit il y avait le Dieu tout-puissant des chrétiens qui veillait sur nous, sur nos vies égarées de colons, et en cette nuit de Noël son souffle réchauffait le sang qui circulait dans nos veines, redressait nos échines, gonflait nos muscles

tu te souviens, Léon ?

si bien que nous avons passé l'hiver avec du courage à revendre, la volonté de nous battre et de résister contre le vent qui nous harcelait, le froid qui nous gelait les os, et la neige qui est tombée en si grande quantité que nous sommes demeurés coupés de Mercier-le-Duc deux bonnes semaines sans pouvoir rien faire que de creuser des sentiers entre la maison et la grange, et entre la grange et le poulailler

— Mékika, va voir si les poules ont pondu

il rabattait sur son front la capuche de son burnouss, sortait dans la cour blanche de neige et silencieuse, et puis il revenait avec sa tête des mauvais jours, il avait à la main le panier, et au fond du panier un jour c'était un œuf, l'autre jour c'était rien

— Le coq n'aime pas la neige, patronne, ça lui coupe l'envie de niquer les poules

ricanait-il, et dans mon dos il envoyait un clin d'œil à Charles

nous mangions les patates que mes fils épluchaient sur la table, et du riz que j'avais acheté en grande quantité au magasin et que je cuisinais dans la marmite avec des oignons le pain a commencé à manquer, et il n'était pas question d'aller en chercher à Mercier avec cette neige qui recouvrait tout, si bien que j'ai commencé à puiser de la farine dans le sac qui me restait, et que je me suis mise à pétrir de la pâte avec des mains qui n'étaient pas des mains de boulanger, et à confectionner des espèces de miches qu'il fallait laisser cuire longtemps dans le fourneau

— Mékika, va traire la vache

le seau qu'il rapportait était plein d'un lait tiède, crémeux, que je mélangeais aux châtaignes et servais brûlant dans les assiettes du soir

— À table !

lançais-je, après avoir ouvert la porte et jeté un œil à la couleur du ciel, je haussais les épaules, ne sachant jamais quoi penser de ce ciel africain, la neige allait-elle finir par fondre et le vent se calmer ? chacun mangeait ce qu'il avait dans son assiette, ne parlait pas, écoutait les bruits du dehors qui étaient rares, des branches d'arbres cassant sous le poids de la neige, une corneille craillant sur le rebord du toit

— Maman qu'est-ce que c'est ?

demandait Eugène ou Léon, et leurs yeux d'enfants effrayés fixaient la porte secouée par les bourrasques du vent

— Une corneille

Charles rajoutait une bûche dans la cheminée, attisait les braises, et pendant ce temps je faisais chauffer de l'eau, y plongeais des branches de romarin que je laissais infuser, obligeais Eugène et Léon à en boire un demi-bol avant d'aller au lit

et nous quatre restions un moment à tenir entre nos

mains les bols qui nous réchauffaient les doigts, observant la vapeur qui s'en échappait sans rien oser faire d'autre, sans doute cherchions-nous des mots à dire mais nous n'en trouvions pas, dans l'étau de l'hiver tout était paralysé, caillé, figé, les mots comme le reste

— Ça va durer longtemps ?

c'était Joseph qui posait la question, ou bien Charles, mais parfois c'était moi qui n'en pouvais plus du silence, seigneur Dieu, et qui me forçais à poser cette question inutile à laquelle personne n'était capable de répondre, pas même Mékika

— Ça va durer longtemps, Mékika ?

il haussait les épaules, ouvrait les mains, branlait sa tête d'Arabe impuissante

— Est-ce que je sais, patronne ? On verra demain et après-demain ce que l'hiver nous réserve

et retombait dans ses rêves africains auxquels nous n'étions pas conviés, alors nous regagnions nos lits, je me glissais tout habillée entre les draps, enfouissais la tête sous les couvertures, j'entendais Mékika qui repoussait sa chaise et allait se coucher, avec ma permission il avait installé sa paillasse entre le fourneau et la cheminée, depuis que la neige était tombée il n'était plus question qu'il dorme dans la grange, je le lui avais dit

— Merci beaucoup, patronne

m'avait-il répondu en s'inclinant

je fermais les yeux, répétais, Dieu tout-puissant garde dans ta main tes brebis égarées, surtout garde-les bien, tu entends ? garde-les bien, et je finissais toujours par m'endormir

Léon, reste tranquille, tu vas faire remonter la fièvre

et cette vie de colon terré, cette vie de tanière a duré pas loin de quinze jours, quinze jours de nuages, de ciel bas, de grisaille ferreuse qui ne laissait rien passer au travers de son tamis, pas même un rayon de lune

mais un matin je suis sortie dans la cour, Mékika était déjà dehors, et en me voyant il a levé un doigt au-dessus de sa tête

— C'est fini, patronne

des trouées dans les nuages montraient des pans de ciel bleu, le vent avait changé de direction, et la neige fondait

oui, c'était fini

et le soir même il n'y avait plus trace de rien, Eugène et Léon sont retournés à l'école, et la vie a repris son cours, mes hommes ont à nouveau craché dans leurs mains avant d'empoigner leurs outils et d'aller bêcher, sarcler, et ensemencer le potager dévasté, et au bout du chemin Jules a de nouveau pointé le nez, me montrant sa barbe taillée qui annonçait le printemps

— Alors ?

m'a-t-il lancé

— Alors quoi ?

— Comment vous avez fait avec cette neige ?

— On s'est débrouillés, Jules, il fallait bien qu'on se débrouille

j'ai souri en jetant un œil de propriétaire à la maison toutes fenêtres ouvertes, aux arbres, aux champs, et à la vache que Joseph avait menée au pré et qui broutait l'herbe en poussant des beuglements, face à cet homme des villes j'avais envie de montrer ma fierté de paysanne

— Deux fois j'ai voulu vous apporter du pain, et deux fois je me suis retrouvé coincé par la neige

j'ai haussé les épaules, Charles et Joseph étaient allés labourer un champ avec Mékika, ils avaient pris le cheval et je savais qu'ils ne reviendraient qu'à la nuit tombante, et que j'étais seule pour la journée puisque mes deux autres garçons étaient à l'école, et en haussant les épaules j'ai pensé que je serais bien bête de ne pas profiter de ma solitude, depuis trois semaines que je n'avais pas vu Jules je commençais à languir après sa chair d'homme, à présent qu'il avait réveillé mes sens je ne me sentais plus la même

et moi qui avais toujours respecté mon lit de mère, qui n'avais jamais accueilli dans mes draps que toi et ton frère

oui, toi Léon, et ton frère Eugène

pour y calmer vos terreurs d'enfants, vos tremblements apeurés de chiots, voilà que j'avais envie d'y entraîner un homme, et de jouir de son corps comme je savais qu'il jouirait du mien

je ne sais pas pourquoi je te raconte ça, Léon, assise sur ma chaise telle une miraculée, perdue au milieu des chaleurs et du bruissement de ruche de cette nuit algérienne qui me donne le vertige, ne devrais-je pas me taire ? essayer de dormir ?

mais ce serait oublier la promesse que je t'ai faite à toi mon fils de relater par le menu notre histoire, et puisque j'ai commencé le grand déballage de ce que j'ai sur le cœur, de ce qui me pèse, et qui m'étoufferait presque, je ne vois pas pourquoi je jouerais la sainte-nitouche, crois-moi Léon je dois en profiter, me livrer sans fard et laisser tomber les pudeurs qui me retiennent, afin que plus tard tu ne puisses rien me reprocher, ici-bas aussi bien que dans l'autre monde et c'est cette Emma qui n'était plus la même, c'est elle qui a pris Jules par la taille et qui l'a poussé en riant à l'intérieur de la maison, j'étais seule, j'en ai profité comme une femme sur un coup de tête est capable d'en profiter, et j'ai fait et refait dans mon lit de mère ce que je faisais à Mercier dans le lit de Jules

voilà la vérité, Léon

je l'ai fait et refait lorsqu'il me rendait visite en semaine, et le dimanche après que mes quatre fils impatients de quitter la table finissaient par décamper en direction des collines, suivis comme leur ombre par Mékika que ces escapades rendaient nerveux, et qui se croyait obligé de les accompagner, un fusil chargé à l'épaule, Parce que, disait-il, on ne sait jamais sur qui on peut tomber là-haut

— Et sur qui veux-tu tomber, Mékika ?

lui demandais-je, alors qu'il m'avait déjà tourné le dos

Jules posait la main sur mon bras, m'expliquait qu'il n'avait pas tort de se méfier, il était arabe et connaissait la région mieux que nous

— Mais le pays n'est-il pas définitivement pacifié ?

— Il l'est et il ne l'est pas, Emma, c'est ça que tu ne comprends pas

non, je ne comprenais pas, je ne comprenais pas qu'on puisse vouloir attenter à ma vie, à celle de mes fils, qu'est-ce que je faisais de mal ? qu'est-ce que mes fils faisaient de mal en s'échinant sur des terres de ténèbres qui n'avaient jamais connu la charrue de l'homme civilisé ?

nous attendions qu'ils aient disparu, Jules tirait sur sa pipe en m'observant du coin de l'œil, la main toujours posée sur mon bras, et moi je fermais les yeux, fuyais son regard, obstinée comme à mon habitude

— Un jour je retournerai à Alger, je ne sais pas quand, je ne peux pas savoir quand, mais je sais que je retournerai vivre à Alger. Tu devrais me suivre, Emma, ta place n'est pas ici

je secouais la tête, rouvrais les yeux

— Une femme est sûre d'échouer. C'est trop dur. Même si toi tu as quatre fils pour t'aider

— Viens

lui répondais-je

je me levais, il me suivait, l'un derrière l'autre nous rentrions dans la cuisine

je ne sais pas pourquoi je te raconte ça, Léon

je fermais la porte, tirais le verrou, j'étais à lui et il était à moi une moitié d'après-midi

et le temps de ce printemps presque heureux a duré ce que ne durent jamais les printemps, tout juste quatre semaines, quatre semaines où il a plu sur les champs de blé et d'orge, sur les carrés de légumes, sur les rangs de vigne, quatre semaines de sève et de bourgeons, de fleurs éclatant soudain à la pointe des branches, blanches ici, rouges et jaunes là, quatre semaines de ciel tendre et de vent tiède comme le poil d'un agneau

notre vache donnait du lait en abondance, nos poules pondaient de pleins paniers d'œufs

— La récolte sera bonne, maman, ne te tracasse pas !

criait Charles, pieds nus dans le champ de fèves, il promenait ses mains sur les feuilles, les caressait en tournant sur lui-même comme un homme ivre, puis il renversait la tête et observait un moment ce ciel algérien si bienveillant

mais ces quatre semaines ont vite passé, et c'est à peine si nous avions pu profiter du parfum enivrant de la terre en travail lorsque les foudres enragées du ciel

seigneur Dieu, qu'avez-vous fait ?

se sont abattues sur nous qui n'avions d'autre ambition que de récolter les fruits de notre labeur

ça a commencé un matin de bonne heure, nous étions à table, dehors dans la lumière et la fraîcheur du soleil, chacun devant son bol trempait du pain dans le mélange de lait et de chicorée que j'avais préparé moi-même pendant qu'Eugène me récitait le poème de Lamartine que le maître lui avait demandé d'apprendre, et puis j'ai entendu un bruit dans le chemin, je me suis retournée, au loin j'ai vu quelqu'un qui courait en agitant les bras

— C'est monsieur Jules

a dit Mékika

c'était lui, la barbe, le chapeau, le pantalon de velours désignaient le révolutionnaire de Mercier, alors je suis sortie de table et sans trop savoir pourquoi j'ai couru à sa rencontre, je courais et je sentais le cœur me battre la poitrine d'une manière inexplicable, qu'est-ce que je pressentais ? un malheur c'est sûr

je l'ai rejoint au moment où je comprenais enfin ce qu'il était en train de me crier depuis tout à l'heure

— Les sauterelles !

il m'a prise par les bras, m'a secouée

— Les sauterelles, Emma ! Elles arrivent !

— Comment tu le sais ?

— Cette nuit quelqu'un a déboulé comme un fou dans la grande rue de Mercier, il venait du sud, et avait tant éperonné son cheval que la bête avait les flancs en sang, les babines blanchies d'écume, l'œil égaré, imagine la scène, nous qui sortions des cabarets la tête lourde et le ventre plein il nous a fallu du temps pour réagir, le cavalier criait à tue-tête, répétait qu'il avait vu un nuage de sauterelles du côté de Saïda, un énorme nuage tout fauve qui crépitait comme les flammes de l'enfer sous la poussée du simoun !

Jules a repris son souffle en s'appuyant des deux mains sur le bois de la table, pendant que je lui versais dans un bol du lait à la chicorée

— Les djerad, c'est ça ?

a demandé Mékika, Jules a hoché la tête et le visage de notre Arabe a changé de couleur

mes quatre garçons fixaient tour à tour Jules et Mékika, cherchant à comprendre pourquoi il fallait avoir peur des sauterelles

tu te souviens, Léon ? tu répétais, Moi j'en ai vu en France des sauterelles et elles me font pas peur, tu répétais, Moi quand j'en vois je les attrape et je leur arrache les ailes

pourquoi il fallait s'affoler, et Eugène et Léon rivalisaient de courage en imaginant le combat qu'ils allaient livrer contre ces sauterelles africaines certainement pas plus terribles que les sauterelles françaises à qui ils arrachaient les ailes

— Non, pas plus terribles

affirmait Eugène qui avait empoigné un bâton et fouettait à tour de bras la danse des papillons contrariés ce jour-là je n'ai pas envoyé à l'école Eugène et Léon, il y avait tant à faire à la ferme, boucher les trous dans les murs, colmater les brèches, réduire avec du papier, de la paille, n'importe quoi, les fentes des portes et des fenêtres, Jules qui avait pris le commandement de nous autres n'arrêtait pas d'aller et venir de la grange à la maison, de la maison au potager, invectivant sa troupe avec force moulinets de bras

— Priez pour qu'elles passent au-dessus de nos têtes sans s'arrêter !

disait-il, l'œil fixé sur l'horizon des collines

— Pourquoi ?

le questionnait Eugène

— Parce que si les sauterelles décident de faire une halte à Mercier tout ce qui t'entoure disparaîtra. Il ne restera rien, pas même ta culotte qu'elles boufferont avant que tu t'en aperçoives

Eugène et Léon se pliaient en deux pour rire à leur aise, pouvaient-ils savoir ce que représentait une invasion de sauterelles ? moi-même je n'en étais pas très sûre, j'avais entendu les récits des vieux colons, ceux de la première heure qui avaient tout vu, tout supporté, et qui s'étaient sortis d'affaire on ne sait trop comment, eux juraient en agitant leur canne en direction du ciel qu'il n'y avait pas pire ennemi que la sauterelle, que c'était gros comme le doigt mais capable de bouffer des champs de blé tout aussi bien que des champs de luzerne, et des hectares de vigne et de vergers, des rangées de choux, de salades, de haricots, des chênes hauts comme des églises et des pistachiers centenaires

— Oui, madame Picard, des hectares et des hectares de vigne !

et que cette bestiole de malheur n'avait pas sa pareille pour entrer dans les maisons sans y être invitée, boulottant les rideaux, le linge des armoires, les paillasses

— Oui, madame Picard, le linge de vos armoires !

mais je ne voulais pas croire à tout ce qu'on racontait dans ce pays, j'avais envie de travailler en paix la terre que la France m'avait donnée, d'en tirer le plus de sous possible de manière à ce que mes fils n'entrent pas dans la vie les poches vides

pauvre folle que j'étais

n'est-ce pas, Léon ?

pauvre niaise

je jouais l'autruche, et l'autruche avait passé la journée à me convaincre que les sauterelles iraient ailleurs pondre leurs œufs par milliers, comme l'espérait Jules, et le soir, épuisée par tout ce remue-ménage, assise un instant sur une chaise, j'ai prié secrètement afin qu'il en soit ainsi, Mon Dieu soyez avec nous aussi bon que vous l'avez été jusqu'à présent et chassez de nos terres les sauterelles puisque vous en avez le pouvoir

je regardais l'infinie douceur du ciel, bleu jusque dans ses profondeurs, à peu près certaine que Dieu ne permettrait pas qu'une menace quelconque l'obscurcisse

et la nuit durant nous nous sommes relayés, moi pour commencer, toujours assise sur la même chaise dans la brise nonchalante du printemps, le nez en l'air, surveillant avec des yeux de berger le troupeau d'étoiles, et puis Charles

— Tu n'as rien vu ?

— Non

— Alors bonne nuit, maman

et Joseph, et Mékika, et enfin Jules que j'ai senti se détacher de moi à l'heure où la nuit est la plus silencieuse, où tout est immobile et suspendu aux premières lueurs de l'aube, j'ai ouvert les yeux, je l'ai vu se baisser en passant la porte de la chambre, et je l'ai entendu parler à Mékika, ensuite je me suis rendormie parce que j'avais encore sommeil

c'est vous deux qui m'avez réveillée, toi et ton frère, vous ne pouviez pas vous empêcher d'entrer dans mon lit dès qu'une occasion se présentait et de renifler mon odeur de mère que vous aviez du mal à oublier

c'est vous deux qui m'avez réveillée en me chatouillant les narines avec une plume

je les ai repoussés après avoir donné à chacun un baiser dans le cou, observant la lumière qui ruisselait le long des carreaux de la fenêtre et qui avait un tel éclat que je suis allée ouvrir les deux battants sans prendre la peine de m'habiller, penchant la tête et en quelque sorte entrant dans les flots de cette lumière, et tout aussitôt mon corps a été parcouru de frissons, comme si quelque chose en moi avait deviné ce qui se préparait

assis sur le muret Joseph et Mékika regardaient le ciel, ils se sont retournés en m'entendant, et Joseph s'est efforcé de me sourire

— Rien en vue ?

ils ont haussé les épaules, ils ne trouvaient pas les mots qui m'auraient rassurée, je leur ai dit

— Elles sont loin de chez nous à présent, vous ne croyez pas ?

— Je n'en suis pas si sûr, patronne

a répondu Mékika

— Pourquoi tu dis ça ?

— Parce que les collines sont bizarres ce matin. Les collines, les champs, les arbres. On dirait qu'il n'y a plus de vie

je suis allée les rejoindre, ai regardé à mon tour ce qu'ils regardaient, le ciel, les collines, les champs

— Et Jules, où est-il ?

— Il est parti à Mercier se renseigner, mais il sera de retour avant midi, ne t'inquiète pas, maman

Joseph m'a pris la main et l'a serrée dans la sienne, j'avais envie de lui répondre que je n'étais pas inquiète, surtout pas ce matin où je m'étais levée du bon pied, mais je n'ai rien dit, je suis rentrée dans la cuisine et l'instant d'après en suis ressortie avec une casserole pleine de lait brûlant

— Eugène ! Léon !

ils sont arrivés en courant et se sont assis avec moi sur le banc, j'ai versé le lait dans leurs bols, et nous avons parlé de l'école, de la façon d'apprendre les tables de multiplication, de faire des additions sans compter sur ses doigts

et c'est aux alentours de midi que tout a commencé

d'abord Jules est revenu avec deux Arabes, m'annonçant qu'il les avait recrutés pour combattre les sauterelles qui étaient déjà dans les jardins de Mercier, certes en petit nombre, mais leur présence ne laissait rien présager de bon

ensuite j'ai vu Mékika qui descendait à toutes jambes la colline, butant sur les pierres, se raccrochant aux branches des lauriers

— Patronne ! Patronne ! Monsieur Jules ! Patronne !

nous sommes allés à sa rencontre, nous courions nous aussi, nous l'avons stoppé dans son élan, attrapé par les épaules

— Qu'est-ce qu'il y a ?

— Ça devient tout noir à l'horizon, c'est comme un nuage mais ce n'est pas un nuage

Jules s'est précipité dans le chemin qui remontait la pente, il voulait voir de ses yeux ce qu'avait vu Mékika, et nous l'avons suivi parce que nous voulions voir nous aussi ce nuage qui n'était pas un nuage, et nous avons vu

tu te souviens, Léon ?

il faudrait des mots que je n'ai pas pour décrire ce qui bouchait l'horizon dans les lointains du ciel, une masse énorme qui avait les couleurs de la poussière, et qui bouillonnait, s'embrasait, crachait sur la terre des glaires incandescentes, et tout aussitôt se reformait, s'assombrissait, et d'un bond se jetait en avant sur d'autres proies

si ta mémoire te fait défaut, la mienne a tout conservé dans le détail

et ça allait vite, aiguillonné par le simoun ça progressait à la vitesse d'un orage, et peut-être plus vite qu'un orage

— Cette fois elles arrivent

a dit Jules

et nous nous sommes dépêchés de redescendre, observant la progression des sauterelles jusqu'à ce que nous ne puissions plus les voir, à présent que nous étions dans les champs le dos des collines nous barrait l'horizon

Y avait-il quelque chose à faire que nous n'avions pas

fait la veille ? boucher les trous, les fentes, le conduit de la cheminée, bourrer de chiffons le dessous des portes, celui de la grange en particulier, tout ça nous y avions travaillé la journée d'hier, j'ai demandé à Jules

— Y a-t-il quelque chose à faire ?

et Jules dans tous ses états

— Se retrousser les manches et s'activer, voilà ce qu'il y a à faire

Jules hors de lui

— Allez chercher des casseroles et des seaux, et dès que je vous le dirai tapez dessus de toutes vos forces avec une pierre, un bâton, ce que vous voudrez, mais que ça fasse du bruit, nom de Dieu, que ça leur coupe l'envie de s'arrêter chez nous, à ces fichues bestioles !

et c'est ainsi que nous avons essayé de nous défendre

d'abord le nuage de sauterelles a rejoint Mercier, et la lumière s'est ternie d'un coup, et le soleil a disparu sans que les ténèbres prennent sa place, nos yeux n'avaient aucun mal à distinguer les choses, mais ces choses avaient perdu leur couleur, s'étaient couvertes de rouille sous l'effet de je ne sais quel phénomène

je n'avais jamais vu ça, un tel bouleversement des choses familières, de telles convulsions de la nature prise dans les bourrasques du simoun qui ruait des quatre fers

Jules a crié

— Allez-y ! Tapez !

lui-même s'est emparé d'un seau et d'une pierre et s'est mis à cogner comme un sourd, courant dans le potager, revenant dans la cour, tournant autour de l'acacia

— Allez-y ! Tapez !

et chacun s'y est mis, et chacun a fait tout le bruit qu'il pouvait faire pour éloigner les sauterelles, Joseph et les deux Arabes se sont précipités dans les vignes, Charles s'est planté au milieu du champ de fèves, et nous autres, Mékika, Jules et moi-même

et vous deux, Léon, vous deux qui aviez décidé d'être en première ligne avec vos gamelles en fer-blanc et vos cuillères

nous nous sommes démenés comme des diables afin de protéger la maison et le potager, alors que le simoun sifflait dans les arbres, rabotait les murs, déboîtait les emboîtements des tuiles, s'en prenait à nos cheveux, à nos vêtements, et à nos visages qu'il giflait sans répit

mais avions-nous seulement une chance de réussir ?

nous avons bien vu qu'une fois au-dessus de Mercier-le-Duc le nuage de sauterelles avait changé d'aspect, il était compact jusqu'à présent, soudé d'un bord à l'autre, et il s'est soudain déchiré en son milieu pour une raison que nous n'avons pas comprise, déversant sur la ville et ses alentours des milliers de sauterelles qui sont tombées en pluie

seigneur Dieu

en une pluie drue de grêlons que rien n'aurait pu empêcher, surtout pas le raffut de nos gamelles et de nos seaux, pendant que le reste du nuage poussé par le simoun a continué sa course jusqu'à ce qu'il atteigne nos collines et crève à son tour

seigneur Dieu

guidés par Jules nous avons couru chercher les pelles, et à grands coups commencé à écraser les sauterelles qui tombaient autour de nous, elles n'en finissaient pas de tomber, et nous n'en finissions pas de les écraser *à quoi cela servait-il ? je te le demande, Léon, peut-être étions-nous convaincus, toi, tes frères, et moi-même votre mère, qu'avec un peu de courage et de persévérance nous arriverions à nous débarrasser de ce fléau venu des fins fonds du ciel*

pauvres sots que nous étions

n'est-ce pas, Léon ?

pauvres fous

jusqu'au soir nous nous sommes battus contre les sauterelles, avec dans les oreilles la crépitation de leurs mandibules en train de dévorer les feuilles de nos vignes, de nos arbres fruitiers, de nos champs de fève, de pommes de terre et d'orge, et les carrés de nos salades, de nos carottes et de nos navets, et l'herbe de nos prés, et les oreilles de nos figuiers de Barbarie

ces oreilles qui t'amusaient tant, Léon, que tu débarrassais de leurs épines et rapportais à la maison

et à la nuit tombante nous sommes allés nous coucher sans rien manger, épuisés, les bras et les jambes rompus, ouvrant la porte d'entrée qui avait été calfeutrée et la refermant au plus vite, nous contentant d'un verre d'eau que la cruche avait gardée fraîche et pure, nous regardant les uns les autres sans rien dire, sans même pouvoir prononcer un mot tant nous avions la gorge sèche, la poitrine nouée

— Charles

il a tourné la tête et planté ses yeux dans les miens, ses yeux qui étaient comme ceux de nous tous enfoncés dans leurs orbites, et qui montraient une peur sourde, déconcertée, ahurie

mon pauvre fils

mes pauvres fils, je devrais dire, parce que c'étaient les quatre visages fatigués et poussiéreux de mes quatre fils qui avaient les traits tirés par cette peur

mes pauvres fils

appuyés des deux coudes sur la table, le menton calé dans les mains, ils essayaient de se souvenir comment tout ça avait commencé, au mitan de l'après-midi, mais ce qu'ils venaient de vivre leur paraissait si effroyable qu'ils ne réussissaient pas à retrouver le fil des événements

Jules avait commencé à enlever ses bottes, il était assis dans un coin de la cuisine, absorbé par ce qu'il faisait, il n'avait pas encore pris le temps de secouer la poussière accumulée dans sa barbe et dans ses cheveux

— Charles, qu'est-ce que c'est que ce bruit ?

il a détaché ses yeux des miens, a haussé les épaules

mon pauvre fils

et puis il s'est redressé et d'un pas alourdi de fatigue a marché en direction de la chambre, j'ai dit à Eugène et Léon qu'il était temps pour eux de dormir, avaient-ils faim ? non, ils n'avaient pas faim, avaient-ils soif ? oui, ils avaient soif, et c'est au moment où je remplissais les verres qu'ils me tendaient que Charles a crié

— Mille dieux, venez voir !

j'ai crié à mon tour

— Quoi encore !

mais nous n'avons pas attendu qu'il réponde, nous nous sommes précipités dans la chambre et avons découvert les dégâts que les sauterelles avaient eu le temps de faire dans les pièces que nous croyions à l'abri, par où étaient-elles passées ? j'aurais été bien incapable de le dire, et Jules pas plus que moi ne comprenait comment elles s'y étaient prises pour pénétrer dans la maison et s'attaquer en aussi grand nombre à nos draps, nos rideaux, nos vêtements qui étaient en train de disparaître dans le ventre affamé de ces monstres

ça grouillait, ça crépitait, ça bourdonnait partout

et il a fallu recommencer à écraser des centaines de sauterelles qui ne bougeaient pas, qui ne s'enfuyaient pas, qui continuaient malgré notre présence à s'activer sur nos draps, nos rideaux, nos vêtements

j'en frémis encore, Léon, rien que d'y penser j'en ai le cœur retourné, j'ai l'impression que ça date d'hier, je te vois, toi, et je vois ton frère, tous deux acharnés à écraser les sauterelles sous le talon de vos galoches, et je vois l'œil assassin et les mâchoires serrées de Jules qui ne pouvait pas s'empêcher de jurer dans sa barbe blanchie de poussière

l'air de la nuit a beau être irrespirable, et la chaleur difficile à supporter, j'en frémis encore, Léon

malgré notre acharnement, notre rage désespérée, nous avons mis du temps à nous en débarrasser, et à la fin le sol était jonché de sauterelles mortes qu'il a fallu balayer et jeter dans la cour

après, après seulement, nous nous sommes couchés, colons rompus de fatigue et de désespoir, mes quatre fils dans leur chambre et moi dans la mienne

j'ai refermé la porte, me suis déshabillée pendant que Jules trempait sa tête dans la bassine d'eau que je lui avais préparée

j'étais épuisée

allongée comme une morte sur le lit j'observais Jules torse nu au-dessus de la cuvette, me demandant pourquoi il gardait si longtemps la tête sous l'eau, n'était-il pas lui aussi en train de perdre conscience ? et puis d'un coup il a refait surface, s'est essuyé la barbe et les cheveux avec un linge avant de souffler sur la flamme de la lampe et de me rejoindre

— Emma

il m'a enlacée, et avec ses mots de Parisien il a essayé de me réconforter

moi qui devant mes fils m'étais retenue, et tant bien que mal avais réussi à refouler les larmes qui me venaient sans cesse, qui me poignaient la poitrine et m'étouffaient

pauvre de moi

je n'étais plus en mesure de résister, et dans ses bras je me suis mise à pleurer comme je n'avais jamais pleuré, laissant déborder et couler toutes les larmes de mon corps

— Je t'en prie, Emma, attendons demain. Peut-être que demain elles seront reparties

— Mais elles auront tout mangé. Il ne nous restera rien

— Ce n'est pas sûr

— Tu essayes de me rassurer, Jules

— Non, je te demande seulement un peu de patience

et le lendemain, en sortant dans la cour alors que les garçons dormaient encore, et que Mékika et ses deux Arabes discutaient accroupis devant la porte de la grange, j'ai vu ce qu'une femme ne devrait jamais voir dans sa vie

jamais, Léon, tu m'entends bien ? jamais

j'ai vu l'horreur

l'horreur, je te dis

les entrailles de l'enfer, les cendres éternelles, devant moi et s'étendant de tous côtés jusqu'aux plus lointains horizons une sorte de fin du monde que personne n'imaginait possible et qui avait pourtant fini par arriver

seigneur Dieu qu'avions-nous fait nous autres pour être punis de la sorte ?

la vie avait disparu de la terre d'Algérie, la vie des plantes, la vie des animaux, la vie des hommes, le souffle vengeur du châtiment avait dévasté en un jour et en une nuit nos entreprises de colons, ses haleines ardentes brûlant les feuillées du printemps, ses langues de feu calcinant la terre jusque dans ses profondeurs

seigneur Dieu qu'avions-nous fait nous autres pour être punis de la sorte ?

il ne demeurait à perte de vue que des fantômes aux membres noircis et qui dressaient vers le ciel des supplications devenues inutiles, yeuses et acacias ossifiés, abricotiers paralysés, lauriers amputés, figuiers tordus de douleur

oui, je peux dire que j'ai vu une sorte de fin du monde, et j'en ai été toute retournée, toute déchirée, et de désespoir je me suis mise à courir comme une folle entre les fantômes des yeuses et des acacias, des lauriers et des figuiers, je criais

— Pourquoi ?

cherchant une explication aux champs ruinés de mes pommes de terre et de mes fèves

— Pourquoi ?

aux cendres refroidies de mon potager, aux pieds décapités de mes vignes

— Pourquoi ?

mais rien ni personne n'était capable de me répondre, au ciel comme sur la terre, pas même Jules qui essayait de me rattraper

— Emma !

et qui me répétait

— Ça va repousser ! Tu verras, ça va repousser, Emma !

pas même une feuille de yeuse qui aurait échappé aux mandibules de ces monstres, pas même un bourgeon de figuier encore vivant sur une branche et qui m'aurait prouvé que tout n'était pas définitivement mort, que la terre avait des réserves de vie pour des générations et des générations d'hommes

— Ça va repousser !

mais qu'est-ce qui allait repousser ? j'aurais bien voulu le savoir, ce qui est mort ne repousse jamais

alors, parce que rien ni personne n'était capable de me répondre j'ai continué de courir, et jusqu'au soir j'ai couru sur les sentiers des vingt hectares que m'avait octroyés la France, suivie par Jules, suivie par mes fils, et suivie par Mékika qui avait envoyé les deux Arabes aux nouvelles, là-bas dans les gourbis où vivait sa famille, je suis passée entre des squelettes d'arbres et des squelettes de roches, j'ai traversé des champs qui n'étaient plus des champs et des prés qui n'étaient plus des prés

— Ça va repousser, Emma !

mais qu'est-ce qui allait repousser ?

et de la sorte j'ai couru jusqu'aux limites de mes vingt hectares sans qu'une seule feuille, un seul bourgeon me prouve par sa présence que tout n'était pas définitivement mort

je me souviens, Léon, je me souviens que devant vous je ne réussissais plus à retenir mes larmes, à ce moment-là c'était trop de douleur, trop de chagrin, trop de tristesse, tu comprends ?

je pleurais en courant, je m'épongeais les yeux avec un mouchoir que je tenais serré dans ma main, et je pleurais, je crois même que je ne me rendais pas compte que je pleurais devant mes fils, devant Jules et devant Mékika, mais ça ne m'empêchait pas de courir, je courais comme quelqu'un qui est en train de perdre la raison et qui s'en fout

n'est-ce pas ce que tu as cru, Léon ? et ce que vous avez tous cru en ce jour maudit ?

je courais comme une folle, et lorsque je me suis sentie à bout de forces, le souffle coupé et les jambes molles, j'étais arrivée au sommet d'un tertre, c'était la tombée du jour, mais le soleil avait encore assez de force pour éclairer la terre, et en regardant les alentours j'ai constaté que tout avait été pareillement dévasté, pareillement dévoré, qu'aux quatre coins des horizons il ne demeurait pas la moindre parcelle de verdure, Dieu, ou je ne sais trop qui, Dieu sans doute s'était si bien organisé que l'œil n'avait aucun moyen de s'échapper, de se rassurer, de reprendre espoir

c'était vraiment ça le pire

je me suis accroupie au sommet du tertre, me balançant sur mes chevilles d'avant en arrière, et mes quatre fils sont venus s'asseoir à côté de moi, m'ont entourée de leurs bras, pressée contre eux, cajolée

Jules était resté à l'écart en compagnie de Mékika, ils arpentaient le champ de blé dont toutes les tiges avaient été mangées, fouillaient la terre avec leurs mains, essayaient de savoir si les sauterelles avaient ou non pondu leurs œufs

dans la lumière indifférente de ce soir d'Algérie le temps paraissait s'être immobilisé, et nous autres, pris sans le savoir dans cette immobilité de marionnette, avions comme cessé de vivre, cessé de respirer, cessé d'être, alors que le soleil n'en finissait pas de chuter au-dessus de l'horizon, et que les hirondelles avaient les ailes clouées au ciel

tu étais venu te blottir contre mes jupons lourds de poussière et de sueur, Léon, mon fils, mon dernier fils vivant, et ce soir-là, je ne sais pas si tu en as le souvenir, ce soir-là a marqué le commencement de nos malheurs, nous avons eu beau nous débattre, retrousser nos manches, relever la tête, les épreuves se sont succédé sans que jamais aucune nous soit épargnée, sécheresse, tempêtes de neige, déluge des eaux, tremblements de terre

as-tu le souvenir, mon fils, de la nuit où les maisons de toute une rue de Mercier se sont écroulées ? quelle secousse ! et quelle peur ! sortis en vitesse dans la cour nous avons bien cru que notre dernière heure était arrivée

et famines, choléra, malaria, diarrhées qui vidaient un homme en une nuit, et qui ont vidé ton frère et l'ont emporté au cimetière

pauvre Joseph

je le répète, et tu le sais tout autant que moi, à partir de ce jour maudit où les sauterelles ont dévoré nos champs, les épreuves se sont succédé sans que jamais aucune nous soit épargnée

après les sauterelles c'est le soleil qui nous est tombé dessus, un soleil de plomb qui a grillé tout ce qui cherchait à repousser, les maigres feuilles sur les branches des arbres, la mauvaise herbe des prés, les sarments rabougris des pieds de vigne, un soleil qui chauffait à blanc la terre dénudée, qui l'entaillait en profondeur, la fouaillait du matin au soir comme si les mandibules des sauterelles ne lui avaient pas fait assez de mal au mois d'août la sécheresse était telle que nous allions trois fois par jour à la source, chargeant la charrette de tous les récipients dont nous disposions et rapportant notre cargaison d'eau comme nous pouvions, accablés de chaleur et de lumière, privés de l'ombre des arbres qui ne montraient que des branches mortes au-dessus du chemin, et aveuglés par la sueur qui nous inondait le visage

un calvaire de plusieurs lieues

et dans ces incessants allers et retours nous avions conscience d'épuiser nos forces pour rien, ou tout au moins pour pas grand-chose, mais il ne nous était pas permis de baisser les bras, à nous autres colons, et c'est affublés de chapeaux en paille grands comme des bassines à linge que nous accomplissions notre devoir, nous contentant de gémir, l'œil clos ou à peu près, ne laissant passer entre nos cils qu'un filet de lumière, les mâchoires serrées dans la crainte de respirer les vapeurs qui montaient du sol par bouffées

certains jours je croyais que nous allions mourir, que nous n'aurions pas le courage de résister jusqu'au bout, nous rampions comme des cloportes dans les cendres de nos terres dévastées, la main toujours occupée à chasser les mouches qui cherchaient à nous manger les yeux

quelle honte

et quand le soleil disparaissait et qu'un peu de fraîcheur descendait des collines, nous nous forcions à accomplir les travaux nécessaires à notre survie, Charles prenait le seau et rejoignait la vache qui n'avait plus de lait, pressant les pis chaque soir avec la patience et la résignation de celui qui ne sait plus ce qu'il faut faire, Joseph s'en allait battre la campagne, un fusil chargé sur l'épaule, et Mékika s'occupait du potager, crachait dans ses mains et bêchait la terre autour des plants de tomates et des quelques salades que nous avions replantées

quel affront

ensuite il arrosait ces tomates et ces salades qui n'avaient jamais assez d'eau, qui buvaient toute l'eau qu'on leur donnait, et qui en auraient bu bien davantage

quelle misère

et apportait à manger aux poules amaigries, aux lapins qui mouraient de chaleur les uns après les autres

— Tu crois qu'ils vont tous mourir, maman ?

demandait Eugène

il passait sa main sur le dos des lapins immobiles, leur tendait les touffes d'herbe grise que lui et son frère étaient allés cueillir au loin, dans quelque fossé à l'abri du soleil

— Mais non

répondais-je

et parfois je ne répondais pas, non pas parce que je ne voulais pas répondre, mais parce que je n'avais pas entendu la question, parce que j'avais la tête ailleurs, tracassée, alourdie de soucis qui ne me lâchaient plus

Jules était reparti à Mercier retrouver ses livres et ses écritures, mais il venait nous voir deux jours par semaine, il dormait dans mon lit sans qu'aucun de mes fils y trouve à redire, et il nous rapportait des pâtes, du riz, de la farine et du mauvais vin qu'il achetait à l'épicerie Aux volcans d'Auvergne, sans oublier les bâtons de sucre d'orge ou de réglisse destinés à Eugène et Léon qui guettaient montés sur le mur l'apparition de son chapeau

— Voilà Tonton Jules !

depuis qu'il dormait dans le lit de leur mère, c'était Tonton Jules

et Tonton Jules arrivait en sueur, la chemise ouverte sur les poils de sa poitrine, laissant tomber le sac à provisions qu'il avait porté sur ses épaules il nous jaugeait du coin de l'œil, nous trouvait une triste mine, me disait

— Emma, je te trouve une triste mine

et s'efforçait de nous remonter le moral en nous débitant tout un chapelet de potins, vrais ou faux, concernant la population de Mercier-le-Duc, il nous dressait la liste des morts, nous annonçait les mariages, comptait les femmes enceintes et celles qui avaient accouché, nous décrivait le départ des familles que le passage des sauterelles avait ruinées et qui préféraient abandonner la culture de la terre et tenter leur chance sous d'autres cieux, et il en profitait pour me conseiller d'en faire autant, de le suivre à Alger où il avait des amis qui nous trouveraient du travail

— Cette terre ne vaut rien, Emma. Pour qu'elle rapporte il te faudrait des capitaux que tu n'as pas

j'avais de plus en plus souvent la tête ailleurs, je ne comprenais toujours pas ce qui était arrivé à mes arbres, à mes champs de pommes de terre et de fèves, à mes vignes privées de raisins

— Tu m'entends ?

et Jules s'énervait

— Oui, je t'entends

— Alors dis-moi ce que tu penses de ma proposition

je haussais les épaules, je n'avais pas besoin de suivre sa conversation, ses conseils étaient toujours les mêmes, et mon entêtement n'en avait cure, mais puisqu'il avait oublié ma position je la reformulais d'une voix lasse, presque inaudible

— J'ai la chance d'avoir à moi vingt hectares de terre et une maison, je ne les quitterai jamais

— Quoi ?

une corneille avait commencé à crailler dans l'acacia, ou bien c'était l'âne qui nous cassait les oreilles

— Je disais que j'ai la chance d'avoir à moi vingt hectares de terre et une maison, je ne les quitterai jamais

il levait les bras au ciel, déballait sur la table ce qu'il nous avait acheté, pâtes, riz, farine, bouteilles de vin

— Tout augmente à Mercier

m'avertissait-il, moi qui n'avais plus le temps ni les moyens de fréquenter les commerces de la grande rue

— Les sauterelles ont fait bondir les prix des semences et du fourrage. Et le reste a suivi. On ne peut plus rien acheter. Le marché du lundi est vide, il n'y a que des négresses qui essayent de fourguer leurs pacotilles et des Arabes des montagnes qui crèvent de faim et descendent vendre les tapis et bijoux de famille de leurs gourbis

je ne l'écoutais plus, je pensais à ce que nous allions être obligés de faire pour passer l'hiver, emprunter peut-être, emprunter sûrement à l'un de ces hommes qui traînaient dans les cafés de Mercier et vous mettaient la main sur l'épaule en vous offrant mille ou deux mille francs à échéance de trois mois, six mois, un an

— Ce qui vous arrange, madame Picard

insistaient-ils avec le sourire rassurant des hommes attentifs à vos problèmes et Jules qui continuait à nous saper le moral

— Tout va mal dans les campagnes, Emma. Et à Mercier beaucoup repartent ou ont l'idée de repartir

— Tais-toi !

lui répondais-je en quittant la table

— Viens plutôt m'aider à consolider la clôture du potager

c'était le seul morceau de terre qui avait réussi à reverdir, les plants de tomates étaient hauts, enroulaient leurs feuilles et leurs fruits autour des échalas, et au sol les salades, les menthes douces et poivrées formaient une sorte de tapis rassurant

à coups de marteau nous renforcions la clôture dans le silence de cet été qui ne ressemblait à aucun des autres étés que j'avais pu vivre dans ma vie de femme, les cigales étaient allées chanter ailleurs, les hirondelles et les martinets ne se poursuivaient plus dans le ciel, les tourterelles avaient déserté les tuiles du toit, et les insectes étaient rares, tout désorientés par nos champs noircis, il ne restait que les mouches qui passaient leurs nerfs sur nos bras et nos jambes dénudés, sur notre visage en sueur

et dans ce silence les coups de marteau avaient une résonance particulière, ébranlaient les masses d'air brûlantes et creuses comme des coups de fusil tirés pour rien

l'âne n'arrête pas de braire, tu l'entends, Léon ? on dirait qu'il a compris que je ne fermerai pas l'œil de la nuit, et il se secoue, et il se lamente, mais comment je pourrais le secourir, moi ? je n'ai que mes bras de femme qui ne sont plus que des bras impuissants de vieille femme

Léon

mon garçon, cesse de te racler la gorge, on dirait que tu vas rendre l'âme, si tu as soif je peux aller te chercher de l'eau

un verre d'eau fraîche

bien que je n'en aie plus beaucoup, de l'eau à boire, et que je ne me vois pas cavaler demain matin jusqu'à la source et revenir chargée comme une bourrique, poussée aux fesses par les rafales du sirocco reparti de plus belle, on peut en être sûr

non, je ne me vois pas faire ce que j'ai pourtant fait tant de fois, mais c'est que je suis au bout du rouleau, comme foudroyée, et que je n'ai plus dans le corps la force de rien, tant la terre algérienne jour après jour m'a rouée de coups sans que jamais le Dieu de mon baptême daigne seulement s'interposer

tu crois que j'exagère, Léon ? tu le crois ? mais voilà pourtant où j'en suis

et je me dis, qu'est-ce que nous allons devenir, toi et moi ? si je n'ai plus dans le corps la force de rien, de quoi allons-nous vivre ? et où ?

où ?

la nuit qui se tient là dehors dans ses cruautés africaines m'a depuis longtemps abandonnée à mon triste sort de colon, alors ce n'est pas la peine que je la questionne, que je cherche dans ses profondeurs faussement bienveillantes un réconfort quelconque, n'insistons pas, restons assise sur la chaise et continuons cette histoire de nous autres

dans le silence les coups de marteau

je les entends encore, Léon, je les entends résonner dans ma tête de femme devenue vieille avant l'âge

ébranlaient les masses d'air brûlantes et creuses comme des coups de fusil tirés pour rien, pendant que

Mékika revenait de la source avec son chargement de bidons, de seaux et de tonneaux

et à leur tour Charles et Joseph arrosaient la terre précieuse du potager grillée tous les jours par le soleil, donnaient leur comptant d'eau fraîche aux animaux, ne nous laissant que le minimum, un broc de faïence que nous avions appris à économiser, à répartir entre nous, une moitié pour Eugène et Léon, le reste partagé entre mes trois hommes et moi-même

oui, continuons cette histoire de nous autres, si tu veux bien cesser de te racler la gorge, Léon

aussi quand Jules arrivait de Mercier avec son lot de bouteilles, nous étions vite soûlés par le mauvais vin de Mascara, Mékika comme nous autres, malgré sa religion qui lui interdisait de boire de l'alcool

— Dieu me pardonnera, il comprendra que je ne peux pas rester le gosier sec

— En es-tu bien sûr, Mékika ?

lui demandait Jules avec cet air sérieux dont j'avais appris à me méfier

— Tout à fait sûr, monsieur Jules

— Moi je crois que ton Dieu est bien moins arrangeant que celui des chrétiens, et que le tour que tu es en train de lui jouer il va te le faire payer cher

Jules clignait de l'œil dans ma direction, et Mékika crachait par terre, le front soudain inquiet

si tu veux bien te taire et m'écouter

et c'est ainsi que nous passions le temps, entre le travail du potager, les descentes à la source et les arrosages, dans la lenteur de cet été qui n'en finissait plus, et comme nous ne mangions pas à notre faim nous avons commencé à maigrir, je voyais les joues de mes fils se creuser, leurs yeux se retirer au fond des orbites ainsi que sont retirés les yeux du Jésus sur sa croix, mais personne ne se plaignait jamais parce qu'il ne nous était pas permis de nous plaindre, à nous autres colons

et puis au début du mois de septembre Joseph est tombé malade, ça lui a pris d'un coup, parti chasser sur les collines il est rentré tout content parce qu'il avait dans son carnier une de ces poules de Carthage que les chaleurs engourdissent, au milieu de la cour il l'a tenue un moment au bout de son bras, les plumes trempées de sang dégouttaient dans la poussière et attiraient les mouches

— Rentre

je lui ai dit

il a franchi le seuil de la porte, m'a tout de suite confié la poule, et s'est affalé sur une chaise

— J'ai mal au ventre

a-t-il annoncé

— Qu'est-ce que tu as ?

— Je sais pas. C'était rien au début. Maintenant j'ai de plus en plus mal

il avait les mains pressées contre son ventre, et il ne tenait pas en place, se dandinait sur la chaise en essayant d'oublier la douleur, je lui ai dit d'aller se coucher, et c'est ce qu'il a fait pendant que je finissais de peler les pommes de terre

durant un moment je ne l'ai plus entendu, je me suis dit qu'il s'était endormi, mais j'ai quand même voulu jeter un œil dans la chambre, et j'ai constaté qu'il ne dormait pas, recroquevillé sous le drap il serrait les mâchoires et se tordait comme un ver, le visage décomposé par la douleur

je me suis approchée du lit, et après m'être essuyé les mains j'ai touché son front en sueur, ses joues, sa poitrine contre laquelle son cœur battait trop vite, il a tourné la tête, ses yeux effrayés se sont fixés sur moi avec l'espoir que je lui explique ce qui lui arrivait, mais qu'est-ce que je pouvais lui expliquer ?

— Maman, je crois que je vais avoir besoin du seau

j'ai couru à la cuisine chercher le seau de toilette, le lui ai tendu avant de retourner à mes pommes de terre que j'étais en train de couper en rondelles, dehors Mékika réparait le manche d'une fourche, et j'entendais Charles siffler dans le chemin, il était parti à la source en fin d'après-midi en oubliant de prendre un chapeau

— Charles, où as-tu mis ton chapeau ?

lui avais-je demandé, mais il s'était contenté de hausser les épaules sans me répondre, insouciant, sûr de lui, considérant le monde à présent qu'il était un homme avec des yeux qui ressemblaient chaque jour un peu plus à ceux de son père, des yeux qui n'acceptaient pas de recevoir des ordres

— Charles !

et il avait poursuivi sa route, tenant d'une main les rênes du cheval, et de l'autre m'adressant un geste amical

à présent il s'en revenait avec sa charge d'eau, montrant là-bas au loin la peau tannée de son visage, et il sifflait pour qu'Eugène et Léon viennent l'aider à dételer le cheval et transporter l'eau

derrière la porte de la chambre Joseph a poussé des gémissements, je crois qu'il se vidait de tout ce qu'il avait dans le ventre, et je me disais que ce n'était pas plus mal, qu'après ça il serait soulagé de ses douleurs et reprendrait vite des forces en dormant tout son soûl jusqu'au lendemain

oui, c'est ce que je me disais

et Dieu sait mieux que moi combien je me suis trompée, et combien il est humiliant de se tromper, m'en a-t-il voulu ? et m'en veut-il encore ? malgré les prières que je lui ai si souvent adressées, avouant mes fautes et demandant pardon

à table nous avons mangé sans Joseph qui était épuisé et incapable d'avaler quoi que ce soit, pas même les amandes décortiquées et les dattes que lui présentaient Eugène et Léon

c'est toi qui avais le bol de dattes, et Eugène les amandes, tu te souviens Léon ? plantés à côté du lit vous ne compreniez pas pourquoi votre frère refusait de manger

cette nuit-là nous nous sommes couchés très tard parce qu'il était impossible de dormir, la chaleur pesait comme une chape sur le toit, les murs, les arbres, et sur nos poitrines et nos paupières irritées, une chape de cardinal si lourde à supporter qu'on aurait donné cher pour s'en débarrasser si cela avait été possible, mais ça ne l'était pas, la nuit brouillée de vapeurs demeurait immobile

suffocante

et nous sommes restés longtemps dans la cour, perchés sur nos chaises tels des chats-huants, attendant qu'un peu de fraîcheur descende des collines

en passant près du lit de Joseph j'ai cru qu'il dormait, et ses frères comme moi-même n'avons pas cherché à en savoir davantage, nous avons regagné nos lits, nous nous sommes couchés, et bientôt n'entendant plus de bruit je me suis endormie

seigneur Dieu, si j'avais su

car au matin, c'est la voix de Charles qui m'a réveillée en sursaut, sa voix, sa bouche, ses yeux déformés par la peur

— Maman viens vite ! Viens vite !

j'ai bondi hors du lit, me suis précipitée dans la chambre, c'était comme si je savais que le mauvais œil était entré chez moi, Charles m'a montré la paillasse souillée où gisait son frère

— Joseph !

ai-je crié en attrapant dans mes mains le pauvre visage de celui qui ne ressemblait plus à mon fils

— Joseph !

sa poitrine et son ventre étaient creux, ses bras désarticulés, il n'y avait que ses yeux révulsés qui luttaient encore contre le mal en train de le vider

— Charles, va chercher le docteur

il était rouge comme moi, arpentait la chambre en se mordant les lèvres, de désespoir donnait des coups de poing dans les murs

— Où sont Eugène et Léon ?

— Dehors. Dans la cour

j'ai tourné la tête, je les ai vus assis sur le muret, les jambes ballantes

— Va à présent, va vite

il est parti en courant dans le chemin, et je suis demeurée assise sur la paillasse souillée, pressant la tête de Joseph contre ma poitrine, essayant de la réchauffer avec mon corps de mère

je disais

— Tiens bon, mon Joseph, tiens bon

je répétais

— Tiens bon

et puis

— Charles va revenir tout de suite avec le docteur, tout de suite, mais tiens bon, mon Joseph, je t'en prie tiens bon

Mékika est entré dans la chambre en roulant des pupilles désespérées, il avait à la main un verre d'eau fraîche qu'il m'a forcée à boire

— C'est le ventre, patronne. Joseph, il a dû boire de cette mauvaise eau qui pourrit dans le creux des roches. C'est du poison. Ça vide le ventre et emporte tout le reste, à commencer par le sang qui se met à couler entre les fesses sans qu'il soit possible de le retenir

— Va voir si Charles revient. Et dis aux enfants de conduire la vache et l'âne dans le pré

il s'est exécuté, et je l'ai entendu parler à Eugène et Léon, et puis courir, et revenir se planter devant moi avec ses babouches trouées et ses mains qu'il ne pouvait pas empêcher de se tordre

— Y a personne dans le chemin, patronne

et moi qui ne l'écoutais pas mais qui entendais quand même le son de sa voix, j'ai dit

— Tiens bon, mon Joseph, tiens bon

je répétais

— Tiens bon

et puis

— Charles va revenir tout de suite avec le docteur, tout de suite, mais tiens bon, mon Joseph, je t'en prie tiens bon

Mékika ne bougeait plus, il se dandinait sur ses maigres jambes d'Arabe, attendant le moment de se rendre utile d'une quelconque façon

— Mékika ?

— Oui, patronne

— Va voir si Charles revient

il est reparti, toujours en courant, et moi j'ai regardé par la fenêtre le ciel bleu de chauffe d'Algérie, cherchant dans le vide désespérant de ce ciel un signe quelconque qui m'aurait été adressé, à moi Emma Picard, brebis fidèle, certes égarée sur des chemins encore bien trop barbares, mais brebis fidèle et obéissante, cherchant avec mes yeux de mère affolée et ne trouvant rien qui me donne l'assurance que mon fils ne mourrait pas

était-il possible que le Dieu des chrétiens ait tourné le dos à son peuple colonisateur venu tout exprès en Barbarie pour chasser le mal et le remplacer par le bien ?

je refusais de le croire

— Mékika !

oui, je refusais de croire à la trahison de ce Dieu que je priais depuis l'enfance, et serrais contre moi la tête de mon fils en signe de révolte, lui parlais, le berçais comme un enfant qu'il n'était plus, embrassais ses joues creuses, mouillais de salive ses lèvres de carton bouilli

— Mékika !

ses yeux de perle refroidie, mordais l'extrémité de ses doigts gourds, qu'il tienne bon, mon Joseph, qu'il tienne bon, même si je savais bien que sous le drap qui le recouvrait son corps baignait dans des odeurs épouvantables de matières que je n'aurais pas pu et que je ne peux toujours pas nommer

et devant toi, Léon, encore moins que devant toute autre personne

— Mékika !

il a fini par me répondre qu'il surveillait le chemin, et au son de sa voix j'ai compris qu'il était perché sur l'échelle

parce que devant toi je me sens coupable de vous avoir entraînés dans cette aventure coloniale sans queue ni tête, qui ne nous a menés à rien, qui ne nous a rien rapporté, sinon des souffrances quotidiennes dont vous vous seriez bien passés, mes pauvres fils

coupable

est-ce que tu entends bien ce que je te dis, Léon ?

coupable

d'avoir écouté cet homme à cravate assis derrière son bureau de fonctionnaire, d'avoir cru à son boniment, de vous avoir entraînés sur des terres qui ne veulent et ne voudront jamais de nous

mais avait-il besoin de se percher sur l'échelle ?

— Mékika !

j'étais à bout de nerfs, à bout de patience, était-il possible que le Dieu des chrétiens m'ait abandonnée ? toute secouée de sanglots, je sentais les larmes m'inonder les joues, seigneur Dieu ayez pitié je vous en prie ! j'avais envie de hurler pour que quelqu'un vienne enfin à mon secours et me le sauve ce fils que je ne voulais surtout pas voir mourir, et je pleurais de plus en plus fort, mêlant à mes pleurs des plaintes de folle, continuant à psalmodier de la même voix tremblante

— Tiens bon, mon Joseph, tiens bon

de la même voix désespérée

— Tiens bon, mon Joseph, tiens bon

et puis j'ai entendu Mékika descendre de son échelle, et je l'ai vu passer la tête par la fenêtre ouverte et m'annoncer

— Patronne, voilà Charles qui revient !

— Avec le docteur ?

— Non, patronne, pas avec le docteur. Je crois que c'est monsieur Jules qui est avec lui

et c'est à ce moment-là que j'ai commencé à penser que le Dieu des chrétiens cherchait bel et bien à se venger de moi, et personne depuis ce jour maudit n'a jamais réussi à m'enlever cette idée de la tête, pas même le curé de Mercier qui a fait tout ce qui était en son pouvoir pour me ramener à la raison

et aujourd'hui, Léon, aujourd'hui qu'il est prouvé que ce Dieu enragé n'absoudra jamais la faute par moi commise le jour de notre débarquement sur le quai d'Alger, aujourd'hui qu'il vient de me donner le coup de grâce, je regrette d'avoir écouté l'homme qui le servait si bien en l'église de Mercier, ce curé tout plein de foi et de remontrances, au lieu de chercher à comprendre et à faire miennes les idées révolutionnaires de Jules Letourneur

et lorsque Jules est entré dans la chambre je n'ai même pas relevé la tête, même pas cherché à le questionner, il s'est agenouillé, a rejeté le drap et regardé Joseph comme s'il le voyait pour la première fois

— Dysenterie

a-t-il marmonné, collant aussitôt l'oreille contre sa poitrine exténuée

j'avais cessé de sangloter, d'un coup j'avais cessé de sangloter, et j'étais en train de m'essuyer les joues avec la manche de ma chemise quand il m'a annoncé

— Il est mort, Emma

— Quoi ?

— Il est mort. Même le docteur n'aurait rien pu faire

je me suis levée, ma chemise était tachée de sang mais ça n'avait pas d'importance, j'ai repoussé Charles qui voulait me prendre dans ses bras, je suis sortie de la chambre, j'ai laissé derrière moi cette odeur de matières, de sang et de mort qui est l'odeur

je le sais maintenant

qui est l'odeur de ceux qui sont abandonnés par leur Dieu, et j'ai passé le seuil de la porte, et je suis entrée dans la lumière vivante du jour comme si j'entrais en enfer

Eugène et Léon se sont jetés sur moi

— Maman, qu'est-ce qu'il y a ?

leurs mains accrochées à ma chemise souillée

— Dis-nous, maman, qu'est-ce qu'il y a ?

ils levaient vers moi leurs museaux de chiots mal nourris, leurs yeux de chiots craintifs, leurs pattes de chiots maladroits, mais j'étais bien incapable de leur répondre quoi que ce soit, j'ai tourné la tête en direction de la maison, et par la fenêtre ouverte j'ai vu que Charles, Jules et Mékika s'occupaient à nettoyer la chambre

seigneur Dieu pourquoi avoir permis ce que vous n'auriez jamais dû permettre ?

alors j'ai pris par la main mes deux garçons, et je me suis mise à courir avec eux dans le champ de fèves dévasté où n'avait repoussé que du chiendent et des chardons qui dressaient leurs têtes poudrées de poussière, et je les ai entraînés dans le pré où la vache et l'âne ruminaient en silence, et plus loin encore sur nos terres de cailloux, de lauriers et de palmiers nains

tu te souviens, Léon, de notre galopade ?

vous deviez vous demander ce qui m'arrivait, est-ce que c'était un jeu que j'étais en train de vous apprendre ? et si c'était un jeu que fallait-il faire pour gagner la partie ? mais peut-être qu'il vous importait peu de le savoir, l'essentiel était de ne pas faiblir, de montrer que vos jambes de petits d'homme étaient capables de suivre la cadence imposée par des jambes de femme

je voulais perdre mon souffle, et je ne sais plus à quel moment je l'ai perdu, je sais que mon pied a fini par buter contre une pierre et que je suis tombée

tu es tombé avec moi, Léon, tous les deux nous avons trébuché et sans que nous puissions retrouver notre équilibre nous sommes tombés l'un sur l'autre, ton frère je ne sais trop comment a réussi à rester debout, mais toi tu es tombé avec moi et tu t'es égratigné les genoux

j'ai roulé dans la poussière du chemin, me suis retrouvée sur le dos, le souffle coupé, les mains pressées contre ma poitrine en feu, les yeux au ciel, Léon grimaçait en regardant ses genoux, et Eugène au-dessus de nous avait envie de rire parce que ce n'était pas souvent qu'il avait l'occasion de voir sa mère rouler par terre

et sans que je leur tende les bras ils sont venus se réfugier contre moi, nichant leurs têtes de chiots contre mon cœur époumoné, et nous sommes restés là à observer le point noir d'un vautour qui s'était immobilisé dans les hauteurs du ciel, et qui battait des ailes et hésitait à fondre sur les proies de nos corps renversés en travers du chemin

— Maman ?

— Oui, Eugène

— Qu'est-ce qu'il a, Joseph ?

— Il est très malade

— Très, très malade ?

le rapace s'était décidé à s'approcher de nous, et il effectuait des cercles prudents au-dessus du chemin, le bec incliné, l'œil que j'imaginais fixé sur les moindres de nos gestes

— Oui, et peut-être bien qu'il va mourir. Je veux dire, que Dieu va le rappeler au ciel

Léon s'est redressé sur ses mains, a froncé les sourcils

qu'est-ce que je pouvais te dire d'autre, Léon ?

penché la tête en me regardant de travers

qu'est-ce que je pouvais te dire d'autre ?

et pour éviter la question qu'il allait me poser, j'ai voulu me redresser et m'asseoir, parler d'autre chose, et c'est alors que je me suis aperçue que plus rien n'était stable autour de moi, les palmiers nains comme les lauriers dansaient devant mes yeux une espèce de sarabande impossible à maîtriser

qu'est-ce qui m'arrivait ?

je me suis levée en pensant que debout je retrouverais une vision normale des choses, mais ça n'a pas été le cas, une fois sur mes pieds c'est la terre entière qui s'est dérobée et a basculé, m'entraînant dans sa chute seigneur Dieu pourquoi m'avez-vous abandonnée ?

et je n'ai retrouvé mes esprits que bien plus tard, allongée dans mon lit, un drap me couvrant jusque sous le menton, j'ai ouvert les yeux, c'était le soir, une lumière apaisée entrait par la fenêtre, et Jules qui était assis avec un livre dans cette lumière attendait que je me réveille

j'ai refermé les yeux, écouté les bruits qui me parvenaient aux oreilles, des bruits que je ne réussissais pas à distinguer les uns des autres, qui se fondaient en une rumeur guillerette que le soir d'automne offrait aux hommes, comme si rien sur cette terre n'avait d'importance, et que la mort d'un garçon de dix-huit ans était aussi vite oubliée que celle d'une mouche

— Jules ?

il a aussitôt interrompu sa lecture et repoussé sa chaise pour venir s'asseoir au pied de mon lit

— Tu t'es évanouie

m'a-t-il annoncé en serrant ma main dans la sienne

— C'est Eugène qui est venu nous prévenir. On a pris une échelle et des couvertures, et comme tu n'étais toujours pas réveillée lorsqu'on a retrouvé ton corps évanoui en travers du sentier, on a décidé de t'enrouler dans les couvertures et de t'allonger sur l'échelle, ensuite on t'a portée jusqu'à ton lit, Charles et Mékika ouvrant la marche et tenant chacun un montant, moi seul à l'arrière. Et je dois te dire que tu pèses ton poids, Emma, je n'aurais jamais cru que tu puisses être aussi lourde

j'ai essayé de lui sourire, mais je n'y arrivais pas, alors j'ai repoussé le drap, tenté de me redresser, et Jules s'est penché au-dessus de moi et a calé l'oreiller dans mon dos, me demandant en même temps si j'avais soif, et je lui ai répondu que je n'avais pas soif

— Non, je n'ai pas soif

je n'avais ni soif ni faim, mais j'avais envie de savoir ce qu'ils avaient fait de mon fils

— Où est Joseph ?

— Dans la grange. On a mis le cercueil sur des tréteaux

j'avais du mal à comprendre, peut-être que je n'étais pas encore bien réveillée, j'ai dit

— Le cercueil ?

— Oui

a répondu Jules

mes yeux cherchaient vainement à rencontrer les siens, sans que je sache pourquoi Jules fuyait mon visage, portait son attention ailleurs

— Mais où l'avez-vous trouvé ce cercueil ?

— On s'est servi des planches de l'appentis. Avec une scie, un marteau et des pointes Charles et Mékika ont fabriqué une espèce de cercueil dans lequel on a couché Joseph, pour que les colonies de mouches qui l'assaillaient le laissent tranquille, et puis aussi pour que Léon et Eugène ne puissent pas voir leur frère mort

malgré moi j'ai senti des frissons me parcourir le dos, mes lèvres se sont mises à trembler, et j'ai recommencé à pleurer, doucement, presque silencieusement

seigneur Dieu, pourquoi m'avez-vous abandonnée ?

Jules m'a laissé pleurer, sans doute pensait-il qu'il était normal qu'une mère qui vient de perdre un fils pleure tout ce qu'elle a de larmes dans la poitrine, et puis il a fini par me dire qu'il était obligé de rentrer à Mercier, et qu'il en profiterait pour informer la mairie du décès de mon fils

— Il va falloir se dépêcher de l'enterrer, les corps ne résistent pas longtemps à la chaleur par ici

a-t-il ajouté, et il s'est levé, m'a embrassé les joues que j'avais chaudes et mouillées de larmes, a enfilé sa veste pendue à un clou, et au moment de passer la porte il s'est retourné, et ses yeux se sont enfin fixés sur moi

— Je serai de retour demain matin. Promis

demeurée seule, j'ai attendu dans les larmes que la nuit vienne, que les ténèbres étouffent cette rumeur guillerette qui entrait par la fenêtre et ne cessait pas de me tourmenter, j'ai attendu que la fatigue me terrasse

j'ai dormi, je me suis réveillée, et puis je me suis rendormie

tu te souviens, Léon, des affreux moments que nous avons passés ?

la nuit était noire lorsque je me suis à nouveau réveillée, l'air qui entrait dans la chambre était débarrassé de la rumeur et sentait les collines, j'ai remarqué qu'un rayon de lune éclaboussait le pied du lit

du chagrin qui nous aveuglait, de la douleur qui nous serrait le cœur ?

et que dans cette éclaboussure Charles était assis, silencieux comme une ombre, le visage décomposé, des cernes sous les yeux qu'il avait rouges, je crois bien

— Qu'est-ce que tu fais ?

je lui ai posé la question sans attendre de réponse, m'avait-il seulement entendue ? ses mâchoires grinçaient en répétant un mouvement de va-et-vient qu'il lui était impossible de contrôler

— Approche

ai-je chuchoté, me poussant pour lui faire de la place

il s'est exécuté, et j'ai pris aussitôt ses mains qui étaient chaudes et misérables

— Tu t'es occupé d'Eugène et Léon ? Ils ont mangé ?

Charles a secoué la tête, oui ils avaient mangé ce que Mékika leur avait donné, et il m'a fait comprendre qu'à présent ils dormaient dans la chambre à côté

— C'est bien

le bruit d'eau de mes chuchotements cherchait à se glisser entre ses mâchoires, à calmer leur mouvement de va-et-vient

— Approche plus près

mais ça ne servait à rien, il y avait sur son visage éclairé par la lune quelque chose de têtu qui ne pouvait pas accepter la mort de Joseph, et qui se rebiffait

et toi, Léon, as-tu jamais accepté l'idée d'avoir perdu ton frère ?

les mois ont passé, je sais bien, et heureusement qu'en passant ils ont travaillé à nous sortir de la tête le poids de ce deuil, je sais bien, mais enfin j'aimerais que tu me dises si tu es arrivé à oublier la mort de ton frère Joseph

parce que moi, tu vois, je n'y suis jamais arrivée

alors je l'ai tiré par le bras et forcé à s'allonger à côté de moi, non pas comme s'il était un homme de vingt ans mais un fils de dix ans redevenu le garçon que j'avais sorti d'entre mes cuisses et nourri, et j'ai embrassé son visage douloureux, et je l'ai caressé, cajolé, consolé, continuant de chuchoter à son oreille les mots qui me venaient

des mots qui se sont perdus et que je serais bien

incapable de retrouver

jusqu'à ce que ses mâchoires cessent de grincer, et se relâchent comme un piège qui s'ouvre, et laissent monter les pleurs refoulés si loin dans la poitrine qu'ils avaient du mal à sortir, du mal et de la honte

— Charles

il a secoué la tête et enfoui son visage dans mon cou, et j'ai senti enfin les larmes qui débordaient de ses paupières et me mouillaient la peau

— Charles, il n'y a pas de honte à pleurer

non, il n'y avait pas de honte à pleurer devant sa mère, devenu par la force des choses l'homme de la famille n'était-il pas aussi mon fils ?

tu dormais dans la chambre à côté, Léon, j'entendais ta respiration, et j'entendais celle de ton frère, et le souffle régulier qui sortait de vos poitrines m'interdisait de baisser les bras

je l'ai laissé pleurer contre moi, écoutant d'une oreille ses pleurs et de l'autre la respiration d'Eugène et celle de Léon pour qui la mort n'était encore rien d'autre qu'un peu de sang de poulet tombant dans une cuvette

et le souffle opiniâtre qui sortait de vos poitrines me dictait le rôle que j'aurais à tenir devant vous le jour de l'enterrement

je l'ai laissé pleurer jusqu'à ce que la lune disparaisse et plonge la chambre dans la nuit noire, alors Charles est retourné en tâtonnant s'allonger sur sa paillasse, il ne pleurait plus, il n'avait plus besoin de moi, je peux dire qu'il était redevenu plus fort que son chagrin

et rassurée j'ai rabattu le drap sur ma tête, ai clos les paupières et chassé de mon esprit ce qui le tenait éveillé, le temps que le sommeil s'empare de mon corps et l'emporte jusqu'au lendemain matin

j'ai entendu un bruit dans la cour, le bruit d'un seau qu'on renverse, comme si quelqu'un avait heurté un récipient

écoute, Léon

il faut dire que la cour n'est plus qu'un capharnaüm de choses sens dessus dessous, mais qu'est-ce que je peux y faire ? seule et avec le peu de forces qui me reste j'aimerais bien que tu me dises ce que je peux y faire ?

écoute, Léon

j'ai encore entendu le bruit, y a-t-il quelqu'un dans la cour ?

et pour en avoir le cœur net je me lève, je n'en ai pas envie mais je me lève quand même

où sont les fusils ? où sont-ils, Léon ? la dernière fois c'est Charles qui s'en est servi, souviens-toi, il y a un mois malgré la chaleur qui lui coupait les jambes il a voulu partir à la chasse dans les collines, parce que nous n'avions rien mangé depuis deux jours et qu'il ne supportait plus de nous voir crever de faim alors que d'autres à Alger buvaient le champagne et dansaient la valse, À Mercier on dit et on répète que le gouverneur boit le champagne et danse la valse, répétait Charles en cognant du poing sur la table

et il nous a rapporté un lapin

mais oui, un lapin qu'il a sorti de son carnier tout dégouttant de sang et agité devant lui

alors où ils sont ces fusils ? j'ai beau faire le tour de la chambre, tâter les clous, je ne les trouve pas

où ils sont, Léon ? où ils sont ?

ta main qui pend m'indique l'endroit, c'est sous ta paillasse qu'il faut les chercher ? tu en es sûr ? je m'agenouille et fouille le sol, et finis par en trouver un, je l'empoigne, est-il chargé ? oui, il l'est, alors j'y vais, le doigt sur la détente je passe la porte

surveille mes arrières, Léon, surveille-les bien

et à pas de loup m'avance, regarde à droite et à gauche les ténèbres dévastées, je vois une ombre près de la grange, je lève le fusil et tire

pan !

l'ombre saute en l'air et s'enfuit en jappant, c'est un de ces chacals qui ont faim et soif, et qui rôdent la nuit autour des fermes, je tire une deuxième fois dans les ténèbres surchauffées, et contente de moi je rentre

ce n'était qu'un chacal, Léon

je me penche au-dessus du lit et répète

ce n'était qu'un chacal, Léon tu m'entends ? ce n'était qu'un chacal

tu ne réagis pas, ta main pend toujours en dehors de la paillasse, comme si tu me demandais de remettre le fusil là où je l'ai trouvé tout à l'heure, mais je préfère le garder avec moi, me rasseoir sur la chaise et le garder avec moi, en travers de mes genoux

j'arrange mon jupon, m'essuie le front, tente de calmer les battements de mon cœur

qu'est-ce que j'étais en train de raconter ?

parce que je sais qu'avec un fusil sur mes genoux je ne crains personne, pas plus les chacals que les hommes maigres équipés de sacoches pendues au bout de leurs bras comme des choses méprisables

qu'est-ce que j'étais en train de raconter ?

je ne crains personne, Léon

je racontais la nuit de sommeil peuplée de cauchemars où nous avons sombré, mes fils et moi, chacun se tournant et se retournant dans ses draps trempés de sueur toutes les fois que la chouette perchée sur la cheminée poussait son cri de mauvais augure, chacun gémissant, soupirant, haletant derrière les pauvres murs de notre ferme recroquevillée de peur dans cette nuit hostile et pleine d'embûches

je racontais la folie d'un été de malheur où rien ne nous a été épargné, les sauterelles, la sécheresse, et la mort de Joseph, je racontais la nuit hostile et pleine d'embûches qui pesait sur nos champs ravagés, notre puits à sec, le toit de notre ferme recroquevillée de peur et celui de notre grange où montait la garde dans son burnouss notre Arabe Mékika chargé de veiller sur la respiration pantelante du cheval, de l'âne et de la vache que le manque d'eau était en train de tuer à petit feu, et sur le cercueil de Joseph qui attendait dans la pénombre terreuse du réduit barré de planches d'être transporté au cimetière de Mercier-le-Duc

car Mékika, je dois le dire, craignait comme la peste que des djinns tentent pendant la nuit de s'emparer du corps, prétendant avoir vu ça chez le mari de sa sœur il avait insisté pour que le cercueil demeure enfermé dans le réduit, et nous avait suppliés de lui confier un fusil au cas où un de ces djinns plus téméraire que les autres essayerait de tromper sa vigilance

— On ne vous prendra pas votre garçon une deuxième fois, patronne, c'est promis

planté devant mon lit, il brandissait le fusil au-dessus de lui, attendait que je réagisse, mais je n'en avais pas le courage, la tête renversée sur le traversin je sentais mes yeux qui se fermaient

Léon, il est si tard que mes yeux se ferment, que ma tête se renverse sur le dossier de la chaise, et pourtant il faut que je continue, que je me dépêche ? oui tu as raison, que je me dépêche, que j'aille au plus vite là où je veux aller, sans m'égarer, sans perdre de temps à m'apitoyer sur mon sort, oui tu as raison

le lendemain Jules est arrivé à l'heure du repas, il avait vu le maire, le curé, et l'enterrement était prévu pour la fin de la journée, il fallait donc se dépêcher, manger, charger le cercueil dans la charrette et partir

debout dans la cuisine, s'épongeant le cou avec un mouchoir, il avait l'allure d'un père qui a pris sur ses épaules le poids du deuil qui frappe sa famille, je l'écoutais parler, et Charles, et Eugène, et Léon l'écoutaient parler eux aussi, et ça nous faisait du bien de l'écouter, ça nous rassurait, parce que nous étions tous les quatre si accablés de douleur, si désemparés face à la cruauté de cette terre d'Algérie, qu'il nous était impossible de réagir, d'accomplir les démarches habituelles aux enterrements

démarches que j'avais pourtant effectuées sans aucune aide au décès de Gustave

mais en ce jour maudit de septembre ce n'était pas pareil, Jules le savait bien, c'était en Algérie que j'allais enterrer mon fils, pas en France, et il m'a jeté un drôle de regard, un regard qui m'a semblé chargé de reproches, avant de sortir de son sac un morceau de lard et des pommes de terre, disant

— D'abord mangeons

j'ai regardé Charles, Eugène et Léon qui n'avaient plus les joues que je leur avais connues, qui me montraient des poitrines bien trop creuses pour leur âge

j'ai répondu que c'était à moi de m'occuper du repas, qu'il n'avait pas besoin de se tracasser

— Nos ventres seront pleins

je me suis secouée, ai retrouvé d'un coup ce qui m'avait toujours aidé à surmonter les obstacles, cette force que rien ni personne n'avait pu réduire, cet élan qui me portait en avant quoi qu'il advienne

— Au travail

ai-je lancé d'une voix raffermie

et au début de l'après-midi nous étions prêts, la charrette dans la cour attendait le cercueil, mes fils avaient enfilé ce qui leur restait de vêtements propres, chaussé les espadrilles que je leur avais achetées à Mercier, et ils s'étaient passé dans les cheveux le peigne mouillé de salive et de savon

— Léon, viens ici que j'arrange ta chemise

j'avais même taillé dans une vieille blouse trois bandeaux noirs que je leur avais noués autour du bras

Charles et Mékika sont allés chercher le cercueil dans la grange, l'ont rapporté en jurant contre la nuée de mouches qui les harcelaient, Jules avait installé une chaise dans la charrette, je m'y suis assise, le cercueil à mes pieds de façon à pouvoir chasser les mouches avec mon éventail

et c'est ce que j'ai fait tout au long du chemin, dans mes habits noirs, et sous les mailles noires sentant la naphtaline de la voilette qui m'avait servi à la mort de Gustave et que j'avais cousue sur mon chapeau de paille, c'est ce que j'ai fait, chasser les mouches, de grosses mouches bleues et d'autres plus petites, plus nerveuses, plus affolées par l'odeur

je marmottais

— N'en veux pas à ta mère, Joseph

et pour refouler mes larmes levais la tête et clignais des yeux en fixant le ciel blanchi comme un chaudron d'étain

— N'en veux pas à ta mère

Mékika et Jules marchaient devant avec le cheval, et mes fils suivaient la charrette, Eugène à côté de Léon, et Charles derrière eux, un chapeau cabossé fiché de travers sur sa tête, l'œil fixe, les bras ballant le long du corps

non, Léon, tu ne donnais pas la main à Jules, tu traînais les pieds comme à ton habitude, et je peux te dire que tu en as eu vite assez de marcher dans la poussière et la chaleur, entre les roues cerclées de fer de la charrette qui grinçait, gémissait, craquait comme une vieille commode tout près de se disloquer

et tu me disais, Maman je veux monter, tu répétais, Maman je suis fatigué

tu te souviens ?

et moi je ne voulais pas que tu montes me rejoindre, parce que ce n'était pas comme ça que je nous voyais arriver à Mercier-le-Duc et descendre la grande rue

non, ce n'était pas comme ça

et c'est en grinçant, en gémissant, en craquant que notre charrette qui transportait le cercueil de Joseph s'est frayée un chemin dans la chair morte de cette campagne rongée par les sauterelles et que les siroccos de l'été avaient fait disparaître sous un linceul de poussière

pas un oiseau n'a traversé le ciel cette après-midi-là, j'y aurais vu un signe

tu comprends, Léon

et j'en aurais remercié Dieu, mais le Dieu des chrétiens m'avait abandonnée, j'en étais sûre, et c'est en enfer qu'il me forçait à vivre, dans ce triste et barbare enfer de l'Algérie, sans qu'il me soit possible de protester d'une quelconque façon

tu comprends, Léon

alors, derrière les mailles noires sentant la naphtaline de ma voilette de veuve j'ai décidé d'accepter mon sort de femme abandonnée de Dieu, et j'ai même relevé la tête et bombé le torse lorsque la charrette est entrée dans Mercier et qu'au pas du cheval nous avons descendu la grande rue, Mékika et Jules devant, moi assise sur ma chaise et aussi droite qu'une mère peut l'être face au cercueil de son fils, Eugène à côté de Léon, et Charles derrière eux

voilà comment j'avais décidé que nous arriverions à Mercier, et voilà comment nous avons débouché dans la grande rue, souviens-toi Léon, dans cet ordre et pas autrement

les femmes se signaient en nous regardant passer, et les hommes retiraient le chapeau qui leur couvrait la tête, me saluaient lorsqu'ils me reconnaissaient, et saluaient Jules qui était l'ami d'à peu près tout le monde

le silence s'était fait dans la grande rue, un silence de circonstance que respectaient sans s'être concertés les magasins qui avaient figé leurs activités dans une immobilité respectueuse, les comptoirs des buvettes soudain déserts, la caserne des soldats, les bureaux, le coiffeur, le maréchal-ferrant, et même le café maure où les Arabes accroupis dans la poussière s'étaient redressés à la vue de notre cortège et secouaient de tristesse leurs têtes brunes et dans ce silence déchiré par le seul bruit des roues cerclées de fer qui grinçaient, gémissaient, craquaient comme une vieille commode tout près de se disloquer, la charrette devenait une sorte d'instrument de la colère de Dieu, sa bile, son courroux, ses foudres, le châtiment qu'il nous réservait à tous, colons égarés en terre de barbarie

pauvres de nous

devant l'église le curé nous attendait dans sa soutane noire de suie sur laquelle il avait enfilé une sorte de surplis blanchâtre, les mains jointes, le front têtu, marqué au fer par la lumière rougeoyante du soir, des gens se tenaient autour de lui, ceux que je connaissais un peu, avec lesquels j'avais été en affaire, et ceux qui avaient de l'amitié pour moi, pour la famille Picard, ça ne faisait pas beaucoup de monde, une dizaine de personnes, tout au plus

au-dessus de nous, de notre cortège qui s'était arrêté devant le parvis, j'ai entendu sonner le clocher, peut-être sonnait-il depuis longtemps, mais je n'y avais pas prêté attention, à présent je l'entendais égrener la note de sa cloche éplorée

dong, dong

note lente et pesante

dong, dong

qui servait à accompagner le cercueil porté sur les épaules de Charles et de Mékika, du père Perret, et d'un autre homme qui était je crois bien l'instituteur

le curé a levé la main et fait le signe de croix au-dessus du cercueil

— Au nom du Père, du Fils et du Saint-Esprit

et puis il est entré dans l'église avec ses deux enfants de chœur, et le cercueil l'a suivi, et nous tous qui inclinions la tête et regardions nos pieds

assise sur le premier banc, j'ai pensé que je pouvais bien prier de toute mon âme pour que mon fils Joseph rejoigne sans délai le paradis de Dieu, cela ne servirait pas à grand-chose, tant la colère de Dieu me paraissait difficile à calmer, sur sa croix le très maigre Jésus pendu au mur me regardait avec l'air gêné de celui qui n'est pas en mesure d'intervenir en ma faveur, il se tenait tout contrit dans ses clous, un linge enroulé autour des hanches, me montrant la misère de sa condition de Jésus

ce qu'a dit le curé lorsqu'il a pris la parole ? je serais bien incapable de te répondre, j'aurais dû être attentive au discours qu'il avait décidé de prononcer pour expliquer la mort si brutale de mon pauvre Joseph, emporté en une nuit, emporté comme fétu au gré de ces maladies qui n'ont pas de pitié, et sans doute ne l'ai-je pas été parce que j'avais la tête ailleurs, volontairement ailleurs

tu comprends, Léon ?

c'était ma façon à moi de me révolter, de montrer combien je trouvais injuste le malheur qui nous frappait

tu comprends ?

et durant tout le temps de la cérémonie je n'ai cessé de répéter entre mes dents

— N'en veux pas à ta mère, mon Joseph

pendant que le curé déroulait devant moi le rituel de sa messe des morts

— Non, n'en veux pas à ta mère

et à la fin aspergeait le cercueil d'eau bénite

tu comprends ?

lorsque je suis sortie de l'église, la dernière parce que je n'avais pas pu m'empêcher d'aller dire un mot au Jésus, ma main révoltée agrippant ses pieds en sang et les secouant pour qu'il comprenne bien ce que j'avais à lui dire

seigneur Dieu, pardonnez mes débordements

lorsque je me suis avancée sur le parvis, j'ai constaté que Jules était toujours assis dans la charrette, il avait l'air de dormir, la tête inclinée sur une épaule, mais sans doute ne dormait-il pas puisqu'en me voyant il s'est aussitôt redressé, a sauté dans le gravier et s'est avancé vers moi

— Ça va ?

a-t-il demandé

— Je ne sais pas

nous marchions vite pour rattraper le cortège qui cheminait dans l'allée du cimetière au rythme des pas pressés du curé et de ses deux enfants de chœur, le soleil avait disparu, ne laissant au ciel qu'un grand vide de lumière

— C'est plus fort que moi

m'a dit Jules en me prenant le bras

— Jamais je n'ai mis les pieds dans une église, et jamais je ne les mettrai, je suis un mécréant qui se respecte

j'ai haussé les épaules, à l'avant je voyais le cercueil de Joseph ballotté comme une coquille au-dessus des têtes échevelées par le vent, est-ce que ce n'était pas Jules qui avait raison ?

— Je n'ai pas osé rester dans la charrette avec toi. Mais c'est ce que j'aurais dû faire. Ça m'aurait vengée

et Jules qui avait du mal à retenir son chapeau a bougonné

— Mais, bon sang, de qui as-tu le désir de te venger ?

— De ce Dieu que je vénère et prie depuis que je suis née, et qui me traite comme quelqu'un qui ne croit pas en lui. De ce Dieu qui m'oublie, me tourne le dos, me livre aux nuages de sauterelles et aux maladies mortelles

le cortège a fini par s'arrêter, et j'ai marché jusqu'au bord du trou qu'avait creusé un ouvrier dans la terre sèche et pleine de cailloux de ce morceau de garrigue battu par les vents, baptisé cimetière européen

je me demande bien pourquoi, puisqu'on n'y a jamais enterré que des Français

le curé m'a fait signe, et pour ne pas le contredire je suis allée le rejoindre, me plaçant à sa droite avec Eugène et Léon qui se sont aussitôt accrochés à mes jupes, pendant que Charles et Mékika aidaient l'ouvrier à passer la corde sous les planches assemblées de travers et à descendre le cercueil dans le trou profond d'à peine un mètre

mais que veux-tu, Léon, l'ouvrier n'avait que sa pioche et sa pelle, et dans cette terre-là on est vite empêché par la pierraille

les personnes qui se tenaient debout tête nue me jetaient des regards en coin, puisque je n'avais pas pleuré à l'église ils devaient se dire que devant la tombe ouverte je finirais bien par éclater en sanglots comme le font toutes les mères, et c'était justement ce que je ne voulais pas faire, éclater en sanglots, avoir ce comportement de mère, je me souviens

tu te souviens, Léon ?

je me souviens que je fixais le cercueil immobilisé au fond du trou et sur lequel quelqu'un avait jeté une fleur de chardon

je crois que c'était Charles

le curé était occupé à retenir sa soutane et son surplis que le vent gonflait et cherchait à lui arracher, les autres en faisaient autant avec leurs gilets, leurs châles, leurs jupons, tant le sirocco avait de l'humeur ce jour-là, tant il nous harcelait, et il a fallu fermer les yeux, attendre que s'éloigne la bourrasque, ensuite chacun s'est secoué, a frotté ses habits

pendant qu'en moi je sentais se raidir ce qui aurait dû mollir et s'abandonner, et je m'obstinais à marmotter, N'en veux pas à ta mère, mon Joseph, n'en veux pas à ta mère

chacun a nettoyé ses oreilles où le sable était entré, a passé la main en râteau dans ses cheveux

et le curé a mis fin à tout ce remue-ménage en levant un bras autoritaire au-dessus du trou, traçant un large signe de croix et disant

— In nomine patris, et filii, et spiritus sancti, amen

et me demandant de jeter la première poignée de terre

— Emma, soyez courageuse, jetez votre poignée de terre

ce que j'ai fait sans que rien en moi tressaille, que croyait-il ce curé ?

sous les regards en coin que me lançaient les personnes qui se tenaient debout tête nue je me suis baissée, j'ai attrapé une poignée de terre et en me redressant je l'ai jetée dans le trou

si tu te souviens bien, Léon, je ne pleurais toujours pas

Charles à son tour a jeté sa poignée de terre, et Jules, et Mékika, et tous ceux qui le souhaitaient

ensuite je ne sais plus très bien, les gens sont venus me présenter leurs condoléances, sans doute me fixaient-ils d'un drôle d'air, sans doute me reprochaient-ils de ne pas leur montrer ma douleur, je ne sais plus très bien, ce que je sais c'est que je voulais rester seule, et j'ai dit à Charles

— Je vous rejoindrai tout à l'heure

il s'est approché pour m'embrasser, j'ai vu que ses yeux étaient rouges, que ses lèvres tremblaient

— Charles

je l'ai serré contre moi, et je lui ai dit

— Va

il a pris Eugène et Léon par la main, Jules a remis son chapeau, et ils sont partis sans se retourner dans la lumière du soir, dans le silence et dans le vent de ce morceau de garrigue baptisé cimetière européen

je les ai regardés s'éloigner d'un pas si lourd que j'avais l'impression qu'ils ne s'éloignaient pas, qu'ils n'arriveraient pas à s'éloigner, ils ont pourtant atteint la barrière, ils l'ont franchie et ont soudain disparu, engloutis par les ombres alignées des premières maisons

— Patronne, qu'est-ce qu'on fait ?

a demandé Mékika

il se tenait appuyé sur le manche de la pioche, et l'ouvrier s'était assis par terre, cigarette au bec, évacuant par le nez des panaches de fumée que le vent s'empressait d'emporter

— Allez-y

de la main j'ai balayé l'espace au-dessus du cercueil, j'aurais voulu attendre encore, mais il n'était plus temps, les ombres s'allongeaient, se mêlaient, épaississaient, rejetant dans un coin du ciel les restes du jour

et Mékika avec sa pioche, et l'ouvrier avec sa pelle, tous deux ont repoussé la terre dans le trou sans rien dire d'autre, sans même me regarder, moi qui ne pleurais pas, moi qui avais les mains jointes sur le ventre et qui écoutais le bruit que faisaient la terre et les cailloux en tombant sur les planches du cercueil, moi qui m'obstinais à répéter, N'en veux pas à ta mère, mon Joseph, n'en veux pas à ta mère

tu vois, Léon, c'est maintenant que les larmes me viennent, c'est maintenant que je ne peux pas m'empêcher de pleurer, là devant toi qui dors, assise comme une condamnée sur ma chaise, et pleurant au milieu des ténèbres d'une nuit d'été si chaude que je me croirais plongée dans la marmite du diable

moi qui n'arrivais pas à comprendre pourquoi il me fallait payer aussi chèrement le droit de vivre en Algérie

et le cercueil a vite disparu, s'enfonçant dans les noirceurs éternelles de cette terre étrangère à notre famille, à Joseph tout aussi bien qu'à moi, et c'était comme si mon fils disparaissait sous les eaux de quelque océan, il me semblait que jamais il ne serait en repos, jamais son âme ne trouverait la paix

qui aurait osé me dire que le Dieu des chrétiens ne m'avait pas abandonnée ?

qui, Léon ? en ce triste soir d'enterrement personne, voilà la vérité, personne n'aurait osé me dire que le Dieu des chrétiens était avec moi, personne sinon le curé qui avait appris à se soumettre aux voies impénétrables de ce Dieu

et le trou a vite été comblé, Mékika et l'ouvrier s'appliquant à former avec la terre qui était en trop un monticule de la longueur du trou, c'est-à-dire plus ou moins de la longueur d'un homme, et avec le seau plein d'eau qu'il avait apporté l'ouvrier a mouillé ensemble la terre et les cailloux, modelé une espèce d'arrondi en s'aidant du plat de la pelle, puisque je n'avais pas les moyens de me payer une dalle il fallait bien que la tombe ressemble à quelque chose

— La croix, c'est monsieur Jules qui la plantera demain

a dit Mékika

— Je sais

lui ai-je répondu d'une voix qui avait toutes les peines du monde à se faire entendre

et c'est à ce moment-là que j'ai senti la fatigue m'envahir, peser sur mes épaules et me couper les jambes, je serais tombée si Mékika ne m'avait pas tendu ses bras

— Patronne, qu'est-ce qui vous prend ?

il plissait les yeux pour mieux me voir, pour mieux comprendre ce qui m'arrivait, et répétait

— Patronne, qu'est-ce qui vous prend ?

je me suis appuyée contre lui, je marmottais, N'en veux pas à ta mère, mon Joseph, n'en veux pas à ta mère, et puis j'ai fini par répondre à Mékika que ce n'était rien, vraiment rien du tout, que j'allais retrouver de la force, du courage dès que j'aurais le ventre plein, parce que je n'avais rien mangé depuis ce matin, et que ce n'est pas le ventre vide qu'on arrive à se tenir droit devant la tombe de son fils mort à même pas vingt ans, et je marmottais, N'en veux pas à ta mère, mon Joseph, n'en veux pas à ta mère

— Qu'est-ce que vous dites, patronne ?

— Des choses qui ne te regardent pas

j'ai essayé de chasser les ombres qui me passaient devant les yeux, mais j'ai compris que c'étaient les ombres de la nuit, elles avaient envahi la garrigue du cimetière et s'en prenaient au corps de l'ouvrier, à celui de Mékika, et à mon propre corps sans que je puisse rien y faire

— Partons

j'ai remercié l'ouvrier qui terminait son travail, et me tenant des deux mains au bras que Mékika m'offrait nous avons quitté le cimetière, rejoint à petits pas l'église aux portes largement ouvertes sur la rangée de cierges enflammés qui s'alignaient le long des murs et sur l'autel comme des vigies

— Où sont-ils ?

ai-je demandé

— Ils sont là, patronne, ils nous attendent

son autre bras levé me montrait sous les arbres le cheval et la charrette presque invisibles, la nuit était tombée si vite sur Mercier que les yeux avaient du mal à s'adapter à cette obscurité, et c'est Jules qui a crié

— Emma !

il m'avait vue peiner au bras de Mékika bien avant que je le voie, il a couru vers moi, entraînant Charles derrière lui, et tous les deux m'ont prise et portée dans la charrette où s'étaient endormis Eugène et Léon, m'ont allongée comme ils ont pu, Jules pliant sa veste et me la glissant sous la tête, Charles étendant la couverture sur mes jambes

au-dessus de moi la cloche du clocher de l'église sonnait l'angélus, j'ai entendu des voix de femmes, les sonnailles d'un troupeau de brebis qui devait traverser la grande rue et rentrer à l'étable, le son creux d'une paire de sabots

— Elle a failli tomber

racontait Mékika

— J'ai eu juste le temps de la retenir

— Elle s'évanouissait ?

a demandé mon fils

— Oui, j'ai eu juste le temps de la retenir

alors Charles s'est approché, je distinguais à peine ses traits tant la nuit était devenue obscure dans cette rue peu fréquentée, et lui devait avoir la même difficulté que moi parce que j'ai senti sa main comme une main d'aveugle parcourir mon visage, palper mes yeux, ma bouche, s'arrêter sur mon front pour savoir s'il n'était pas trop chaud

— Tu n'as pas de fièvre, maman, c'est sûr ?

— Non, mon fils, ne t'inquiète pas. C'est juste que je suis fatiguée et que j'ai faim

et pendant que Mékika prenait le cheval par la bride et rejoignait la grande rue et les lumières des lanternes, Charles et Jules ont couru chez le père Perret et m'ont rapporté un verre de vin, des rondelles de saucisson et un quignon de pain

j'ai mangé, bu le verre de vin que Jules m'a forcée à boire, et puis nous avons quitté Mercier et marché dans la nuit sans qu'il prenne l'envie à personne de prononcer un mot

je n'ai pas le souvenir de ce qui s'est passé ensuite, Léon, j'ai beau fouiller ma mémoire, rien ne vient, je crois que je me suis endormie, voilà la vérité

vidé trop vite le verre de vin n'avait pas tardé à me soûler, et je me suis endormie, laissant les roues de la charrette faire leur travail de roue dans la rocaille du chemin et s'éloigner irrémédiablement de mon fils Joseph livré à son sort sous trois pieds de terre étrangère

sans doute Jules m'a-t-il portée jusque dans mon lit, et déshabillée, et glissée sous le drap, je ne me souviens que de l'instant où j'ai ouvert les yeux sur le soleil du matin qui entrait par la fenêtre, j'entendais les voix de Jules, Charles,

Mékika, Eugène et Léon, ils avaient tous rejoint la table, et mangeaient, et parlaient, et leurs voix étaient assourdies par je ne sais quelle tristesse qui pesait sur chacun des mots qu'ils prononçaient, j'entendais aussi le grelot chagriné de leurs cuillères tinter contre les bols

j'ai voulu fermer les yeux et me rendormir, mais ce n'était plus possible, je le savais bien, il me fallait rejeter le drap, me lever, et m'habiller comme si la journée d'hier n'avait pas existé, je le savais bien, alors j'ai rejeté le drap, me suis plantée sur mes pieds en me tenant au mur parce que j'avais la tête qui me tournait, ai ouvert les deux battants de la fenêtre, dehors la lumière était si limpide, dans la cour et sur les champs envahis de chardons, si limpide et innocente que malgré moi j'ai senti mes yeux se noyer de larmes

mon Dieu, comme il était difficile d'accepter un monde aussi détaché du malheur des hommes

j'ai enfilé mes jupons noirs, un gilet noir tricoté durant l'hiver, et j'ai attaché dans mes cheveux un bandeau noir que je me promettais de porter jusqu'à l'été prochain, ensuite je me suis essuyé les yeux, devant le miroir ai observé mon visage dont le bandeau durcissait les traits, et en poussant un soupir j'ai traversé la chambre de mes garçons et je suis entrée dans la cuisine

— Comment tu as dormi, maman ?

Charles a quitté le banc où il était assis pour venir m'embrasser, et Eugène et Léon se sont précipités sur moi, m'entourant la taille de leurs bras malheureux

— Je me sens mieux

par la porte ouverte un coq me fixait de son œil rond

— Oui, je me sens mieux

j'aurais tout aussi bien pu dire que je me sentais plus mal qu'hier, mais à Charles dont la crainte était de me voir tomber malade j'ai préféré répondre ce qu'il avait envie d'entendre, alors que j'étais encore loin d'avoir retrouvé mes esprits, mal réveillée après un cauchemar où je voyais nos poules et nos lapins grillés les pattes en l'air par un soleil éternel, j'éprouvais le besoin inexplicable de savoir si les bêtes avaient bien été nourries ce matin, j'y pensais en m'habillant, j'y pensais en traversant la chambre des garçons, et encore lorsqu'ils étaient venus m'embrasser

— Assois-toi

a dit Jules qui était en train de bourrer sa pipe avec ce mauvais tabac qu'il achetait au café maure de la grande rue

je me suis assise, et Mékika a versé dans mon bol le mélange de lait et de chicorée qu'il avait fait réchauffer

— Vous avez nourri les bêtes ?

— Qu'est-ce que tu dis, maman ?

— Je demande si vous avez nourri les bêtes

— Oui, patronne, je les ai nourries, ne vous inquiétez pas, le cheval, l'âne, la vache

a répondu Mékika

— Et les poules ?

— C'est moi qui m'en suis occupé

a dit Charles

— Et les lapins ?

— Aussi

j'ai regardé Charles par-dessus mon bol, que n'aurait-il pas affirmé pour me calmer les nerfs ?

Jules s'est levé, a plié son couteau et l'a fourré dans la poche de son pantalon

— Si vous n'avez plus besoin de moi je retourne à Mercier. J'ai du courrier à faire, et la croix à installer au cimetière. Ça va aller, Emma ?

— Bien sûr que ça va aller

il a embrassé Eugène et Léon, leur a passé la main dans les cheveux

— Bon, alors je vous quitte

je l'ai raccompagné, remercié autant que j'ai pu, et sous l'acacia qui avait une piètre allure depuis l'invasion des sauterelles Jules m'a enlacée comme il aurait enlacé sa fille si le destin lui avait permis d'avoir des enfants

— As-tu changé d'avis, Emma ?

je sentais le sang de son corps battre contre mon corps

— Quoi ?

— Je te demande si tu as changé d'avis, si tu acceptes de me suivre à Alger

j'ai secoué la tête sans répondre à sa question, il a haussé les épaules, s'est reculé et a plongé ses yeux dans les miens comme s'il avait besoin d'aller chercher au fond de moi des explications à mon entêtement

— Si je quittais cette ferme, ça prouverait que Joseph est mort pour rien

ai-je fini par dire

mais il était déjà dans le chemin, Jules Letourneur, déjà loin, le chapeau enfoncé sur la tête, vêtu de la même veste et du même pantalon de velours noir qu'il portait hiver comme été, penché en avant comme un vieil ogre, et il descendait la pente à grands pas de vieil ogre contrarié

— Jules ! Jules !

mais je m'époumonais en vain

il ne s'est retourné qu'après avoir dépassé les peupliers, m'expliquant par gestes qu'il me faudrait attendre une semaine avant de le revoir

si seulement tu pouvais me pardonner d'avoir été têtue à ce point

— N'oublie pas la croix !

et j'ai levé le bras et agité la main dans sa direction

je ne te demande pas grand-chose, Léon, et pourtant ça paraît trop te demander, je le vois bien, n'es-tu donc pas capable de comprendre que je croyais bien faire en vous entraînant tous les quatre en Algérie ?

agité la main jusqu'à ce qu'il disparaisse de ma vue

et parce qu'il n'était pas question de perdre courage et d'aller grossir les rangs des centaines de colons qui se laissaient couler sans réagir, j'ai réuni Charles, Mékika, Eugène et Léon autour de la table de la cuisine et confié à chacun une part de la besogne qu'il était nécessaire d'accomplir avant l'hiver sur nos vingt hectares de terre

— Allez chercher les bêches, les fourches, les sarcloirs, la charrue, le cheval ! On se remet au travail dès aujourd'hui !

et mes trois garçons qui portaient au bras un brassard noir, et moi dans mes jupons de deuil, et notre Arabe Mékika, tous nous avons retroussé nos manches et sué dans les champs d'automne, tous nous nous sommes efforcés d'effacer les dernières traces des sauterelles

bêchant, sarclant, labourant, brûlant la broussaille épineuse

tous nous avons essayé d'oublier l'été sans pluie, la chaleur sans fraîcheur, et le vent qui incendie, et la poussière de sable qui étouffe

bêchant, sarclant, labourant, brûlant la broussaille épineuse

jusqu'à ce que les nuages arrivent et qu'il pleuve enfin, qu'il tombe en une nuit autant d'eau qu'il en était tombé en six mois, une eau trouble, presque tiède, qui a réveillé la terre des champs et le lit des oueds, qui a rempli notre puits, balayé la poussière de sable dans la cour, et redonné du lait à la vache

le temps qui ne passait plus s'est de nouveau remis en marche

et le souvenir de la mort de Joseph s'est éloigné de moi, comme il s'est éloigné de mes fils

mais dans ce temps qui s'était remis en marche les jours nous paraissaient bancals, amputés de quelque chose, et nous ne savions pas de quoi, souvent Charles tournait en rond tête basse au milieu de la cour, et moi sans prévenir personne je disparaissais pour aller m'entretenir avec les arbres

comment exprimer ce que nous ressentions ?

tout ce que je pourrais dire c'est que nous n'arrivions plus à retrouver la joie de la parole et du rire autour de la table, nous mangions nos pommes de terre à l'eau, nos dattes et nos figues, et si Jules nous rapportait de Mercier un poulet, nous mangions le poulet

mais nous n'arrivions plus à retrouver la joie de la parole et du rire

et pourtant il a bien fallu recommencer à vivre, Eugène et Léon sont retournés à l'école lorsque l'école a rouvert ses portes, Mékika a de nouveau chanté ses chansons des montagnes aux veillées, Charles a fini par rejoindre les filles et les garçons de son âge dans les bals du samedi soir, et moi j'ai pris l'habitude d'aller voir la patronne des Volcans d'Auvergne avec laquelle je troquais mes œufs et le lait que j'avais en trop contre du riz et de la farine

oui, c'est comme ça que nous avons recommencé à vivre, et c'est comme ça que nous avons oublié nos malheurs, emportés par les mois d'octobre et de novembre qui étaient gris et pluvieux, et qui ont passé sur nos champs dévastés sans rien nous rapporter

si bien qu'au début du mois de décembre je n'avais plus de sous, pas même un liard au fond de ma poche, seigneur Dieu, et je me débrouillais avec les moyens du bord pour remplir chaque soir les assiettes de mes garçons, s'en préoccupaient-ils les fonctionnaires d'Alger assis derrière leurs bureaux ? se rendaient-ils compte de ce que nous endurions, nous autres colons ?

Charles a frappé aux portes des fermes de la vallée, demandant si par hasard on n'avait pas besoin de bras, mais on n'en avait pas besoin, les fermiers racontaient que les sauterelles les avaient ruinés ou presque, et qu'ils étaient obligés d'employer des Arabes qui se contentaient d'une gamelle de soupe

— Le travail est salopé, mais au moins ça ne coûte rien

ajoutaient-ils

et comme j'avais besoin d'argent pour les semences et les mois d'hiver qui s'annonçaient difficiles, j'ai décidé de faire comme tout le monde, comme tous les colons qui n'arrivaient plus à joindre les deux bouts

honte à moi, mon fils, je sais bien, honte à moi

j'ai demandé à l'homme qui traînait dans les bars en proposant ses prêts de charognard s'il ne pourrait pas m'avancer mille francs

— Mais bien sûr que je peux, madame Picard

et il m'aurait volontiers prêté mille francs et plus pendant un, deux ou cinq ans si je le souhaitais, à un taux de trente ou quarante pour cent payable tous les trois mois

— Signez là, madame Picard

et j'aurais volontiers signé à l'endroit qu'il m'indiquait avec son doigt de charognard, si Jules n'avait pas déboulé comme un enragé dans le café où j'étais en train de traiter mon affaire, m'apostrophant avec sa voix hargneuse de révolutionnaire

— Emma !

il m'a prise par le bras, m'obligeant à me lever

— Excusez-moi

ai-je dit au prêteur

dans le café des Messageries les hommes qui étaient là se sont tournés vers moi, la main arrêtée sur le verre d'absinthe qu'ils se préparaient à boire avec cette lenteur calculée de ceux que le travail n'attend pas

— Excusez-moi

ai-je répété, tandis que j'essayais de résister à la force de Jules qui m'entraînait vers la sortie

nous avons descendu les marches et lutté encore dans la rue, un vent froid qui sentait le bois frais de la scierie fouettait le poil des ânes, celui des mulets et des chevaux qui étaient attachés aux anneaux de fer scellés dans les murs, s'en prenait aux caisses empilées devant les magasins, aux feuilles des journaux qui tourbillonnaient dans les airs

Jules m'a plaquée contre la porte d'une grange, son visage rougi par la colère haletait, sa bouche m'envoyait dans les narines une haleine qui sentait l'ail

— Bon sang, Emma, qu'est-ce que tu trafiquais ?

ses mains sur mes épaules me faisaient mal

— Lâche-moi

il m'a lâchée, mais son corps restait tout contre mon corps, et son visage tout contre mon visage, comme s'il voulait m'empêcher de mentir

— Réponds-moi, qu'est-ce que tu trafiquais avec cet homme ?

— Tu le sais bien, Jules

il a hoché la tête

— Et c'est pour ça que je suis venu te chercher. Pourquoi veux-tu lui emprunter de l'argent ?

une rafale chargée de poussière nous a obligés à fermer les yeux, et soudain je me suis sentie mal, mes membres ont commencé à trembler, et puis mon ventre, ma poitrine, mes lèvres, j'ai essayé de rouvrir les yeux mais ce n'était pas possible, je ne pouvais pas

tu comprends, Léon ? je ne pouvais pas

alors je me suis mise à pleurer sur son épaule, tremblant et pleurant longtemps pendant qu'il s'obstinait à me questionner

— Pourquoi veux-tu lui emprunter de l'argent, Emma ? Pourquoi ? Cet homme je le connais, il prête à des taux insensés, et tu ne pourras jamais rembourser ce que tu lui dois

je l'écoutais en essuyant mes larmes, jetais des regards effrayés autour de moi, comme si j'avais à craindre les nuages au-dessus des toits, le clocher de l'église contre lequel ces mêmes nuages se déchiraient en silence

— Pourquoi veux-tu lui emprunter de l'argent ?

comme si je redoutais la mauvaise mine des hommes lassés de ne rien faire de leurs dix doigts

et j'ai fini par lui dire que je n'avais plus un sou

— Je n'ai plus un sou, Jules

que les sauterelles et la sécheresse m'avaient ruinée, que si je n'empruntais pas mille francs je serais bientôt dans l'incapacité de nourrir mes fils

Jules s'est adossé contre la porte de la grange, observant lui aussi les nuages, le clocher de l'église, les hommes qui passaient devant nous en traînant les pieds

— Je te l'ai déjà dit, Emma, tu n'arriveras à rien par ici. Viens t'installer à Alger

— On m'a donné des terres pour que je les travaille. Et je les travaillerai, même si je dois en crever. Parce que ma fierté de colon m'interdit de lâcher prise. Et tant pis si Dieu y trouve à redire, et m'abandonne, et m'inflige les pires épreuves qui soient

une voiture descendait la grande rue avec trois hommes en chapeau sur les banquettes, portant costumes et cravates, guêtres de drap, montres à gousset

— Voilà les charognards

ai-je lâché malgré moi, c'était le surnom qu'on leur avait donné à Mercier, tant ils s'étaient enrichis sur le dos des pauvres, de ceux qui étaient pris à la gorge par les coups du sort, par le malheur qui s'abattait sans crier gare, par la misère qui étouffait

— S'il n'y avait qu'eux

a répondu Jules

les gens baissaient la tête et s'écartaient au passage des chevaux, comme s'ils redoutaient d'avoir affaire à ces hommes

trois colons joufflus, pansus, repus

venus tout exprès de Mascara, attirés par les rumeurs de désorganisation et de famine, ils avaient l'œil aux aguets des rapaces, le calme, l'inquiétante patience de ces oiseaux de malheur

— Emma, si tu as besoin d'argent, c'est moi qui vais t'en prêter

la voiture s'éloignait, j'ai respiré un grand coup avant d'avouer

— Il me faut mille francs, Jules. Je suis bien sûre que tu ne les as pas

— Détrompe-toi, j'ai même plus que ça

et pendant que j'écarquillais les yeux, il a précisé

— C'est de l'argent qu'on m'a confié pour la révolution

— Quelle révolution ?

— La révolution

il a eu un geste vague en direction de l'attelage

— Ça commence à bouger dans les rues de Paris. On va le foutre dehors, le Napoléon. Tu vas voir

et il m'a entraînée chez lui tout en continuant à me parler de politique, je l'écoutais, regardais sa barbe noire s'animer dans le vent, j'aurais voulu avoir sa foi, son ardeur à défendre des idées qui me semblaient nobles, et utiles pour que les pauvres sortent enfin de leur misère, mais je n'en étais pas capable, je ne pensais qu'à mes soucis, aux trois fils qui me restaient, à mes terres ravagées par les sauterelles et qu'il fallait remettre en état, c'étaient de bien médiocres soucis, mais ils pesaient sur mes épaules un poids qui ne me permettait pas de m'engager ailleurs

dans sa chambre de célibataire toujours plus en désordre, il a d'abord voulu me prendre

— Emma, viens

même si je n'avais pas la tête à ça

— Non, pas aujourd'hui

il a ri, et sans se soucier de ma triste mine il m'a attrapée par la taille et basculée sous son ventre

je te raconte ça, Léon, pour que tu saches combien j'ai été attachée à cet homme, combien je l'ai aimé

Léon ? tu m'écoutes ?

je tourne la tête, regarde dehors et constate que la nuit s'est enfin calmée, ce n'est pas trop tôt, et qu'elle a creusé un trou profond dans le ciel, un trou aussi vaste qu'inexplicable, au point que sur la terre tout semble s'être figé dans une sorte d'inquiétude sourde

je me lève

de crainte étouffée

je tiens à peine debout et dois d'abord m'appuyer des deux mains au dossier de la chaise, attendre de retrouver l'équilibre avant de faire les trois pas qui me séparent de la porte, si j'avais su Léon, si j'avais pu deviner le plaisir que prendrait cette terre d'Algérie à tourmenter nos chairs de colon si mal préparées aux turpitudes des étés sahariens, si j'avais réagi avec moins de naïveté à tout ce qu'on me promettait, peut-être n'en serais-je pas là aujourd'hui

c'est ce que je me dis, et que je répète, comme si cela servait à quelque chose et je les fais ces trois pas, pieds tâtonnant dans l'ombre, j'en fais même dix ou douze et me retrouve au milieu de la cour, que dis-je de la cour ! au milieu de ce qui était autrefois une cour et n'est plus qu'un tas de ruines que le vent depuis deux jours a balayé en tous sens et recouvert d'une poussière de sable mortelle

seigneur Dieu

je n'en crois toujours pas mes yeux ! et me demande comment j'ai pu en arriver là, être réduite à ce point de misère, à ce degré de détresse

seigneur Dieu

plantée telle une ombre sans consistance au milieu des décombres, j'essaye d'entendre autre chose que le silence qui bourdonne à mes oreilles, mais plus rien ne bouge à présent, le sirocco s'est tu, maté par on ne sait quelle volonté, et tout est immobile, tout est muet, les tuiles du toit ne claquent plus les unes contre les autres comme elles n'ont pas cessé de le faire depuis hier soir

clac, clac, clac

les bassines ne s'entrechoquent plus

ding, ding, ding

les branches des arbres à demi mortes de chaud ne se lamentent plus

wououh, wououh, wououh

et la nuit qui a creusé ce trou si profond dans le ciel a perdu elle aussi son haleine, et sans l'haleine de la nuit il n'est plus possible de respirer tant l'air est chaud, moite, chargé d'une humidité malsaine qui porte en elle toutes les maladies de la terre

craignant je ne sais quelle fièvre chaude je me dépêche de rentrer, les tempes en sueur et le cœur battant une drôle de chamade, m'assois sur la chaise, attrape l'éventail posé sur le lit et m'évente longtemps

après notre étreinte

oui, souviens-toi Léon, j'étais en train de te raconter que Jules m'avait basculée sous son ventre

après notre étreinte plus emportée que d'habitude, où j'ai retrouvé l'excitation des premiers temps de notre liaison, cette ivresse, cet abandon devenus impossibles depuis la mort de Joseph, après le répit de nos deux corps rassasiés, Jules s'est levé, et je me suis levée à mon tour, et rhabillée, et recoiffée

— Attends

m'a-t-il dit

il est allé chercher une boîte cachée derrière les poutres, en a retiré le couvercle et sorti une liasse de billets attachés avec une ficelle

— Tiens, je crois qu'il y a huit cents francs. Ça te suffira ?

il avait la main tendue, et je n'osais pas prendre l'argent

rends-toi compte, Léon ? je n'avais plus un sou et pourtant je n'osais pas prendre l'argent que Jules m'offrait

— Je ne peux pas, Jules

— Mais si tu peux. Ouvre la main

je restais plantée devant lui dans mes jupes grises et ma veste de deuil, aussi maladroite qu'une domestique peut l'être devant son maître, la respiration coupée, le cœur soumis à de brusques tressauts

— Ouvre la main, je te dis

et j'ai fini par faire ce qu'il me demandait, j'ai ouvert la main droite parce que la gauche me portait souvent malheur mais je crois que j'aurais dû ouvrir la gauche

et dans cette main droite ouverte comme à regret Jules a déposé la liasse de billets attachés par une ficelle

— Il vaut mieux emprunter de l'argent à la révolution, au moins tu es sûre que tu n'auras pas d'intérêts à payer

et il a éclaté de rire, cherchant sur la table sa pipe, et la rallumant, et se noyant la barbe dans la fumée du tabac

qu'est-ce que je pouvais dire ?

j'étais muette comme une carpe, rouge de honte sans doute, je ne me souviens plus, et incapable de faire un geste, alors j'ai fourré l'argent dans la poche de ma veste, j'ai embrassé sur la joue le Jules qui riait encore, tuyau de pipe coincé entre les dents, et j'ai dit

— Merci

ce n'était pas grand-chose, mais c'était toujours ça, Merci Jules, que je répétais à mi-voix dans l'escalier, Et encore merci, en traversant la grande rue, Mille et mille fois merci, en trottinant sur les cailloux du chemin qui menait à la ferme, qu'est-ce que je pouvais dire d'autre ?

je te le demande, Léon, qu'est-ce que je pouvais dire d'autre ?

j'avais la main qui tremblait dans la poche de ma veste, pauvre femme naïve, comme si huit cents francs allaient me servir à quelque chose sur cette terre du diable ! et je serrais entre mes doigts la si précieuse liasse que je craignais de me faire voler par quelque bandit des montagnes, pauvre femme naïve, comme si huit cents francs suffisaient à se sortir de la misère !

je suis rentrée essoufflée à la maison, et j'ai aussitôt caché l'argent sous ma paillasse, dans un linge enroulé autour de la liasse et noué trois fois de suite, là il ne risquait plus rien, ai-je pensé, et le soir, et les jours suivants je me suis efforcée d'oublier cet argent qui me rendait si mal à l'aise

quand Jules venait nous voir il me disait

— Alors ?

et je lui répondais

— Chut ! Ce n'est pas le moment

jusqu'au jour où il a fallu acheter les semences et constituer les réserves de l'hiver, farine, pâtes, riz et légumes secs, ce jour-là j'ai sorti un billet de cent francs et j'ai dit à Charles

— Jules m'a prêté de l'argent, suffisamment pour passer les mois d'hiver sans avoir faim

— Et on le remboursera comment ?

— En travaillant, mon fils. Ce n'est que de cette façon qu'on finira par lui rendre les huit cents francs qu'on lui doit. Les sauterelles ne vont quand même pas ruiner tous les ans nos récoltes

— Huit cents francs !

— Oui, huit cents francs. Les billets sont sous mon lit, cachés dans un linge

il me regardait, et puis il regardait le billet de cent francs que j'avais dans la main pour s'assurer que je ne lui racontais pas d'histoires

— Tu es le seul à le savoir, Charles, et j'espère que tu n'en parleras à personne

il a secoué la tête, et durant un moment nous sommes restés tous les deux silencieux

— Alors on aura à manger jusqu'aux premières récoltes ?

— Et même au-delà si on ne gaspille pas les sous

je crois qu'il s'est senti soulagé, en reniflant il a quitté le banc, est allé allumer le feu dans la cheminée, on était à la fin du mois de novembre, et le soir il commençait à faire froid

Mékika est sorti chercher des bûches

et moi, comme je ne tenais pas en place, j'ai marché dans le chemin à la rencontre d'Eugène et Léon qui n'étaient pas encore rentrés de l'école, la nuit était en train de tomber, et au-dessus du champ que Charles avait labouré la veille des corbeaux tournaient en rond

tu vois, Léon, que je n'ai rien oublié

et dans cet écoulement apaisé des jours d'hiver Noël est arrivé sur nous sans que nous ayons seulement le temps d'y penser, tous les matins Charles et moi partions dans les champs avec le cheval, l'âne et la charrue

notre Arabe Mékika suivait derrière, les outils sur l'épaule

un vent glacial nous giflait la figure, mais il y avait toujours du soleil, un grand soleil d'hiver dans un ciel bleu tranchant comme une serpe, et c'est sous ce soleil que Charles défonçait la terre caillouteuse avec un soc de charrue qui ne cessait de gémir et trembler tout le long du sillon, que Mékika arrachait à la hache les palmiers nains, sortant des racines grosses comme le bras, et que je semais du blé, de l'orge et des plantes fourragères, lançant les graines à pleines mains, m'enlisant jusqu'aux chevilles dans la terre éventrée

tu te souviens, Léon, du travail que nous avons accompli cette année-là ? il fallait oublier la mort de ton frère, et ce n'est qu'en travaillant qu'on oublie nous rentrions à la tombée du jour, soûlés par le vent et la fatigue de tous nos membres, à la fenêtre brûlait la flamme de la lampe à huile, et nous savions qu'Eugène et Léon de retour de l'école avaient allumé le feu dans la cheminée, et que devant les flammes nous pourrions y dégourdir nos mains et nos pieds gelés

je ravivais les cendres du fourneau, réchauffais la soupe que nous mangions autour de la table en écoutant ce que nous racontaient les langues bien pendues d'Eugène et de Léon

c'est toi, Léon, qui avais commencé à nous parler de ces familles arabes que la faim forçait à descendre de leurs montagnes, sans comprendre ce qui était en train d'arriver tu nous les décrivais marchant dans les rues de Mercier, tombant d'épuisement, tendant leurs mains maigres à la méfiance des colons

et après la soupe il y avait encore du travail, la lampe à la main Mékika rejoignait la grange pour s'occuper du cheval, de la vache et de l'âne qu'il fallait nourrir et faire boire, pendant que Charles allait donner du grain aux poules, de l'herbe aux lapins, avant de s'emparer d'une hache et de fendre le bois qu'il rapportait dans la brouette et rangeait sous la cheminée

souvent il avait récupéré des œufs, il me disait

— Trois œufs aujourd'hui

et il me les tendait, ou alors il m'annonçait inquiet

— Le lapin gris est malade

je sortais, je le récupérais dans une caisse et je l'installais au chaud près de la cheminée

— Qu'est-ce que tu as, lapin ?

disait Eugène, et il s'agenouillait pour le caresser, appelait son frère

— Léon !

lui demandait des croûtes de pain que Léon se dépêchait d'apporter

Mékika ne revenait qu'après avoir trait la vache, il avait un bidon à la main, plus ou moins rempli de lait, il le posait et me regardait avec les yeux d'un homme qui a trop travaillé, et puis il s'asseyait sur le banc où Charles était déjà installé, le corps lourd de fatigue, et tous deux attendaient que je sorte les verres et que je les remplisse de ce lait mousseux et plein de crème, il n'y avait pas besoin que je le réchauffe, il était à la température des mamelles de la vache, et c'est ce que nous aimions, cette tiédeur animale du lait

— Eugène, Léon

ils arrivaient en trépignant d'impatience, attrapaient leur verre et le vidaient d'un trait, avec une gourmandise toute enfantine, et ensuite Eugène regardait son frère pour se moquer des moustaches qui lui décoraient la bouche, pendant que Léon se dépêchait de les effacer d'un revers de manche

— Au lit maintenant, parce que demain c'est encore l'école

et je les prenais par le bras et les entraînais dans la chambre qui était froide et souvent humide, je les aidais à se déshabiller, ajoutais un édredon sur leur lit et courais chercher dans le four les deux bouillottes qu'ils me réclamaient

— Maman, va vite chercher les bouillottes !

ils agitaient leurs jambes sous les deux édredons, tant le contact des draps glacés leur était désagréable

— Maman !

je leur rapportais les bouillottes qu'ils fourraient aussitôt entre leurs jambes, et je les embrassais, et je leur disais de dormir à présent

— Vous êtes toujours en retard à l'école

— C'est pas de notre faute

répondait Eugène ou Léon

— Si, c'est de votre faute. Vous ne vous couchez pas assez tôt. Et l'instituteur m'a dit qu'il allait être forcé de vous punir si vous n'arrivez pas à l'heure dans la cour de l'école

je soufflais sur la bougie, fermais la porte, retournais à la cuisine où Charles et Mékika fumaient de l'affreux tabac turc, jambes écartées et face aux bûches, et rarement ils se racontaient des choses, préférant demeurer silencieux pendant que je lavais les assiettes, les verres et les cuillères, et prenais à mon tour une chaise que j'installais devant la cheminée, j'avais toujours un bouton à recoudre ou un vêtement à repriser, je me mettais au travail, la tête inclinée sur mon ouvrage, les yeux rivés au mouvement de l'aiguille, peut-être observaient-ils mes gestes, peut-être auraient-ils eu envie de me parler, je ne sais pas, en tout cas ils ne cherchaient jamais à rompre mon silence, puisque je me taisais, ils trouvaient normal de se taire eux aussi

et nous restions là sans parler un temps qui me semblait bienvenu, j'écoutais le silence de la nuit d'hiver qui avait un poids particulier non seulement sur le toit et les murs de la maison, mais aussi sur nos épaules et sur nos poitrines, un poids qui rassurait, comme si la main de Dieu s'était enfin décidée à prendre en compte notre misère et voulait nous le faire savoir

n'étais-je plus une brebis abandonnée par son maître ?

j'étais prête à le croire, et tous les soirs je me consolais en me persuadant que le Dieu des chrétiens m'avait à nouveau ouvert ses pâturages et pardonné les injures que je n'avais pas manqué de lui adresser à la mort de Joseph

et c'est sans doute pour cela que je suis allée à la messe de Noël, en charrette avec mes trois fils sous la pluie et les nuages bas qui bouchaient la vue, et que j'ai prié, et que j'ai communié en recevant sur la langue l'hostie réconciliatrice

— Au nom du Père, du Fils et du Saint-Esprit

la bouche refermée, j'ai pensé que mon Joseph reposait en paix dans quelque coin du ciel, et qu'il me remerciait d'être raccommodée avec le Seigneur

l'église n'avait jamais été aussi belle qu'en cette nuit

tu te souviens, Léon ?

le chœur et l'autel ruisselaient de lumière, les fleurs s'épanouissaient dans les vases, les voix des femmes qui chantaient les louanges de l'enfant Jésus s'envolaient au-dessus de nos têtes de chrétiens dociles

tu te souviens, Léon ?

et à la fin de la messe nous nous sommes embrassés entre tous les colons de Mercier qui avaient dans le cœur un peu de compassion

— Paix aux hommes de bonne volonté

nous avait dit le curé, et je suis bien certaine que chacun de nous était plein de bonne volonté, avait même débarqué à Alger avec de la bonne volonté à revendre, convaincu que la terre d'Algérie ne manquerait pas de récompenser son travail quotidien de colon et d'honnête homme

— Paix aux hommes de bonne volonté

nous répétait le curé pendant que je serrais dans mes bras la femme qui nous souhaitait une année meilleure, l'homme qui m'entourait les épaules, l'enfant qui écrasait ses lèvres sur ma joue, des hommes, des femmes et des enfants à la mine de déterrés, au teint cireux, aux yeux caves et cernés que malmenaient les fièvres, et maigres comme moi à force d'être privés de nourriture et de travailler plus qu'un homme ou une femme ne devrait travailler du matin où il se lève au soir où il se couche, mais des hommes, des femmes et des enfants qui n'étaient pas venus à l'église pour se plaindre, bien au contraire, qui tenaient à montrer la joie que la messe de Noël leur avait procurée, une joie de pauvre qu'ils avaient envie de partager

nous sommes rentrés un peu ivres dans la charrette que le cheval menait tout seul entre les talus du chemin semé de flaques d'eau, Eugène et Léon dormaient sur mes genoux, et Charles avait le nez en l'air et les yeux écarquillés sur les mouvements du ciel

— Regarde

m'a-t-il murmuré soudain, pointant avec son doigt un endroit où les étoiles étaient apparues

— Qu'est-ce que je dois regarder ?

— Les étoiles. On dirait qu'elles ne brillent pas pareil

j'ai levé la tête, et c'était vrai qu'elles ne brillaient pas pareil, j'aurais juré qu'elles avaient été lustrées, comme l'or et le cuivre des chandeliers de l'église j'ai dit à Charles que ce n'était pas par hasard si le ciel était en train de se dégager, que j'y voyais un signe favorable pour nous tous, colons de Mercier et d'ailleurs, et la promesse qu'une année meilleure nous serait accordée

— C'est la preuve que nous sommes sur la bonne voie

Charles a haussé les épaules, je crois qu'il aurait bien voulu être d'accord avec moi, mais il y avait quelque chose qui le retenait, une sorte de prudence maladive qu'il avait héritée de son père

— Tu verras que j'ai raison

ai-je ajouté, alors que nous entrions dans la cour de la ferme, et que Mékika agitait la lanterne au-dessus de sa tête

et c'est tout le contraire de ce que j'avais annoncé qui est arrivé, que n'a-t-on pas vu ! des foudres drues tombant comme pluies d'orage, des tonnerres roulant une fureur inexplicable, des drames, des calamités, des désastres sans nom

quand me revient à la mémoire notre lutte quasi quotidienne, je me demande par quel miracle nous avons pu demeurer vivants tous les deux

le sais-tu Léon ?

par quel miracle nous n'avons pas été emportés avec les autres, et broyés, et réduits à rien

le sais-tu Léon ?

ça a commencé un jour que nous étions dans nos vignes à consolider les échalas, c'était la fin du mois de janvier, ou peut-être le début du mois de février, et ce jour-là est apparue au bas de la colline une famille d'Arabes bien mal en point

seigneur Dieu, il fallait les voir

une vieille tordue comme un bois sec, deux hommes encore plus vieux qu'elle et qui s'appuyaient en grimaçant sur un bâton, des garçons pendus aux loques de leur père, et un enfant en bas âge enfoui dans la poitrine de sa mère, tous vacillaient sur leurs jambes et manquaient à chaque pas de tomber, et butaient contre les pierres, et se retenaient aux branches quand ils en trouvaient à la portée de leurs mains

que diable trafiquaient-ils sur mes terres ?

le père s'est arrêté à l'extrémité du champ, et aussitôt les autres l'ont imité en tendant les bras dans ma direction, je me suis approchée d'eux, j'ai regardé ces visages sans vie qui n'avaient plus rien d'humain, qui étaient creux, mangés de l'intérieur par on ne sait quelles privations, et dont les yeux agrandis de souffrance n'arrivaient plus à se fermer

à ma demande Mékika est allé rejoindre le père, lui a parlé longtemps, et l'autre répondait avec beaucoup d'effort, chaque mot essoufflait sa poitrine, déformait sa bouche édentée, et quand il lui semblait que les mots n'étaient pas suffisants pour dire ce qu'il avait à dire, il se tournait en direction des montagnes avec la lenteur précautionneuse de celui qui ne tient plus debout et montrait ce qu'il avait fui

— Et qu'est-ce qu'il a fui, Mékika ?

— Le feu de Jahannam, patronne, c'est ce qu'il dit, le feu de l'enfer. À cause des sauterelles et de la sécheresse de l'été dernier, ils ont plus rien à manger

— Mais qui mange à sa faim par ici ? Je te le demande, Mékika : qui mange à sa faim depuis que les sauterelles nous sont tombées dessus ? Pas grand monde. Et les gens que je rencontre, qu'ils soient colons ou arabes, ont souvent le ventre aussi vide que le leur j'ai pointé le menton dans la direction de la famille

— C'est pas pareil, patronne. Là-haut ils ont plus rien depuis des mois. Tout ce qui peut se manger ils l'ont mangé, les racines des plantes, le cuir bouilli de leurs babouches, et les bestioles qui traînent autour des maisons, lézards, cafards, serpents. Je le sais par mes oncles qui m'ont tout débagoulé lorsque je suis monté les voir, la misère noire et la faim qui tord les boyaux du ventre. Eux, ils ont trouvé du travail à Sidi, et ils se sont dépêchés de quitter leur maison. Parce que c'est vraiment le feu de Jahannam, patronne, une saloperie de châtiment suprême. Est-ce que je dois vous dire ce qui se passe ?

— Dis-le, si tu es sûr que je peux croire ce que raconte cet homme ?

— Oui, vous pouvez le croire. Parce que ce qu'il me raconte, on me l'a déjà raconté

j'ai soupiré, regardé Charles qui continuait son travail dans la vigne

— Alors dis-le

— Ce qui se passe, patronne, c'est que les gens ont tellement le ventre vide qu'ils meurent comme des mouches. En allant s'asseoir sur un banc, en se traînant jusqu'au puits, ils tombent et ils se relèvent pas, ils tombent et ils meurent, et y a tellement de gens qui meurent qu'on les enterre même plus. Alors ceux qui restent et qui veulent pas mourir, savez-vous ce qu'ils font, patronne ? non, je suis bien sûr que vous ne le savez pas, et bien ils mangent les cadavres, ils arrachent des jambes ou des bras aux cadavres encore chauds et ils les mangent

Mékika parlait vite, et en même temps il fixait quelque

chose entre ses pieds pour ne pas avoir à me regarder

— Et y a des pères et des mères qui ont mangé leurs enfants, qui ont fait cuire la chair sur les braises du feu et qui l'ont dévorée comme si c'était la chair d'un mouton

je lui ai ordonné de se taire

— Tais-toi, Mékika ! Ça suffit !

seigneur Dieu, qu'est-ce qu'il lui prenait de me raconter des horreurs pareilles !

— Je ne peux pas croire ça !

— Et pourtant, patronne, c'est la vérité

— Tais-toi !

est-ce qu'il n'était pas capable de se taire quand je le lui ordonnais ?

je me suis écartée de ces gens, j'avais froid dans le vent qui soufflait en poussant les nuages au-dessus de nos têtes, et j'ai marché entre les pieds de vigne, les bras serrés sur la poitrine, la peau des cuisses parcourue de frissons

— Patronne !

il y avait encore tellement de travail dans les vignes, je voyais Charles piocher, cisailler, lever la masse et cogner comme un sourd sur le pieu qui s'enfonçait avec peine, je suis allée le rejoindre

— Patronne, qu'est-ce qu'on fait ?

criait Mékika

— Qu'est-ce qu'on fait ?

qu'est-ce qu'il voulait qu'on fasse, nous autres misérables colons ? je me suis retournée, j'ai levé les bras, haussé les épaules

— Patronne !

criait toujours Mékika

alors je ne sais pas ce qui m'a pris, je lui ai dit de les conduire jusqu'à la ferme, et de leur donner du lait de notre vache, autant de lait qu'il pourrait en traire

Léon ?

Léon, c'est toi qui remues ? que j'entends gémir et remuer ?

je me lève, je m'approche, et dans l'obscurité mes yeux lourds et brûlants de fatigue ont du mal à distinguer ton visage qui semble ne pas avoir bougé depuis tout à l'heure, ta tête renversée dans l'oreiller regarde le plafond, enfin ce qu'il en reste

alors si ce n'est pas toi qui gémis et remues, c'est l'âne, ça ne peut être que lui, car il n'y a plus rien de vivant au milieu des gravats de cette ferme dévastée, sinon toi, Léon, et moi ta mère recroquevillée sur la chaise où elle s'est assise après t'avoir couché dans le lit et veillé comme s'il n'y avait plus rien d'autre à faire que de veiller le corps du dernier enfant qui lui reste

Léon ?

autant de lait que ces gens pourraient en boire

plus rien d'autre à faire que de raconter notre histoire

Léon ?

aussi ne t'avise pas de me fausser compagnie, et continue de tendre ton oreille comme tu l'as tendue jusqu'à présent

et écoute-moi, écoute-moi bien

je lui ai dit de leur donner autant de lait que ces gens pourraient en boire, et lorsque nous sommes rentrés, Charles et moi, nos mains endolories et le nez rouge de froid, lorsque nous nous sommes assis sur le muret de la cour pour curer nos sabots, pressés tous les deux de nous réchauffer devant la cheminée, j'ai vu tout de suite que la porte de la grange était ouverte et qu'ils étaient encore là, les crève-la-faim de la montagne j'ai appelé

— Mékika ?

et c'est l'homme et la femme qui ont répondu à mon appel, qui sont sortis et se sont traînés vers nous sans dire un mot, tant il leur en coûtait de traverser la cour en demeurant debout sur leurs jambes

quand j'ai compris qu'ils venaient nous remercier, j'ai voulu me lever, et Charles aussi a voulu se lever, mais il était trop tard, l'homme et la femme se sont jetés à nos pieds, front contre terre, mains jointes, marmonnant des prières qui n'en finissaient plus

— Relevez-vous ! Relevez-vous !

j'étais si gênée que j'en bafouillais, et Charles tout comme moi essayait de les repousser, disait à la femme

— Ça suffit

nous cherchions un moyen de fuir ces gens, mais ce n'était pas possible, ils nous coinçaient les jambes en les entourant de leurs bras, nous embrassaient les pieds, les chevilles en pleurant

— Ça suffit

répétait Charles

et puis ils se redressaient sur leurs genoux, prenaient nos mains, les caressaient, les portaient à leur front en signe de reconnaissance

tu sais, Léon, tu sais combien je suis sensible, combien je pleure facilement, combien la misère des autres me déchire le cœur, eh bien comme tu peux t'en douter j'ai fini moi aussi par pleurer

et ce soir-là, je dois le dire, ce soir-là je n'ai pas eu le courage de renvoyer ces crève-la-faim des montagnes, j'ai dit à Mékika que je les autorisais à dormir avec lui dans la grange, qu'il se débrouille à leur trouver un coin, qu'il s'occupe d'eux

dans le faitout plein d'eau j'ai cuit trois bons kilos de pommes de terre, et Eugène et Léon qui ne tenaient pas en place depuis qu'ils étaient rentrés de l'école, qui ne cessaient d'aller et venir de la cuisine à la grange, se sont dépêchés de leur apporter les pommes de terre cuites et encore chaudes, et quand ils sont réapparus devant moi ils m'ont raconté dans le détail ce qui se passait là-bas

Ils peuvent pas manger, ils ont trop mal au ventre, tout ce qu'ils avalent ils le recrachent

— Comment ça ?

— Mais oui, maman, tu comprends pas que ces Arabes n'ont pas mangé depuis des jours et que leur ventre a fini par se refermer

Eugène croisait les doigts et serrait ses mains l'une contre l'autre pour me montrer ce qu'était devenu leur estomac

— C'est le maître qui nous a expliqué ce qui se passe quand on a faim et qu'on ne mange pas

— Et pourquoi parlez-vous de ces choses à l'école ? Ce n'est pas suffisant d'apprendre à lire et à compter ?

ils s'étaient assis sur le banc, leurs jambes qui ne touchaient pas encore le sol se balançaient au rythme des questions et des réponses

— Parce qu'il y a plein d'Arabes qui meurent de faim sur les routes, et que le maître a voulu nous faire une leçon sur la famime

— Famine

a corrigé Eugène

— Oui, famine

a dit Léon, poursuivant

— Les gens qui n'ont plus d'argent pour acheter à manger et qui meurent de faim, c'est ça la famine

est-ce que je ne le savais pas que c'était ça la famine ? seigneur Dieu, j'y pensais et la redoutais tous les jours, moi qui ne supportais pas de voir me filer entre les doigts ce temps africain qui ne rapportait rien

— Maman, pourquoi les Arabes ils meurent de faim et pas les Français ?

a demandé Eugène

— Mais tout le monde peut mourir de faim

lui ai-je répondu

— Même nous ?

— Oui, même nous. Si les sauterelles mangent chaque année nos fruits et nos légumes, peut-être que pour ne pas mourir de faim nous serons obligés de manger les sauterelles

ils se sont regardés en essayant de rire, mais le rire qui leur est venu aux lèvres était jaune, je l'ai bien vu

tu te souviens de ton rire jaune, Léon ?

et ils ne sont pas allés se coucher avant que je leur fasse la promesse de garder chez nous la famille arabe, quatre jours voulait Léon, cinq exigeait Eugène en ouvrant sa main devant lui, je leur ai dit que nous étions pauvres et que nous n'avions pas les moyens de nourrir aussi longtemps une famille, mais que j'acceptais de faire un effort puisqu'ils tenaient tous les deux à aider cette famille arabe dans le malheur

— Alors combien ?

m'ont-ils demandé en chœur

— Trois jours

et ils se sont contentés de ces trois jours, avant de m'embrasser et de se glisser sous les couvertures du lit qui les attendait, et dans lequel j'avais pris soin de fourrer les deux bouillottes, et sans doute ont-ils fait le rêve de nourrir les Arabes affamés de l'Algérie tout entière

n'est-ce pas, Léon ?

n'est-ce pas que dans votre générosité d'enfant vous avez rêvé de nourrir les Arabes de l'Algérie ? de leur donner à manger hiver comme été, et de soigner leurs maladies mortelles, et de leur montrer comment se cultive la terre ? n'est-ce pas que vous avez rêvé de les instruire pour qu'ils cessent de jouer aux barbares et se tiennent comme des humains au niveau où nous nous tenons tous, nous autres colons ?

mais les rêves ne servent pas à grand-chose, sinon à tranquilliser le cœur pendant son sommeil, le pauvre cœur des hommes que le malheur prend un malin plaisir à malmener, et si Eugène et Léon ont dormi sur leurs deux oreilles cette nuit-là, il n'en a pas été de même les jours suivants

tu te souviens, Léon, du mois de mars que nous avons vécu ?

un mois de cauchemar, d'apocalypse

où nous avons vu arriver tous les damnés de la terre arabe, des troupeaux de familles affamées qui battaient la campagne dans un silence de mort, dévorant les chardons, la bourrache, les racines des arbres lorsqu'ils avaient un outil pour creuser la terre, des bandes de désespérés qui se traînaient le long des routes en guettant le passage des diligences et le pain que quelque colon apitoyé leur jetterait peut-être

ils dormaient à même le sol, là où la fatigue et le vertige les renversaient, et beaucoup ne se relevaient pas, à demi nus dans l'herbe, les os saillant comme des morceaux de bois sous la peau jaunie de leurs corps en décomposition, ils mouraient sans un cri, sans un appel au secours puisqu'ils n'avaient plus seulement la force de prononcer un mot, ils mouraient devant nous colons qui ne pouvions rien faire, ils mouraient en nous montrant le désespoir de leurs bouches ouvertes sur des entrailles sanguinolentes, des langues putrides, des dents qui se déchaussaient

ils mouraient partout

et autour de Mercier leur nombre augmentait chaque jour, si bien que des milices avaient été formées de manière à les empêcher d'entrer dans la ville, de s'approcher des fermes, de rôder trop près de nos installations, parce que avec ces Arabes on était sûr de voir arriver les maladies

le typhus surtout

alors l'armée et les milices civiles où j'avais envoyé Charles et Mékika ont redoublé d'effort

– Il faut prendre de vitesse les maladies

s'acharnait à leur répéter le maire

pendant que soldats et miliciens parquaient les plus malades et ramassaient les morts, souvent à moitié dépecés par on ne sait quels affamés, les entassaient dans des charrettes pleines de cadavres que des escouades de croque-morts transportaient et faisaient disparaître au fond des trous creusés exprès par les employés de la mairie seigneur Dieu

des trous qu'on disait immenses sans les avoir jamais vus, et qui pourtant sont vite devenus insuffisants puisque les employés de la mairie ont reçu l'ordre d'en creuser d'autres

seigneur Dieu

à présent je vous emmenais le matin et retournais vous chercher le soir à l'école, toi et ton frère, je ne voulais plus que vous rentriez seul à la ferme, et lorsque nous croisions une de ces charrettes chargées de cadavres et bourdonnant de mouches, je vous obligeais à fermer les yeux et à vous boucher les narines

Maman, laisse-nous voir ! comme si j'allais vous laisser voir ces cadavres affreux tordus de douleur, Ça suffit, que je répondais en vous écrasant le visage contre mon ventre, Maman ! répétiez-vous, mais je tenais bon, et la charrette passait devant nous dans le bruit sinistre de ses roues et du vrombissement des mouches affolées par l'odeur

Maman !

c'est surtout toi, Léon, qui insistait

un mois, ça a duré, un mois où je n'ai cessé de me lever la nuit et d'arpenter les alentours de la maison, le fusil à la main, surveillant tout particulièrement la grange et le potager

et le jour j'allais aider le curé qui avait recueilli une vingtaine d'enfants chez lui, des garçons et des filles nus pour la plupart, maigres à faire peur, et à qui nous donnions du lait, des gâteaux secs, ce que nous trouvions à manger

— Emma, occupez-vous de celle-là

disait le curé

celle-là, c'était une enfant d'à peine six ans qui ne parlait plus, ne souriait plus, qui était à peine capable de se tenir debout, je la prenais dans mes bras et je l'asseyais sur mes genoux

elle ne pesait rien

j'attachais avec un ruban ses boucles brunes, nettoyais son visage de petite vieille, ensuite je mouillais dans une cuillère les gâteaux secs avant de forcer sa bouche toujours close

le curé venait s'accroupir devant moi, palpait les membres squelettiques de l'enfant, les réchauffait dans ses paumes

— Vous croyez qu'on va pouvoir la sauver, monsieur le curé ?

— Bien sûr, Emma. Avec l'aide de Dieu nous la sauverons

— Et si Dieu ne nous aide pas ?

le ventre et les hanches boudinés dans sa soutane noire maculée de taches, le curé me foudroyait du regard

— Pourquoi cette question, Emma ? Pourquoi depuis la mort de votre fils doutez-vous de la miséricorde de Dieu ?

je haussais les épaules, regardais ailleurs pour fuir le courroux de ses yeux de curé, et il repartait s'occuper des autres enfants, et je recommençais à mouiller d'autres gâteaux

un mois, ça a duré

un mois où nous avons tous cru, nous autres colons, que ces damnés de la terre arabe nous emporteraient corps et biens dans leur misère, dans leurs maladies, dans leur enfer obscur et barbare où ils n'ont cessé d'errer et de se perdre depuis la nuit des temps

un mois où nous avons oublié le printemps, parce que dans l'air que nous respirions il n'y avait pas cette odeur acide de l'herbe grasse, cette fraîcheur sucrée des feuilles à peine écloses, j'avais beau battre de long en large la campagne, l'air qui entrait dans mes narines n'était chargé que d'une odeur de mort, épaisse comme la boue, et si pesante qu'elle empêchait de penser à autre chose qu'à la mort

et puis à la fin de ce mois tout a changé, le printemps a retrouvé les odeurs qu'il avait perdues, et nos champs engraissés par la pluie, et nos vignes et nos arbres fruitiers réchauffés par le soleil se sont réveillés

quand je dis que tout a changé je veux dire aussi que nous n'avons plus vu à Mercier et ailleurs ces hommes, ces femmes et ces enfants affamés, sans doute étaient-ils morts, et ceux qui n'étaient pas morts avaient été reconduits par les soldats dans leurs montagnes, il le fallait bien, nous autres colons ne pouvions demeurer longtemps sous la menace de ces hordes en guenilles, le travail que nous avions à accomplir sur nos terres exigeait que l'armée française rétablisse l'ordre au plus vite

ce qu'elle a fait

et je ne suis plus allée aider le curé chez lui, et Charles et Mékika sont retournés dans les champs, et Eugène et Léon ont repris seuls le chemin de l'école

la vie est redevenue ce qu'elle était avant ce mois de famine, Jules a eu beau me donner le chiffre effrayant des Arabes qui étaient morts, j'avais envie de penser à autre chose

— Jules, on est au mois de mai, je dois m'occuper des récoltes, et rembourser l'argent que tu m'as prêté je commençais à avoir des légumes et des fruits en quantité suffisante pour aller les vendre au marché de Mercier, j'avais aussi des œufs, des poulets et du fromage, alors il me semblait plus important d'organiser le commerce de mes produits plutôt que de discourir sur des chiffres qui étaient à n'en pas douter très exagérés

— Tu ferais mieux de me trouver une place sur le marché. Tu connais le maire, n'est-ce pas ?

— Oui, je le connais

— Eh bien, c'est le moment de m'aider

sans trop d'histoires j'ai obtenu ma place au marché du lundi, et c'est dès l'aube que je chargeais la charrette avec Charles et Mékika, salades, tomates, carottes, choux, œufs, pommes de terre, on entassait tout ce qu'on pouvait, même si par expérience je savais que je n'en vendrais pas la moitié

— Et les navets ?

demandait Charles

— Oui, donne-moi aussi des navets

j'attrapais un bouquet de menthe, du persil, et je grimpais dans la charrette pendant que Mékika s'emparait des rênes et conduisait le cheval dans les ornières du chemin, je faisais un signe à Charles qui nous regardait partir planté au milieu de la cour, ce jour-là il était chargé de réveiller Eugène et Léon, de leur donner un morceau de pain et de veiller à ce qu'ils soient à l'heure à l'école

le soleil était à peine levé lorsque nous dressions nos tréteaux sur la place du marché, des colons en avance sur nous avaient déjà déballé leurs marchandises, j'allais les voir, passais en revue leurs légumes, les fruits d'hiver qu'ils avaient encore en réserve, je serrais les mains de gens que je considérais comme des amis, même si nous n'avions pas beaucoup l'occasion de discuter

— Emma, comment tu te portes ?

— Comme une femme débordée de besogne peut se porter

nous nous mettions d'accord sur les prix des salades et des choux, et je me renseignais sur ce que valait le litre d'huile après ce mois de famine

— À peine deux francs

me répondait Jean Chassaing qui avait trente hectares dans la vallée et un troupeau de quinze vaches

— Et le kilo de pain est en dessous de quarante centimes. Les prix n'ont pas bougé parce que la famine n'a touché que les Arabes qui vivent au jour le jour, c'est bien connu, n'est-ce pas ? Si bien qu'avec une année comme celle que nous avons vécue, ce sont eux qui se retrouvent sans rien, et ce sont nous autres qui devons encore et toujours les secourir, leur donner à manger, soigner leurs maladies infernales

je répondais que cette famine avait failli nous coûter cher, les colons qui travaillaient à la mise en valeur du pays n'avaient pas besoin de ces morts étalés au grand jour

— Croyez-moi, ça donne une mauvaise réputation à notre Algérie

ils étaient bien d'accord, et tous opinaient de la tête

et puis je retournais m'installer derrière mes légumes que Mékika avait pris soin de présenter de la meilleure façon qui soit sur la planche de bois, attendant les bras croisés le bon vouloir du client, et redoutant l'humeur des bourgeoises qui se promenaient dans leurs toilettes de ville accompagnées d'un domestique arabe, homme ou femme, portant à bout de bras les grands paniers d'osier où était entassé ce qu'achetaient ces femmes, car on ne vendait pas que des légumes et des animaux sur ce marché, on proposait tout et n'importe quoi, des articles de camelots qui allaient du pot de chambre au tapis berbère en passant par des lots plus ou moins fournis de vêtements usagés que je n'avais plus les moyens d'acheter

je rentrais au début de l'après-midi avec quelques pièces dans ma bourse, et je me disais que c'était un bon début, qu'il fallait être patient jusqu'au jour où notre travail serait récompensé

— Un jour prochain, Mékika

— Qu'est-ce que vous dites, patronne ?

— Je dis qu'un jour prochain notre travail sera récompensé

— Sûrement, patronne, puisque la main de Dieu est sur nous

et parfois je demandais à Mékika de rentrer seul

— Rentre sans moi, j'ai à faire

j'allais retrouver Jules dans sa chambre et me laissais prendre parce que j'avais tout autant que lui envie de jouir

je te raconte ça, Léon, mais peut-être que je ne devrais pas, peut-être qu'une mère n'a pas à parler ainsi à son fils

va savoir

dans ce cul de basse-fosse je n'ai plus le respect de rien et je m'en fous, puisque j'ai décidé de tout te dire, je te dis tout

et je jouissais autant de fois que Jules me le permettait, et c'était souvent pas plus d'une fois, si bien qu'en me rhabillant je lui reprochais de ne pas assez penser à moi, il riait, me regardait comme si j'étais un phénomène de foire

— Emma, quelle femme es-tu ?

avant de le quitter j'ouvrais ma bourse et lui donnais la moitié de ce que j'avais gagné au marché, il ne voulait pas de cet argent, mais je lui répondais qu'il fallait bien que je commence à rembourser la somme qu'il m'avait prêtée

et puis, si le temps le permettait, je faisais un détour par le cimetière, allais raconter nos histoires de famille à Joseph qui devait se morfondre entre ses quatre planches, le malheureux

c'est le son de la cloche qui me ramenait sur terre, j'avais à peine le temps de me signer devant la tombe

— Au nom du Père, du Fils et du Saint-Esprit

je courais récupérer les enfants à la sortie de l'école, et je rentrais à pied avec Eugène et Léon, l'esprit allégé par les discours des colons qui ne cessaient de m'affirmer que les récoltes de cette année seraient bonnes

— Et même fameuses, Emma !

en poussant un soupir de soulagement je me disais que le plus dur était passé et que la santé de mes deux garçons avait tenu bon

c'était comme une consolation

dans le chemin semé de fleurs je les regardais se démener, crier à tous les vents, escalader les talus, tourner autour des figuiers, des chênes et des oliviers, se poursuivre dans la rocaille où s'agrippaient les palmiers nains, et je repensais à Joseph qui n'était plus parmi nous, qui s'ennuyait là-bas dans le cimetière de Mercier toujours plus encombré de tombes et de croix, tant il était dur pour un colon d'échapper aux maladies, et de vivre sa vie aussi longtemps qu'on avait l'habitude de la vivre en France

pauvres colons

pauvres hommes et pauvres femmes qui n'en voulaient jamais aux individus à cravate assis derrière leur bureau de fonctionnaire de les avoir si souvent bernés, pauvres hommes et pauvres femmes qui défrichaient, labouraient, ensemençaient en silence, et qui mettaient au monde sans être sûrs de leur bon droit des fils et des filles algériens à la peau trop blanche et à l'œil trop bleu, au milieu des vignes, des oliviers et des orangers que leurs pères et leurs grands-pères avaient plantés, et taillés, et engraissés depuis bientôt quarante ans dans l'espoir que justement leurs fils et leurs petits-fils poursuivent le lent et difficile travail que ces colons de la première heure avaient commencé à accomplir

et pauvres enfants que rien ne préparait à vivre en des contrées si hostiles

j'appelais

— Eugène ! Léon !

je leur tendais mes bras, et ils couraient s'y blottir, le front en sueur, les joues rouges

— Maman, on a faim

et je leur promettais qu'une fois arrivés à la ferme j'irais leur cueillir un melon dans le champ

— Il y en a qui sont déjà mûrs

ils m'applaudissaient, trépignaient sur leurs jambes impatientes, me tiraient par les bras pour que je marche plus vite

— Dépêche-toi ! Dépêche-toi !

avec eux j'étais prise d'un fou rire dont je ne me croyais plus capable depuis la mort de Joseph

Léon, ces fous rires-là il ne faut pas les oublier

et il en a été ainsi tout au long de ce printemps sans souci qui nous a sorti de la tête le souvenir douloureux de nos malheurs

non, il ne faut pas les oublier

mais notre joie a été de courte durée, au mois de juin les grandes chaleurs se sont abattues sur Mercier, et un sirocco rougi au fer a commencé à griller les champs, tourner autour des hommes et tourmenter les bêtes, ses plaintes nous rendaient fous, nous donnaient des maux de tête terribles, mais était-il possible d'y échapper ? alors nous avons courbé l'échine et repris nos trajets de la ferme à la source, et de la source à la ferme

seigneur Dieu

à la nuit tombante et aux premières heures du jour, nous allions comme des fantômes avec le cheval attelé à la charrette, et l'âne qui suivait derrière, chargés non seulement des deux tonneaux, mais aussi de jarres en terre et d'outres en peau de chèvre que des voisins nous avaient prêtées

Mékika ou moi le matin, et Charles le soir

et à minuit, comme nous avions décidé de moissonner au plus vite le blé et l'orge que les ruades du sirocco risquaient d'anéantir, nous partions la faux à l'épaule, en compagnie de Jules qui s'était proposé de nous aider à faucher les quatre ou cinq champs que nous avions ensemencés, des champs qui n'étaient pas bien grands, mais qui réclamaient de la force, de l'endurance, et mes bras de femme s'épuisaient vite

Jules n'oubliait jamais d'apporter du vin, et nous prenions chacun dans nos musettes une bouteille que nous n'étions pas loin de boire, tant il faisait chaud, même la nuit, et tant il nous fallait de force pour manier la faux sans trembler de fatigue, Charles crachait dans ses mains et observait la lune qui nous éclairait comme en plein jour

il disait

— Nous avons trois heures devant nous

la faux levée, il s'assurait que nous étions bien en ligne, moi à sa droite, Jules et Mékika à sa gauche

— C'est parti !

lançait-il, avant de se plier en deux et de trancher au ras du sol les tiges de blé mûr dans un bruit de toile déchirée

c'était un rude travail

un travail que je ne ferai plus, Léon, puisque la terre d'Algérie a été plus forte que moi

qui nous cassait les reins, éraillait le souffle de nos poitrines, et nous brûlait les paumes des mains

un travail qui nous tuait

Léon, tu m'entends ?

qui nous tuait

et dans la chaleur de la nuit nous nous arrêtions souvent pour boire la piquette de Jules, reprendre notre souffle, et nous essuyer le visage et les yeux que la sueur inondait

c'était un rude travail, parce que après avoir fauché il fallait lier en gerbes le blé, le transporter dans la charrette jusqu'à l'aire de battage, et vanner à la fourche, et battre au fléau mais je me souviens que cette année-là nos efforts ont été récompensés, nous avons réussi à engranger à l'abri des rats une quinzaine de sacs de blé, et j'ai vendu un bon prix au marché de Mercier ma récolte de melons, de pastèques et de pois chiches

le reste

le reste a grillé sous les coups de boutoir du sirocco et des rayons de cet infernal soleil d'Algérie, impuissants que nous étions à lutter à forces égales avec la cruauté de la nature, il nous aurait fallu de l'eau sur nos terres, un puits qui ne s'assèche pas tous les ans

quand on s'épuise jour après jour à récupérer de l'eau à plus d'une lieue, et quand on le fait sous un soleil de plomb, on finit par perdre sa résistance

et parce que le travail était trop rude, et parce qu'il était impossible de reprendre haleine, c'est moi qui suis tombée malade, à trop patauger dans les boues de cette source où pullulaient les moustiques j'ai attrapé une fièvre chaude qui m'a clouée au lit une semaine, prise de frissons et de tremblements dans tout le corps j'étais bien incapable de me lever, et peut-être serais-je morte moi aussi, avec ces maladies du diable on ne sait jamais à quoi s'en tenir ! oui, peut-être serais-je morte sans l'aide de Jules

Jules Letourneur

car encore une fois c'est lui qui m'a secourue, se débrouillant avec les soldats de la caserne et obtenant par je ne sais quelle combine le fameux sulfate de quinine, un remède que je n'aurais jamais pu me payer tant il coûtait cher, et c'est grâce à lui et à son sulfate de quinine que j'ai réussi à combattre la maladie et sortir de mon lit sans trop de dommages, même si la fièvre est demeurée un chancre bien vivant au milieu de mes entrailles et profite de la moindre occasion pour me couper bras et jambes

il faut me voir, n'est-ce pas Léon ? il faut me voir grelotter et claquer des dents par des journées de chaleur si affreuses qu'un chrétien ne devrait pas avoir à les supporter

Léon ?

c'est toi qui as parlé ou c'est quelque chose dans la nuit de dehors qui est tombé en miettes

Léon ?

car le bruit peut tout aussi bien être sorti d'une poitrine qu'avoir été provoqué par l'écroulement d'un mur, d'un morceau de toiture, ou de je ne sais trop quoi

avec ce fatras de pierres et de poutres je n'ai plus le repère de rien

alors c'est toi qui as parlé, Léon, ou bien c'est quelque chose dans la nuit de dehors qui est tombé en miettes ?

je me lève et vais me pencher au-dessus du lit, écoute, n'entends rien, me crois obligée de sortir dans la cour, de chercher sans espoir de trouver l'origine de ce bruit que j'ai entendu tout à l'heure

malheur de malheur, quel spectacle !

retourne m'asseoir en frissonnant sur la chaise de l'unique pièce qui tient encore debout, clos les paupières pour chasser ce que mes yeux ne cessent de voir et de revoir avec horreur depuis deux jours, et tente de retrouver le fil de mon histoire

oui, c'est au mois de juillet que je suis tombée malade, et c'est au mois d'août que Charles a fini par me présenter la fille qu'il avait connue au bal du samedi soir à Mercier un bal qu'il fréquentait assidûment depuis l'automne avec une sorte de désespoir rentré, parce que au fond il pensait que ça n'était pas possible de rencontrer sur ces terres perdues d'Algérie une fille avec laquelle il pourrait envisager autre chose que de valser jusqu'à épuisement de l'orchestre sur la piste de danse des trois misérables cabarets qui tenaient grand ouvert leurs portes au désœuvrement des hommes jeunes et moins jeunes

il me disait

— Ce n'est pas possible

et je lui répondais

— Qu'est-ce qui n'est pas possible ?

— De trouver quelqu'un. Tu comprends, maman ? De trouver quelqu'un par ici

je comprenais, et j'essayais de lui expliquer qu'il fallait être patient avec ces choses-là, que ce n'était pas une question d'être ici ou ailleurs

et sans doute que mes pauvres explications avaient du bon sens, parce que je me souviens qu'un dimanche où il était parti se promener seul dans la campagne, l'air de me cacher quelque chose avec son chapeau de paille incliné sur l'oreille, et sa chemise propre passée par-dessus son pantalon, je l'ai vu revenir en compagnie de quelqu'un qui semblait être une fille

une belle fille, ma foi

mais je n'en étais pas très sûre, mal remise de ma fièvre j'avais la vue qui se troublait souvent et me jouait des tours

— Que vois-tu là-bas dans le chemin, Mékika ?

sa main en visière, il a plissé les yeux, mais je savais bien qu'il avait déjà repéré le couple

— Patronne, je crois que votre fils nous amène de la compagnie

j'avais donc vu juste, en me regardant Mékika a haussé les épaules, comme si c'était une chose inévitable qu'un fils présente un jour à sa mère la fille qu'il avait choisie

— Et même de la belle compagnie, si mes yeux sont encore capables de distinguer ce qui est beau de ce qui ne l'est pas

je n'ai rien dit, je me suis contentée de reprendre l'aiguille et le pantalon que j'avais abandonnés sur la table, tournant le dos au chemin, la tête penchée et l'œil fixé sur la jambe déchirée qu'il me fallait raccommoder

j'ai eu l'impression qu'ils ne se pressaient pas pour arriver jusqu'à la ferme, mais peut-être était-ce moi qui étais trop impatiente, en tout cas j'ai eu le temps de me piquer le doigt, de relever la tête et de lécher la goutte de sang qui perlait au bout de mon index, et c'est au moment où je me redressais qu'ils se sont enfin décidés à traverser la cour

— Maman

a dit Charles, un sourire qu'il espérait innocent sur les lèvres

— Maman, je voudrais te présenter Camille que j'ai rencontrée à Mercier

la fille qu'il avait appelée Camille et que sa main me montrait avec une fierté de mâle a esquissé une sorte de génuflexion maladroite, et j'ai remarqué tout de suite que ses mains étaient des mains de paysanne, tannées par le travail de la terre

— Bonjour, madame

a-t-elle fini par me dire, la tête penchée sur le côté afin de voir sous un angle différent cette mère dont Charles avait dû lui parler maintes et maintes fois, je suppose

— Ici tout le monde m'appelle Emma. Je crois que tu peux en faire autant

elle a regardé Charles, avant d'éclater de rire et de me répondre

— Je ne sais pas si j'oserai

— Ose, ose, ma fille. Dans ce pays d'Algérie il faut oser. Sinon ce sont les autres qui oseront à ta place

— Alors je vais essayer, Emma

a-t-elle soudain décidé, plantant ses yeux malicieux dans les miens

je les ai invités à s'asseoir sur le banc, à partager le repas que j'avais préparé, qu'elle ne s'attende pas à manger des ortolans, l'ai-je avertie, comme elle pouvait l'imaginer ce n'était pas l'habitude de la maison, à la ferme Picard on manquait de bien trop de choses pour se permettre ces opulences

— Pommes de terre, choux, tomates, ça te va ?

— Bien sûr que ça me va

elle m'a dit qu'elle louait ses bras de fille chez les Roussel, de l'autre côté de la vallée, et qu'ils la nourrissaient pareillement de pommes de terre et de choux, et quand je lui ai demandé où était sa famille, elle m'a répondu qu'elle n'en avait plus

— Je n'ai plus personne, pas même un cousin

mais qu'elle se souvenait avoir vécu dans une ferme avec ses parents et un frère aîné qui lui aussi s'appelait Charles, et qu'elle s'était retrouvée orpheline après que sa mère était morte du choléra et que des Arabes avaient attaqué leur ferme, brûlé la maison, volé le bétail, et égorgé son père et son frère, à l'époque elle n'était qu'une enfant, et pourtant elle n'avait rien oublié, les cris des Arabes en colère, les coups de fusil que tiraient son père et son frère dans le ventre des assaillants, elle avait fui par la fenêtre de derrière pendant qu'il était encore temps et s'était réfugiée dans un fossé où il y avait des herbes suffisamment hautes, et elle était demeurée là, à trembler et à claquer des dents, à imaginer ce qu'allaient lui faire les Arabes lorsqu'ils la découvriraient, mais ils ne l'avaient pas découverte, peut-être ne l'avaient-ils même pas cherchée, c'étaient les soldats, attirés par l'incendie, qui l'avaient récupérée et ramenée à Mostaganem

Eugène et Léon s'étaient assis en face d'elle afin de mieux entendre ce qu'elle racontait

tu t'en souviens, Léon ?

tu ouvrais de grands yeux en observant son visage, ses cheveux qui étaient longs et noirs

je te voyais faire

et même ses seins qui avaient l'air assez gros sous le corsage, comme si tu n'avais jamais vu une fille, ou alors comme si tu ne croyais pas possible qu'une fille aussi belle puisse être amoureuse de ton frère

je me trompe quand je dis ça ?

et moi je suis retournée dans la cuisine pour allumer le fourneau et réchauffer le faitout de pommes de terre et de pois chiches, c'était encore une journée trop chaude, trop blanche de poussière, une journée qui aveuglait les yeux, qui séchait la langue, qui assourdissait les oreilles tant les cigales étaient nombreuses à grincer dans les arbres, une journée où il n'y aurait encore rien à faire sinon attendre que le soleil se couche, là-bas derrière les collines, à l'exact endroit où il s'était couché la veille et où il se coucherait le lendemain

notre destin de colon n'était-il pas d'attendre des jours meilleurs ? ne nous les avait-on pas promis ? attendre, patienter, se ronger les sangs

et une fois que le soleil serait couché sortir le cheval attelé à la charrette, saisir par le licou l'âne docile, et reprendre le chemin de la source, avec Eugène et Léon qui se rendaient utiles comme ils pouvaient

oui, c'était cela notre destin de colon

quand le ragoût de pommes de terre et de pois chiches a commencé à mijoter j'ai ajouté un morceau de lard, une pincée de sel, et puis j'ai lavé dans l'eau fraîche du seau les figues poussiéreuses que m'avait apportées Jules lorsqu'il était venu fêter chez nous la guerre franco-allemande, une guerre opportune qui ne manquerait pas d'emporter l'empereur, il en était sûr

— Eugène ! Léon ! si vous mettiez la table au lieu d'embêter Camille avec vos questions

ai-je lancé sur le pas de la porte

ensuite je suis allée me donner un coup de peigne, j'ai passé autour de mon cou la chaîne en or que Gustave m'avait offerte avant de mourir, je ne la portais pas souvent parce que j'avais peur de la perdre, et la conservais dans une boîte en fer que je cachais au fond du coffre, mais aujourd'hui je me devais de la sortir de sa cachette et de l'avoir au cou, ai-je pensé, et pendant que mes deux fils se disputaient les assiettes et les verres, j'ai observé dans le miroir mon pauvre visage mal remis des fièvres qui l'avaient amaigri

par quel moyen le rajeunir ?

mouillant de salive mon index j'ai redonné forme à mes sourcils, et puis je me suis souvenue qu'au marché j'avais échangé à une femme arabe un bâton de khôl contre un melon, et pour la première fois depuis longtemps j'ai tenté de m'arranger les yeux en me noircissant d'un trait de khôl les paupières

mais je n'étais pas très sûre d'avoir réussi mon coup

et lorsque je suis retournée sous l'acacia j'ai vu passer sur les visages de Charles et de Mékika une sorte de grimace, vite escamotée, vite remplacée par des exclamations de bonne humeur et d'impatience, n'était-il pas temps de se mettre à table ? oui il était temps, il était même plus que temps de manger le ragoût et de boire le peu de vin qui restait, et en l'honneur de l'invitée Mékika a décidé qu'il chanterait après le repas ses chansons des montagnes

et c'est de cette façon que Camille Sénéchal est entrée dans notre famille, par un repas du dimanche qui n'avait rien de copieux, un repas de pauvres, de colons pauvres comme nous l'étions presque tous autour de Mercier, et ailleurs dans ces campagnes africaines qui ne nous voulaient que du mal, c'est de cette façon que Camille est devenue un membre à part entière de nous autres

— Es-tu sûre au moins d'aimer mon fils ?

à la fin du repas j'ai eu envie de la bousculer pour voir un peu ce qu'elle avait dans le ventre, mais ce n'était pas une fille qui se laissait démonter facilement

— J'en suis sûre

m'a-t-elle répondu aussitôt

se redressant, pointant le menton dans ma direction, ses joues étaient rougies par le verre de vin que je lui avais fait boire, ses yeux brillaient et me regardaient avec effronterie

— J'en suis tout à fait sûre, Emma

et elle a étendu le bras à travers la table, posé sa main moite sur la mienne, la pressant avec une force dont je ne l'imaginais pas capable

— Alors je crois qu'on va pouvoir s'entendre, ma fille. Et je m'en réjouis

le dimanche s'est écoulé comme ça, à se parler et à rire, à observer l'autre du coin de l'œil pour s'en faire une opinion

pendant que l'ombre de l'acacia envahissait la cour

nous goûtions chacun la langueur bienheureuse de cette après-midi de repos que nous savions avoir pleinement méritée, Eugène et Léon s'étaient endormis, la tête entre les bras, le nez dans les miettes de pain qui traînaient sur la table, et nous qui étions des adultes luttions contre le sommeil en buvant le café mélangé à la chicorée que je passais et repassais dans la chaussette de la cafetière

pendant que l'ombre de l'acacia envahissait la cour

nous qui étions des adultes luttions même de toutes nos forces contre la chaleur qui paralysait les membres, contre le chant des cigales qui soûlait la tête et donnait le vertige, contre le ciel trop blanc que nos yeux fatigués feignaient d'ignorer

et à l'approche du soir, lorsque l'ombre plus épaisse et plus fraîche de l'acacia nous a tirés de nos rêves éveillés, nous avons été nous promener dans les champs, Mékika est parti soigner les poules et les lapins, et nous autres, Charles, Eugène et Léon devant, Camille me donnant le bras, nous avons suivi le sentier encore brûlant de poussière qui contournait nos champs crevassés

— C'était si beau au mois d'avril

j'avais l'air de m'excuser en parlant à Camille

— J'aurais voulu que tu voies ça. C'était même trop beau. Tout était vert, et poussait, et sentait bon le printemps

autour de nous les hirondelles et les martinets sortaient de terre, se jetaient en avant comme des fous furieux, grimpaient haut dans les immensités du ciel

— Chez les Roussel aussi

a dit Camille, plissant les yeux et tentant d'imaginer ce qui n'était plus

— Au printemps toutes les propriétés se ressemblent. C'est l'été qu'on s'aperçoit combien sont chanceuses les terres qui ont encore de l'eau, et combien souffrent celles qui n'en ont plus. Ici

et j'ai balayé d'un geste rageur nos terres grillées

— Ici l'eau commence à manquer au mois de juin, et c'est sans une goutte d'eau que nous devons vivre les mois de juillet et d'août, nous échinant sur le chemin de la source aux peupliers avec le cheval, l'âne et la charrette pour rapporter de quoi étancher notre soif à tous, hommes et bêtes, et celle du potager qui serait mort sans les seaux d'eau que je vide tous les soirs sur les pieds de tomates, d'aubergines et de courgettes

je me suis arrêtée dans la pente que nous avions commencé à grimper, essoufflée, la main sur la poitrine, alors qu'Eugène et Léon galopaient entre les rochers, chacun s'efforçant d'arriver avant l'autre au sommet du monticule couronné de palmiers nains

qu'est-ce qui te prend, Léon ?

je croyais que tu dormais, et ta voix m'a fait sursauter, comme si tu étais encore en train de crier après ton frère qui t'avait dépassé dans la pente et filait en direction des palmiers nains

tu n'as pas crié ?

mais je viens de t'entendre, et les murs de la chambre qui sont encore debout comme par miracle en gardent l'écho

je peux bien t'assurer que tu as crié

alors qu'Eugène et Léon galopaient entre les rochers, et que Charles s'était retourné pour me dire

— Ça ne va pas, maman ?

— J'ai besoin de retrouver mon souffle. C'est que je ne suis pas encore bien remise de ma fièvre

et puis je suis repartie, aidée par le bras de Camille et par celui de Charles, et jusqu'au sommet nous avons gardé tous les trois le silence, sans doute que nous n'éprouvions plus le besoin de parler, que dans la pente nos pas accordés suffisaient à notre bonheur

arrivés en haut nous sommes demeurés longtemps à regarder l'horizon encore tout enflammé de lumière

jusqu'à ce que la nuit tombe, oui jusqu'à ce que la nuit tombe sur nous sans crier gare, et nous oblige à rentrer à tâtons, guidés par les chants des grillons, Eugène et Léon tenant la main de leur frère et se serrant contre lui quand nous parvenaient les abois des chacals en train de marauder dans le ravin, et lorsque nous avons retrouvé notre cour et la flamme de la lanterne qui jetait sur la table et les branches basses de l'acacia des lueurs fumeuses, Mékika nous attendait en se rongeant les sangs

— Patronne, où étiez-vous passés ?

— On se promenait, Mékika

— Oui, mais moi je vous attendais. Vous savez bien que je dois aller chercher l'eau

— Eh bien, vas-y à présent. Nous sommes là

il a bougonné dans mon dos, avant d'escalader la charrette, de s'emparer des rênes et de crier

— Oh ! Ooooooh !

réveillé le cheval s'est ébroué, a fait un pas en avant, et les roues ont grincé dans la poussière

— Maman ! Maman ! On peut aller avec lui ?

Eugène et Léon étaient déjà cramponnés aux ridelles et me regardaient, cela aurait-il servi à quelque chose que je leur dise non ?

tu peux en témoigner, Léon, je n'ai jamais été une mère qui cherchait à museler vos libertés de garçon

je leur ai souri en hochant la tête, et ce sourire a suffi, ils ont sauté dans la charrette, se sont assis sur le banc avec Mékika

jamais

et la charrette s'est éloignée, glissant comme un fantôme entre les rayons de lune et les ombres du chemin, un temps j'ai écouté leurs rires se perdre dans les obscurités des arbres, avec la plainte des roues, le chant des grillons, et par-dessus tout ça le bourdon de la voix de Mékika qui semblait se moquer de je ne sais quoi

chassant la nuée de moustiques et de mouches, je suis entrée dans la cuisine et j'ai allumé le feu sous le faitout, il y avait des restes pour nous six, et Camille a mis la table pendant que Charles allait traire la vache, et nous avons attendu toutes les deux le retour de la charrette, parlant à mi-voix, attentives aux bruits qui venaient du chemin, un caillou roulant dans le fossé ou un oiseau battant des ailes suffisait à nous faire dresser l'oreille, jusqu'à ce que nous entendions enfin le raclement des roues contre les pierres, le clapotis de l'eau dans les tonneaux, les voix des garçons

— Les voilà !

s'est exclamée Camille

la table était prête, Eugène et Léon ont couru nous rejoindre, et Mékika, et Charles arrivé le dernier avec son bidon vide

— La vache n'a toujours pas de lait ?

lui ai-je demandé

— Non

mais cette nuit-là, qui n'était pas une nuit comme les autres, nous avons oublié nos malheurs et mangé avec un appétit d'ogre, et bu goulûment l'eau fraîche rapportée de la source

et puis Charles a raccompagné Camille jusqu'à la ferme des Roussel

je tourne la tête, dehors on dirait que le jour est sur le point de se lever, et pourtant il fait encore nuit

seigneur Dieu, je vous en prie, donnez-moi le temps de me souvenir, de raconter jusqu'au bout mon histoire

parce que je n'en ai pas fini avec l'Algérie

non, je n'en ai pas fini, et si vous ne me croyez pas, demandez à Léon

Léon ?

au début de septembre, dans les tout premiers jours du mois, j'ai vu Jules arriver de Mercier comme un boulet de canon, traverser la cour, me rejoindre à l'entrée de la grange où je me tenais avec ma fourche, et crier

— Emma ! Ça y est ! C'est la révolution !

son chapeau était de travers sur sa tête, sa chemise sortait de son pantalon

— Qu'est-ce que tu racontes ?

— C'est la révolution en France, et c'est la révolution à Alger ! Un comité républicain de défense vient de se constituer. Les rues et les cafés sont en ébullition. On arrache les aigles des drapeaux, et au milieu de la place du Gouvernement il y a un bonnet phrygien au bout d'un mât

il essayait de gagner du temps en me racontant tout ça, et j'attendais qu'il me dise ce qu'il avait à me dire, à moi Emma Picard, mais il n'osait pas me le dire, il continuait à me parler de ce qui se passait en ce moment à Alger

— Jules, dis-moi ce que tu as à me dire

— Quoi ?

— Tu le sais bien

j'ai plongé mes yeux dans les siens

— Allez, dis-le-moi que tu vas quitter Mercier et rejoindre tes amis à Alger

il a tourné la tête, regardé la maison où il avait dormi tant de fois dans mon lit

— Oui, ils me pressent de les rejoindre. Je prends la diligence demain matin. Mais je t'écrirai pour te donner de mes nouvelles, et puis je viendrai te voir dès que j'aurai du temps à moi il m'avait attrapée par la taille, et à présent il me serrait contre lui tout en parlant

— Ce n'est quand même pas le bout du monde, Mercier !

— Non, tu ne viendras pas. Je le sais. Il vaut mieux que tu me dises adieu ici, dans la cour de la ferme, plutôt que de me raconter des sornettes

il a haussé les épaules, a voulu m'embrasser avant de me quitter, cherchant mes lèvres avec une sorte de précipitation sans doute involontaire, et je dois dire que j'ai été tentée de lui refuser ce qu'il me demandait, mais qu'aurais-je gagné à ce jeu ?

je te le demande Léon, qu'aurais-je gagné ?

j'ai préféré me laisser faire, mes hommes étaient aux champs, et j'étais seule ce jour-là, malgré moi j'ai senti que j'avais encore envie de Jules, que ma chair avait le désir de se soumettre à sa chair, d'être mise à nu, embrassée, caressée, forcée

excuse-moi de te dire ça aussi crûment, Léon

et sans plus réfléchir, je l'ai entraîné dans la grange

excuse-moi

pour qu'il me prenne, et il m'a prise une dernière fois sur un tas de foin, comme un homme de la ville prend une fille de la campagne, je n'en dirai pas davantage, et en remontant son pantalon tire-bouchonné, il m'a dit

— Ne te tracasse pas avec l'argent que tu m'as emprunté. Tu me rembourseras plus tard, quand ta ferme te rapportera des sous

à la porte de la grange il s'est retourné, sans doute tous les hommes se seraient-ils retournés à ce moment-là, mais j'ai décidé de croire que s'il se retournait c'était parce qu'il s'en voulait de me quitter, et qu'il cherchait à me le dire en posant sur moi ses yeux sombres de révolutionnaire

j'étais encore couchée dans le foin, cuisses écartées, bras abandonnés au-dessus de la tête, je n'avais pas bougé lorsque Jules s'était redressé, je n'en avais pas la force, je m'étais contentée de le suivre des yeux, me demandant si en rouvrant la porte de la grange il penserait au moins à se retourner, et en voyant une dernière fois son visage, sa barbe et ses longs cheveux encore tout embrouillés de fièvre, j'ai eu l'envie stupide de lui dire quelque chose, n'importe quoi, de le remercier peut-être par quelques mots d'amour, comme aiment à en entendre les hommes qui ont besoin pour leur fierté de mâle de cet aveu de soumission femelle

alors pourquoi ne l'ai-je pas fait ?

j'ai bien vu que Jules temporisait, que son bras retenait plus longtemps qu'il n'aurait fallu la porte secouée par le vent, mais les mots qui m'avaient gonflé la poitrine étaient coincés dans ma gorge et refusaient de sortir

oui, pourquoi ?

refusaient de franchir mes lèvres et de traverser l'espace empoussiéré de lumière et d'ombre qui nous séparait déjà comme un mur

il a fini par hausser les épaules, a disparu derrière la porte qui s'est refermée en claquant, et je me suis retrouvée aussi seule que je l'avais été lorsque Gustave était mort dans notre lit de mariage

seigneur Dieu, quel calvaire que le destin d'une femme

j'ai clos les paupières, peut-être que des larmes ont coulé aux coins de mes yeux, je ne sais plus, une mouche est venue se poser sur mon front, et puis sur ma joue, et puis sur mon nez, j'aurais pu la chasser mais je ne l'ai pas chassée, non, je l'ai laissée bourdonner et cabrioler à sa guise sur mon visage, j'avais trop sommeil, trop envie d'oublier mes peines dans le silence de cette après-midi de septembre

seigneur Dieu, quel chemin de croix

et j'ai dormi d'un sommeil de plomb jusqu'à ce que Charles et Mékika rentrant des champs poussent la porte de la grange et me réveillent

— Maman, qu'est-ce que tu as ?

s'est exclamé Charles, tout de suite il est tombé à genoux près de moi, et j'ai senti sa main passer sur mon front, le débarrasser des mèches de cheveux qui collaient à la peau en sueur

— Je n'ai rien, mon fils

Mékika était en train de ranger les outils, et lui aussi me regardait avec un drôle d'air

— J'avais envie de dormir, c'est tout

j'ai redressé le buste en m'appuyant sur les mains, ce n'était pas facile avec mes douleurs au bas des reins, et en même temps j'ai voulu leur sourire pour les rassurer, offrir à mon fils et offrir à Mékika un de ces sourires de femme qui récompensent

tu vois ce que je veux dire, Léon ?

je me suis essuyé le visage avec ma manche, après tout Jules n'était pas parti aux cent mille diables, Alger était encore en Algérie et je pouvais toujours le retrouver là-bas si l'envie me prenait un jour d'écouter ses conseils

— Aide-moi plutôt à me relever, j'ai mal aux reins

Mékika est allé tâter les pis de la vache, et je suis sortie dans la cour au bras de mon fils, au-dessus de nous le ciel d'automne semblait peser moins lourd, s'être délivré de je ne sais quel poids qui donnait aux oiseaux l'envie de monter plus haut dans les airs et de piailler plus fort, en avait-on terminé avec l'été ? je voulais le croire et même l'affirmer, oui on en avait fini avec l'été, et revigorée par cette certitude j'ai dit

— Où sont Eugène et Léon ?

— Dans le pré avec l'âne

j'ai tourné la tête et je les ai vus, le soleil au ras de l'horizon m'éblouissait, mais je voyais se découper leurs ombres contre la lumière, des ombres dansant, se poursuivant, riant aux éclats dans ce ciel d'automne qui n'avait plus le même poids

— Va leur dire d'arroser le potager

Charles a secoué la tête

— Laisse-les jouer, maman, je vais le faire

— Non, c'est leur travail

à présent Mékika attelait le cheval à la charrette, les tonneaux et les jarres en terre étaient vides, une fois encore c'était lui qui avait décidé d'aller les remplir à la source

— La roue tourne mal, patronne. Vous avez vu ? Je la réparerai demain

et puis de son pas lent d'Arabe il a traversé le pré pour récupérer l'âne et le ramener dans la cour, et l'attacher à la charrette, avant de prendre appui sur le marchepied et de s'asseoir en silence sur le banc, de se saisir des rênes et de s'engager dans le chemin de poussière, gestes répétés à l'infini depuis le mois de juin, et qu'il accomplissait encore sans se lasser et sans montrer une quelconque fatigue

moi-même j'avais du travail, alors je ne me suis pas attardée plus longtemps, il me fallait allumer le feu, préparer le repas du soir, je pouvais être sûre que mes hommes auraient tout autant faim qu'hier, et c'était mon devoir de donner à chacun une assiette pleine, pleine souvent de pas grand-chose, mais pleine quand même

Léon, as-tu jamais eu à te plaindre de ta mère qui aurait manqué à son premier devoir et qui en serait devenue folle si un jour toi et tes frères n'aviez trouvé à table que des assiettes vides ?

et c'est ce que j'ai fait, j'ai pénétré comme j'en avais l'habitude les obscurités familières de la cuisine, attrapant faitouts, poêles, casseroles

non, n'est-ce pas ? ta mère vous aura toujours nourris

allumant le feu, et m'efforçant d'oublier le départ de Jules

aura toujours essayé de vous remplir le ventre, même si c'était souvent de trois fois rien

mais à partir du jour où Jules s'en est retourné vivre sa vie de révolutionnaire à Alger, tout a marché de travers à la ferme Picard, les pluies d'automne qui ont été rares cette année-là n'ont pas arrosé suffisamment les terres, le puits a retrouvé son eau, mais à un niveau si bas qu'il n'était pas possible de tirer plus de quatre ou cinq seaux par jour

quatre ou cinq seaux d'une eau trouble et pas bien fameuse

nous avons eu des maux de ventre et des diarrhées que je me suis efforcée de combattre en préparant des tisanes d'absinthe, j'allais la cueillir moi-même près des ailantes et des caroubiers, et en rapportais des brassées que je laissais infuser des heures avant de verser le breuvage dans nos bols, le matin comme le soir

— C'est amer, je sais. Mais bois quand même, Eugène, bois. Si tu veux guérir, il n'y a pas d'autre remède que de boire tout ce qu'il y a dans ton bol

l'âne et le cheval s'en sont sortis sans trop de mal, mais la vache n'a pas résisté longtemps, la mauvaise eau l'a tuée avant Noël sans que nous puissions rien faire, nous l'avons trouvée allongée sur le flanc, les pattes raides, la langue gonflée, sans doute était-elle morte durant la nuit

— Pauvre vache

a dit Eugène en se penchant pour la caresser entre les cornes, là où le poil formait une espèce d'étoile

Charles et Mékika l'ont traînée derrière la grange, et avec des couteaux de cuisine ont détaché de la carcasse la viande qu'ils estimaient bonne à manger, la rassemblant dans des baquets que nous avons recouverts de sel et suspendus aux branches basses de l'acacia, il faisait froid déjà, et les vents du nord qui soufflaient continûment conserveraient la viande en bon état au moins jusqu'au mois de janvier

c'est ce que nous espérions

et tous les jours j'ai cuisiné cette viande de vache, la grillant dans la poêle ou la plongeant dans l'eau d'un pot-au-feu et la laissant cuire des heures avec des pommes de terre, des navets, des carottes et des oignons

mais après Noël, malgré le froid sec et les gelées nocturnes, les vers ont attaqué la viande, et il a fallu jeter ce qui restait, charger les baquets sur le dos de l'âne en se bouchant le nez, et s'en débarrasser le plus loin possible de chez nous, dans quelque ravin où rôdaient les chacals et les chats-tigres

qu'est-ce que tu dis, Léon ?

tu voudrais que je raconte la battue que nous avons organisée avec les voisins pour tuer les chats-tigres qui attaquaient nos poulaillers, mais je n'en ai pas le temps, mon fils

regarde

regarde par la porte la nuit qui blanchit, et les étoiles qui disparaissent une à une, qui se noient dans je ne sais quelles profondeurs

tu vois bien qu'il faut que je me dépêche, au premier rayon du soleil ils seront là, ceux de Mercier, et nous ne pourrons faire autrement que de les suivre

laisse-moi plutôt parler de Camille

cette fille que Charles avait rencontrée au bal et fréquentée des semaines durant sans me le dire, avant de me la présenter un dimanche de septembre, eh bien, c'est à Noël qu'elle est venue s'installer dans notre ferme, qu'elle a quitté les Roussel et décidé de vivre avec nous

avec mon fils, je devrais dire

mais vivre avec mon fils c'était vivre avec nous tous, dans nos trois pauvres pièces passées au lait de chaux, glacées en hiver et brûlantes en été

— Nous voulons nous marier. C'est décidé

Charles était assis devant la cheminée, il se chauffait les pieds pendant que je reprisais des chaussettes

— C'est décidé, maman

le vent donnait de la tête et des épaules contre les murs, s'engouffrait dans le conduit de la cheminée et nous renvoyait au visage les fumées du feu toussant et pleurant j'ai lâché mon ouvrage, et ensuite il m'a fallu du temps pour récupérer l'aiguille égarée dans les mailles de la chaussette

— Qu'est-ce que tu dis ?

— Camille et moi voulons nous marier

du temps qui m'a permis de réfléchir avant de lui répondre

— Écoute, Charles, je crois que ce n'est pas le moment. C'est trop d'argent à dépenser, un mariage. Rends-toi compte : acheter des alliances et des habits propres ; faire au moins un repas et inviter les voisins

— Je me fous de tout ça, maman

— Mais tu ne peux pas t'en foutre, mon fils. Sache qu'il y a des usages à respecter. Et que si je veux respecter ces usages j'ai besoin de dépenser des sous que je n'ai pas

Charles a quitté sa chaise, les mains dans le dos il a tourné autour de la table, cherchant des mots pour me convaincre, des mots qu'il ne trouvait pas et qu'il essayait de faire naître en se raclant la gorge, dans la chambre à côté Eugène et Léon dormaient à poings fermés, les pieds contre la bouillotte que j'avais glissée sous les draps

— Charles, rassois-toi

il m'a écoutée, s'essuyant la bouche d'un revers de manche et bougonnant il est allé se rasseoir

— Je vais être obligée d'acheter une autre vache. Et je n'ai plus le moindre franc. Tu comprends ?

sans doute comprenait-il, mais il avait besoin de vivre sa vie d'homme avec Camille, il a dit

— Alors permets-nous de travailler et de dormir ensemble sous ton toit. D'accord ?

j'ai hoché la tête, tout en essayant de dissimuler le sourire qui m'était venu aux lèvres, Charles a rougi et répété

— C'est d'accord, maman ?

— Oui, c'est d'accord, mais il faudra installer le lit d'Eugène et Léon dans la cuisine

il a baissé les yeux et regardé les flammes du feu, je crois qu'il avait deviné ce que je n'osais pas lui dire

et c'est comme ça qu'entre Noël et le nouvel an nous avons vu arriver Camille emmitouflée dans ses jupons d'hiver et ses cache-cols, Charles avait pris l'âne et était allé la chercher à la ferme Roussel, et dans l'après-midi il était de retour, tenant par une main sa Camille, les joues rouges de froid et l'œil aux anges, et par l'autre le licou de l'âne chargé de deux ou trois ballots d'affaires qui constituaient toute la dot de cette pauvre fille

elle a couru m'embrasser, Eugène et Léon lui ont sauté au cou, et parce que c'était à moi de parler en cet instant solennel j'ai dit qu'elle était la bienvenue parmi nous autres, mais je l'ai tout de suite avertie qu'il lui faudrait travailler dur parce que nourrir une bouche supplémentaire ne serait pas chose facile, qu'elle en soit bien consciente surtout, et j'ai ajouté qu'en compensation de son travail elle aurait tous les soirs sa place à notre table, aux côtés de Mékika et de mes trois fils sans distinction, et qu'à partir de ce jour je la considérais comme ma fille, membre à part entière de la famille Picard, reconnue, soutenue, défendue par nous tous, et j'ai terminé mon discours en lui promettant de remplacer la mère qu'elle avait perdue

j'ai vu des larmes couler sur ses joues

tu te souviens, Léon ?

elle a voulu me baiser les mains, cacher l'émotion qui la submergeait par un geste inconsidéré que j'ai vite repoussé, m'éloignant moi-même d'un pas, et lui disant

— Sache que je suis aussi heureuse de t'avoir pour bru que tu peux l'être en te liant à la famille Picard. Alors, tu vois, nous sommes à égalité

et comme la nuit venait, que la cour était déjà toute pleine d'ombres et de courants d'air, j'ai passé mon bras autour des épaules de Camille, et ensemble nous avons franchi la porte de la cuisine

— Entre, ma fille, entre la première. À présent cette maison est tout autant à toi qu'à moi

et ce soir-là dans la lumière de la lampe et la chaleur du feu nous étions de nouveau six à table, à la place de Joseph j'avais mis Camille, en espérant que là-bas dans les obscurités éternelles du cimetière mon pauvre Joseph ne me reprochait pas ce choix, qu'il l'approuvait même, puisque dans sa tombe il avait eu le temps de penser

tout comme moi, sa mère

qu'il n'est jamais bon de laisser une chaise vide à la table des repas

n'est-ce pas, Léon ?

jamais bon de vivre dans le souvenir de la réalité du malheur, et si j'avais cru un temps que le Dieu des chrétiens m'avait abandonnée, je ne le croyais plus, je croyais même qu'il n'avait jamais été aussi proche de moi, jamais été aussi disposé à soutenir mes efforts de femme acharnée à convertir en paradis les boues barbares et ténébreuses de la terre d'Algérie

folle que j'étais, folle chrétienne

à la messe de Noël j'avais remarqué combien le Christ avait de la compassion pour nous tous colons qui avions bravé le froid et marché à sa rencontre en cette nuit particulière, combien du haut de sa croix il respectait notre foi et notre entêtement, lui d'abord et surtout, mais aussi la vierge Marie qui mine de rien dans ses voiles bleus se tenait à l'écoute de nos soucis, et les archanges Gabriel et Raphaël qui offraient la bonté apaisante de leurs visages penchés au-dessus de nos épaules racornies par le travail

folle que j'étais, folle chrétienne

si bien que j'en ai été réconfortée tout le temps de l'hiver, oubliant Jules et les fièvres qui m'avaient terrassée, redressant la tête, prenant le taureau par les cornes et décidant que je n'allais pas me gêner pour faire ce que les autres colons de Mercier avaient fait bien avant moi, à savoir emprunter l'argent nécessaire à l'achat non pas d'une mais de deux vaches qui me donneraient deux fois plus de lait et me permettraient de vendre deux fois plus de fromages au marché

— Tu es sûre de ça, maman ?

me demandait Charles en fronçant les sourcils

— Oui, j'en suis sûre

et à la fin du mois de janvier, alors qu'ils rendaient visite à Camille, les Roussel m'ont proposé de leur acheter les bêtes qu'ils avaient à vendre, un bœuf de labour et trois vaches laitières de race française

— Des vaches qui vous donneront dix à quinze litres de lait par jour, vous pouvez me croire

— Si elles sont suffisamment nourries

me suis-je permis d'ajouter

— Oui, bien sûr

a répondu Roussel

— C'est que par ici, l'herbe n'est pas grasse, il s'en faut de beaucoup

— Alors disons huit litres par vache, ce qui vous fera pas loin de vingt-cinq litres de lait à récupérer chaque soir

il avait du vin dans sa charrette, et sa femme est partie en chercher un litre que nous avons bu à la table de la cuisine en discutant du prix qu'il allait bien pouvoir me faire pour ces quatre bêtes, il n'en savait rien, le vieux Roussel, il se grattait la tête en me regardant du coin de l'œil

— Ce sont vos bêtes, c'est à vous de savoir ce que vous en voulez

m'est avis qu'il le savait très bien ce qu'il voulait tirer de cette vente, mais c'était un homme de la campagne, et comme tous les hommes de la campagne il avait du mal à parler d'argent avec une femme

il s'est resservi un verre de vin, en a bu la moitié avant de cogner le verre contre le bois de la table et d'annoncer

— Mille francs. Voilà ce que j'en veux, mille francs

j'ai fait un bond, la chaise derrière moi s'est renversée

— Autant arrêter tout de suite la discussion, Roussel. Que diable, ce ne sont pas des chameaux que vous vendez, mais des vaches, des pauvres vaches françaises qui ont bien du mal à résister au climat de l'Algérie

— Alors adressez-vous à d'autres gens qui ont des vaches à vendre

— Quelles vaches ? Des vaches kabyles maigres comme des clous...

je me suis rassise, à son tour Charles a empoigné la

bouteille et a rempli les verres

voilà comment j'ai entamé le marchandage des trois vaches et du bœuf, et au soir on n'avait pas encore réglé l'affaire, le vieux Roussel qui n'était pas bourguignon pour rien s'entêtait à camper sur ses positions depuis que j'avais réussi à obtenir un premier rabais de cent francs, et puis un deuxième de quatre-vingts, ce qui portait la vente à huit cent vingt francs

mais je voulais le tout pour sept cents francs

et je l'ai eu le lendemain lorsqu'il est revenu seul dans sa charrette, le front têtu et barré de rides, bien décidé à ne pas me faire cadeau d'un franc supplémentaire

tu as remarqué, Léon, qu'à ce jeu-là je suis pire que les hommes, moi la bonne femme qu'on croit pouvoir rouler, et qu'on ne roule pas

et après le repas que je lui ai offert bien volontiers, servi par Camille qui avait préparé une sorte de ragoût de légumes et de lard, le vieux Roussel s'est levé, le visage rougi par le vin et les flammes du feu qui ronflait dans la cheminée, et en essuyant le gras de sa moustache il a dit

— Marché conclu, Emma

et il m'a tendu sa main que j'ai serrée comme l'aurait fait un homme

— Sept cents francs pour le bœuf et les trois vaches, c'est bien ça ?

— Oui, Emma, c'est ça

par-dessus la table nos mains se touchaient toujours

— Mes quatre bêtes pour sept cents francs

et puis il a ri en plongeant ses yeux canailles dans les miens, j'ai ri à mon tour, et nous nous sommes rassis la vente était faite, il ne me restait plus qu'à trouver l'argent

je l'ai raccompagné jusqu'à sa charrette, des nuages lourds de pluie passaient au-dessus de nos têtes et remontaient en direction des collines du nord sans verser une goutte d'eau, un vent glacial balayait le chemin devant nous

— Il faudrait qu'il pleuve

a dit Roussel en grimpant dans sa charrette

— Oui, il le faudrait

lui ai-je répondu, mais comment retenir la course de ces nuages lourds d'une pluie qui n'était pas pour nous ?

Léon, ne me coupe pas la parole

le jour est là, tu ne le vois pas ? le grand jour en pantalon blanc, il a franchi la porte, tiens, regarde, il a même fait un pas, bientôt il en fera deux et il sera sur mes genoux

seigneur Dieu, retenez-le je vous prie, je vous en supplie, et permettez que j'en finisse avec mon histoire

le lendemain, ou le surlendemain, j'ai enfilé une robe de circonstance, je me suis coiffée, j'ai passé du khôl sur mes paupières, enfoncé le seul chapeau que j'avais de convenable sur ma tête qui était en train de grisonner plus vite qu'elle n'aurait dû, et je suis partie d'un bon pas sur le chemin chahuté par le vent

je ne voulais ni de la charrette, ni du cheval, ni même de Charles, de Camille ou de Mékika, je voulais être seule pour faire ce que j'avais à faire

et je suis arrivée au café des Messageries avant midi, la salle était pleine, on ne parlait que de la Commune d'Alger et de ses décrets, mais je m'en battais l'œil moi des décrets de la Commune ! ce qui me préoccupait c'était de trouver les sept cents francs qui payeraient mon bœuf et mes trois vaches

j'ai joué des coudes au milieu des hommes emportés par la fièvre révolutionnaire, et qui riaient, criaient, envoyaient dans les airs leurs poings menaçants, comme s'ils allaient la faire à Mercier leur révolution, et quelqu'un a fini par me laisser sa place à la table du fond, j'ai commandé un vermouth, et ensuite j'ai salué les fermiers que je connaissais

— Emma, comment tu te portes ?

je grimaçais, serrais la main qu'ils me tendaient

— J'attends des jours meilleurs

et quand le père Perret a posé devant moi le vermouth, je lui ai demandé

— Perret, j'achète trois vaches et un bœuf. À ton avis qui peut me prêter l'argent ?

il m'a fixé en plissant les yeux, comme si c'était la première fois qu'il me voyait

— Tu n'as pas un sou ?

— Ne me dis pas que ça t'étonne

non, ça ne l'étonnait pas, la question lui était sortie de la bouche sans qu'il y pense, il a jeté un coup d'œil par-dessus son épaule, dansant d'un pied sur l'autre, et il a fini par grommeler

— Bon, je t'envoie quelqu'un

je n'ai pas attendu longtemps, j'ai vu arriver un homme plutôt petit de taille et si maigre des membres qu'il flottait dans sa veste et son pantalon de velours, il a cherché une chaise parce qu'il avait besoin d'être assis pour travailler, on la lui a donnée, et il s'est installé en face de moi

— Vous êtes bien madame Picard ?

— Oui

ai-je répondu, sans rien ajouter tant je me sentais mal à l'aise

il s'est présenté comme étant l'homme de confiance d'un commerçant d'Oran qui prêtait volontiers de l'argent aux colons dans le besoin

— Il faut s'entraider, si on veut que notre Algérie prospère. De combien avez-vous besoin ?

— Mille francs. Sept cents pour l'achat d'un bœuf et de trois vaches. Trois cents pour agrandir la grange

l'homme a semblé presque déçu que je ne veuille pas emprunter cinq mille ou même dix mille francs, Quand on a besoin d'argent autant voir grand, m'a-t-il précisé, ça ne coûte pas plus cher, et les taux sont même plus avantageux

— Je n'ai besoin que de mille francs. À quel taux me les prêtez-vous ?

— Ça dépend. Êtes-vous propriétaire de votre ferme et de vos terres ?

— Bien sûr

— Avec votre mari ?

— Mon mari est mort. J'ai trois fils qui travaillent avec moi

je l'ai vu qui se grattait le front, l'air soucieux

— C'est embêtant, madame Picard. Le décès de votre mari complique les choses. Avez-vous des amis qui sont prêts à répondre de votre créance ?

— Non

— Alors je ne peux vous prêter qu'à un taux de cinquante pour cent

— Quoi !

me suis-je exclamée

— Qu'est-ce que vous avez dit ?

— J'ai dit cinquante pour cent. Vous ne vous rendez pas compte, madame Picard, mais avec vous le risque est élevé. Je ne peux rien vous proposer à moins de cinquante pour cent. Et sur six mois, pas plus. Il faudra me rembourser la somme augmentée des intérêts après les récoltes. Êtes-vous d'accord

je n'étais pas d'accord, mais avais-je la possibilité de faire autrement ?

— Vous pouvez vous adresser à d'autres prêteurs, madame Picard, vous verrez que leurs taux seront bien supérieurs au mien. C'est parce que vous m'êtes recommandée par Perret que je vous propose ce taux avantageux

est-ce que j'avais le choix, Léon ?

nous qui ne sommes pas riches, est-ce que nous avons jamais le choix ?

tu ne me réponds pas, mais je sais bien que tout comme moi tu connais la réponse

nous n'avons eu, et nous n'aurons jamais le choix

si bien que j'ai fini par signer les papiers qu'il me présentait, et que j'ai même été obligée de lui serrer la main avant de quitter le café des Messageries et de rentrer à la ferme la tête basse, priant Dieu à chaque pas pour qu'il protège nos récoltes de printemps

folle que j'étais, folle chrétienne

mais le surlendemain j'avais en poche mes mille francs en billets de banque d'Algérie, enfin quand je dis mille francs je devrais dire plutôt neuf cent et quelques francs, car l'homme avait compté pas loin de quatre-vingts francs de frais divers

et ces neuf cent et quelques francs je les ai étalés sur la table de la cuisine, devant mes trois fils qui roulaient des yeux ronds comme des billes, devant Camille et devant Mékika éberlués

— On peut aller chercher notre bœuf et nos trois vaches à présent

Eugène et Léon tâtaient du doigt les uns après les autres les billets de banque tout neufs, et ils ont fini par s'emparer chacun de deux billets de vingt francs, les ont dressés à bout de bras au-dessus de leur tête et sont partis en courant dans les chambres, tournant autour des chaises, rasant les murs, contournant les lits, comme s'ils promenaient les drapeaux de quelque victoire

les yeux de tout le monde brillaient, et le cœur de tout le monde battait à se rompre

Charles a passé un bras affectueux autour de mes épaules

— On va s'en sortir, maman, cette fois je suis sûr qu'on va s'en sortir. Tu as bien fait d'emprunter cet argent

— Tu crois ?

— Oui, je crois. C'est ce qu'il fallait faire et tu l'as fait

j'ai regardé Camille, et puis Mékika qui essayait de me sourire pendant qu'Eugène et Léon poursuivaient dans la cour leur chevauchée victorieuse en poussant des exclamations

et j'ai dit

— Bon, cet argent est là sur la table, mais il n'est pas à nous, il faudra le rendre dans six mois

Charles a secoué la tête, rassemblé sept cents francs qu'il a fourrés dans un sac, et accompagné de Camille il a franchi le seuil de la porte de son pas décidé d'homme

— On va chercher les bêtes

je les ai suivis dans la cour, j'ai vu que des nuages s'amoncelaient sur les collines

— Demain il sera encore temps...

— Ce n'est pas la peine d'attendre, maman

et ils sont allés récupérer les bêtes chez les Roussel, et c'est comme ça que nous avons entamé notre descente aux enfers, je dis bien aux enfers, parce qu'à partir de ce jour la terre d'Algérie s'est comme ouverte sous nos pieds, se dérobant sans cesse, cherchant sans cesse à piéger nos carcasses de colons qui tentaient tant bien que mal de résister à ses ténèbres, à ses flammes, à son haleine maudite

avec mes trois vaches supplémentaires j'avais pourtant réussi à vendre sur le marché de pleins cageots de fromages que les familles bourgeoises de Mercier se disputaient, et chaque lundi je rapportais quelques sous que je m'empressais de glisser sous le matelas

seulement voilà, au mois d'avril un orage s'est abattu sur nos terres et des grêlons gros comme des œufs de pigeon ont détruit en une heure une partie de nos vignes, et nos champs de blé et d'orge, de sorgho, de lentilles et de pois

qu'est-ce que nous pouvions faire ?

et au mois de juin un coup de sirocco a ruiné notre récolte de melons

oui, qu'est-ce que nous pouvions faire ?

du matin au soir nous travaillions dur, sans manger à notre faim, sans nous reposer, sans dormir le temps qui nous était dû, binant, sarclant, taillant, et pressant deux fois par jour les pis de nos vaches pour en récupérer tout le lait qu'il était possible de récupérer, et nettoyant la grange, et donnant à manger aux poules et aux lapins

levés aux aurores, couchés à la nuit, qu'est-ce que nous pouvions faire de plus ?

et au mois de juillet Camille est tombée malade, comme moi elle a eu ses fièvres qu'il a fallu soigner au sulfate de quinine, remède qui a coûté si cher que mes maigres économies ont été mangées jusqu'au dernier sou

pauvres colons impuissants

non, seigneur Dieu, non

le jour s'est installé sur mes genoux, et à présent il est en train d'allonger bras et jambes jusque dans les moindres recoins

il se faufile même sous ton lit, Léon

non, seigneur Dieu, non, ne le laissez pas manœuvrer à sa guise, retenez-le, et permettez que j'en finisse avec mon histoire

et ce qui devait arriver est arrivé, au mois de septembre je n'ai pas pu rembourser la somme que j'avais empruntée, il faut dire que ce n'était plus mille francs que je devais mais une somme autrement supérieure, puisque j'avais accepté de payer cinquante pour cent d'intérêts

ayant fait à pied le chemin de Mercier à la ferme l'homme maigre s'est présenté à ma porte dans les derniers jours de l'été, s'est assis sans façon à la table de la cuisine et m'a expliqué le plus calmement possible que la mécanique d'un prêt n'a jamais fonctionné que dans un sens, celui du remboursement

— Et c'est mille cinq cents francs que vous me devez, madame Picard

il avait retiré sa veste en velours qui n'était pas de saison et dans laquelle il transpirait, et c'est en bras de chemise qu'il s'est levé tout soudain pour faire l'inspection de nos chambres, et qu'il est revenu tourner autour de la table, palpant comme un maquignon nos murs chaulés, nos pauvres meubles, le manteau de notre cheminée, allant jeter un œil dans la cour, et puis se rasseyant avec cet air honnête et soucieux de celui qui ne veut que le bien d'autrui

— Écoutez, madame Picard, je comprends que vous n'êtes pas responsable de ce qui vous arrive, mais je représente quelqu'un qui ne peut pas prendre en compte vos malheurs, quelqu'un qui vous a prêté de l'argent et qui tient à le récupérer. Combien êtes-vous capable de rembourser ?

— Mais rien. C'est tout juste si j'arrive à nourrir mes enfants. Je vous ai dit que la grêle et le sirocco ont ruiné mes champs

— Oui, madame Picard, vous me l'avez dit

— Et qu'il a fait tellement chaud que les mamelles de mes vaches se sont taries comme mon puits

— Oui, madame Picard, ça aussi vous me l'avez dit

qu'est-ce que je n'aurais pas raconté à cet homme qui avait le destin de notre ferme entre ses mains, ses maigres mains têtues qui s'impatientaient au bout de ses maigres bras ?

— Et que ce puits n'a plus d'eau depuis le mois de juin, et que deux de mes poules et trois de mes lapins sont morts de chaud, et que ma bru a failli mourir elle aussi en attrapant une fièvre chaude qui l'a clouée au lit huit jours durant, huit jours pendant lesquels il a fallu lui donner du sulfate de quinine, seigneur Dieu, savez-vous ce que coûte en ce moment le sulfate de quinine ?

— Oui, madame Picard, je le sais

il le savait, mais ça lui était bien égal de savoir ce que coûtait le sulfate de quinine, et puisque la conversation s'éternisait j'ai offert à cet homme de partager nos pommes de terre cuites à l'eau, nos figues et les quelques dattes qui restaient au fond d'un sac qu'avait rapporté Mékika d'un voyage chez son oncle, mais il a refusé, secouant la tête et me regardant de travers

— J'ai d'autres rendez-vous à Mercier, madame Picard, et j'aimerais bien régler votre affaire avant de repartir. Dois-je demander à un huissier de saisir vos biens ?

d'un coup le sang m'est monté à la tête, je n'arrivais plus à respirer, seigneur Dieu ! je me suis levée en me retenant au dossier de la chaise

— Rasseyez-vous, madame Picard, ce n'est pas ce que je souhaite, bien évidemment

je me suis rassise comme il me le demandait en cherchant à reprendre mes esprits, devant mes yeux tout chavirait, l'homme maigre et la table, la cheminée et les murs

— Avez-vous une solution à me proposer ?

— Non, je n'en ai pas

est-ce qu'il y avait une solution, Léon ? est-ce qu'il y avait une solution que j'aurais pu lui proposer ?

— Eh bien moi j'en ai une, madame Picard

il me regardait, l'expression de son visage n'avait pas changé, peut-être transpirait-il un peu plus qu'à son arrivée, ses sourcils qu'il avait noirs comme la plume du freux étaient noyés de sueur

— Je veux bien attendre les quelques mois qui vous seront nécessaires au remboursement des mille cinq cents francs que vous me devez. Mais à une condition : c'est que vous acceptiez de me payer chaque mois des intérêts que je fixe à vingt pour cent

— Et qu'est-ce que ça fait exactement ?

— Trois cents francs. Enfin un peu plus de trois cents francs, en comptant les frais

— Mais comment voulez-vous que je trouve tous les mois une somme pareille !

je me suis levée, je suis allée à la fenêtre cacher le désespoir qui m'étreignait la poitrine, et le front collé contre la vitre j'ai suivi dans le ciel blanc de chaleur le vol d'un oiseau que je n'arrivais pas à identifier

— Alors madame Picard, vous signez ou vous ne signez pas ?

devant moi le sirocco malmenait les branches de l'acacia, les lauriers roses et les chardons des champs calcinés, donnait des coups d'épaule dans les murs, creusait des crevasses grosses comme le bras, réduisant à pas grand-chose mes espoirs de voir un jour ces vingt hectares de terre commencer à m'enrichir, mais pourquoi avais-je eu l'idée de traverser la Méditerranée ? pourquoi ?

je me suis retournée, lasse moi aussi de cette discussion qui n'en finissait pas

— Il faudrait qu'il pleuve, que le potager reverdisse, que l'herbe repousse pour que les vaches me donnent le lait nécessaire à la fabrication des fromages que je vends sur le marché

— Il va bien finir par pleuvoir, madame Picard

— Oui, vous avez raison

— Et avec la pluie tout va repartir. Que diable, ce n'est pas bien difficile de trouver trois cents francs

j'ai secoué la tête, oui tout allait repartir dans pas longtemps, il suffisait d'être patient, comme nous le répétait le nouveau curé sous les voûtes de son église, Soyez patients, car c'est la patience qui vous enrichira, vous autres colons, mais patiente je l'étais depuis le jour où nous avions posé le pied sur cette terre maudite de l'Algérie française, il y avait des nuages plein le ciel et une pluie d'hiver tambourinait sur nos pauvres têtes de Français de France

oui, Léon, j'ai déjà raconté ça, je le sais

patiente je l'étais jusqu'aux limites de mes forces, j'ai à nouveau secoué la tête, je me suis rassise et j'ai dit

— Je signe où ?

il avait tout préparé bien avant de venir à la ferme, il a sorti les papiers de sa sacoche, la bouteille d'encre, la plume

— Signez ici, madame Picard

et j'ai signé, j'ai signé en pensant aux enfers dans lesquels j'étais entraînée chaque jour plus profondément, pénétrant des ténèbres visqueuses, des labyrinthes inextricables, des abysses peuplés de tourments

maudit charognard !

dans lesquels nous tombions tous, nous autres colons, comme les anges déchus tombent du ciel, nos âmes condamnées aux ténèbres, aux labyrinthes, aux abysses, et nos corps rompus livrés à la terre et aux cailloux du cimetière débordant de croix

— Et signez là, madame Picard

et j'ai signé une dernière fois le papier qu'il me présentait, ensuite, ensuite

je tourne la tête

seigneur Dieu, permettez que j'en finisse avec mon histoire

ensuite il est reparti, sans doute content de lui, la sacoche pendue comme une chose méprisable au bout de son bras, le ciel blanc de midi pesant sur ses épaules et le forçant à trébucher contre les pierres du chemin

— Alors, maman ?

ont demandé Charles et Camille, et Mékika derrière eux qui posait sur moi ses yeux tristes et résignés d'Arabe

— Alors ?

j'avais eu le courage de retenir mes larmes jusqu'à présent, mais devant mon fils, devant Camille et Mékika ce courage-là m'abandonnait, c'était plus fort que moi

tu comprends, Léon, c'était plus fort que moi

je suis tombée sur une chaise, j'ai enfoui le visage dans mes mains qui tremblaient, et je me suis mise à pleurer

folle que j'étais, folle chrétienne

les sanglots me secouaient la poitrine, me coupaient la respiration

— Maman, je t'en prie, arrête !

s'est écrié Charles, et s'agenouillant il m'a prise contre lui

— Dis-nous plutôt ce qui s'est passé

je me suis redressée, avec effort j'ai ravalé ces sanglots honteux qui me nouaient la gorge, et j'ai raconté comment l'homme avait manœuvré pour m'obliger à lui payer trois cents francs d'intérêts par mois, alors que je n'avais pas vingt francs en poche, et avec un désespoir de femme qui n'a jamais été riche et ne le sera jamais je leur ai expliqué que je ne voyais pas où trouver chaque mois les trois cents francs que réclamait cet homme, parce que nos vingt hectares de terre ne nous rapportaient pas le quart de cette somme, et encore les mois où la pluie arrosait suffisamment les champs et le potager

maudit charognard

et qu'avec le quart de cette somme il nous fallait vivre, manger, même si nous ne mangions pas à notre faim, et nous vêtir même si nos vêtements n'étaient pas des vêtements de milord, afin de ne pas ressembler aux Arabes qui se traînaient comme des épouvantails du matin au soir, maigres et en guenilles le long des routes

Charles serrait fort ses bras autour de moi, et Camille essuyait les larmes qui coulaient sur mes joues

— Maman, je t'en prie, arrête

répétait Charles

— Je t'en prie. Il ne faut pas qu'Eugène et Léon te voient comme ça

j'ai secoué la tête, et en m'aidant de mes mains qui prenaient appui sur les épaules de Charles et de Camille j'ai tenté de me mettre debout, ce n'était pas facile, j'avais le vertige, les oreilles qui bourdonnaient, le sang qui me battait les tempes, et ce que je voyais autour de moi était tout déformé, l'acacia, la maison, le muret de la cour, et les vaches qui penchaient le cou et broutaient par habitude les restes grillés du pré

ils m'ont fait faire quelques pas, Charles d'un côté, Camille de l'autre, me parlant à voix basse comme on parle à un malade, Charles surtout, Charles qui me disait

— Ne te tracasse pas, maman, on va s'en sortir. Il y a toujours moyen de gagner de l'argent

devant moi la grange et la remise dansaient un lugubre sabbat

— Mais comment ?

— Moi et Camille, on va chercher du travail à Mercier, accepter n'importe quoi, pourvu que ça rapporte des sous

et les nuages aussi dansaient

— Quel travail, mon fils ?

— Je ne sais pas. Il y a beaucoup de gens qui ont besoin de bras

— Non, pas en ce moment. Les affaires sont trop mauvaises

et le soleil

— J'essayerai quand même, ça ne coûte rien d'essayer

ça dansait même si fort devant mes yeux qu'à la fin la voûte du ciel s'est déchirée aux limites de l'horizon, et a basculé dans le vide, et m'a renversée

— Maman !

ai-je entendu crier

et je crois que ce jour-là je me suis évanouie, folle que j'étais, folle chrétienne, je me suis évanouie et réveillée dans mon lit, alors que vacillait la flamme d'une bougie posée sur la commode, et qu'Eugène et Léon penchaient au-dessus de moi leurs ombres d'écoliers qui montaient jusqu'au plafond de la chambre

je leur ai dit que le soleil m'avait tapé un peu trop fort sur la tête, j'ai fait le geste, et ils ont ri, secouant chacun la main que je leur avais abandonnée, c'était comme ça que j'évacuais les drames, que je m'efforçais de reprendre pied, depuis mon arrivée la terre d'Algérie m'avait appris à mentir, et je mentais mieux que les autres

tu as bien dû t'en rendre compte, Léon

mieux qu'un arracheur de dents, mais à ce moment j'ai senti que j'étais descendue tellement bas qu'aucun mensonge ne m'aiderait plus à remonter la pente, je regardais mes deux fils, si jeunes encore et si disposés à gober mes histoires, comme si tout ce que je leur disais était parole d'évangile, je regardais leurs joues rouges et leurs yeux écarquillés, et je me demandais pourquoi j'avais eu cette idée de les entraîner en Algérie, alors qu'ils auraient si bien grandi en France, mes deux fils, mes deux pauvres fils

qu'est-ce que moi, leur mère, je me devais de faire pour les sauver, eux ?

et à partir de ce jour maudit j'ai tout essayé

n'est-ce pas, Léon, que j'ai tout essayé ?

j'ai essayé de revendre les trois vaches, le cheval, la charrette, mais personne n'en voulait, j'ai proposé à un marchand juif la chaîne en or que m'avait offerte Gustave, une chaîne que je croyais en or et qui ne l'était pas

— Je regrette, madame

et comme je me méfiais de ce Juif je l'ai montrée à d'autres marchands, et puis à d'autres encore, et tous faisaient la grimace et me rendaient la chaîne en me déclarant, Ça n'a pas de valeur, madame, ce n'est que du plaqué

je suis allée voir le curé, je lui ai raconté mon histoire de vaches que j'avais achetées en empruntant mille francs, je lui ai dit et répété que je ne pourrais jamais rembourser, et qu'en conséquence nous serions jetés dehors, moi et mes fils, jetés comme des Arabes sur les routes abominables de cette Algérie, et ce nouveau curé m'a répondu avec un doigt levé au-dessus de sa soutane, Il ne faut jamais emprunter, jamais chercher à vivre au-dessus de ses moyens, Dieu punit les faibles et les envieux, ceux qui ne veulent pas demeurer à leur place, ne le savez-vous pas madame Picard ? et pour tout réconfort il m'a forcée à m'agenouiller et à prier avec lui, Car c'est la prière qui vous sauvera, madame Picard, la prière et rien d'autre, a-t-il ajouté en traçant le signe de la croix au milieu de mon front qu'il croyait repentant

je suis allée voir le maire, et les personnes que je connaissais, qui auraient pu me prêter quelques sous et qui ne me les ont pas prêtés, j'ai écrit à la mairie d'Alger en espérant qu'un employé plus zélé que les autres transmettrait ma lettre à Jules Letourneur dont je n'avais pas eu de nouvelles depuis son départ, mais le courrier m'a été renvoyé sans explication

un bruit dehors

non, seigneur Dieu, non

et d'autres bruits dans le chemin, des bruits de pas, des bruits de voix

non, seigneur Dieu, non

permettez que j'en finisse avec mon histoire

et pendant ce temps Charles et Camille ont frappé aux portes de ceux qui avaient du travail, et ils ont travaillé huit jours dans une ferme, trois jours à la quincaillerie Aux volcans d'Auvergne pour décharger des caisses et ranger le magasin, deux semaines au cimetière parce que la mairie avait besoin de bras après les pluies diluviennes d'octobre qui avaient ruiné les allées et les tombes celle de mon pauvre Joseph tout comme les autres

Camille a même fait la serveuse dans un cabaret deux ou trois nuits, avant de jeter son tablier et de gifler le patron

et qu'est-ce que nous avons gagné ? quelques dizaines de francs supplémentaires, rien de plus

des bruits de pas, des bruits de voix

dizaines de francs qui, ajoutés aux sous que je récoltais en vendant mes fromages et mes légumes, n'ont jamais permis de trouver les trois cents francs que j'avais accepté de rembourser tous les mois que Dieu fait et défait comme un imposteur sur cette terre d'Algérie

le premier mois j'ai porté à l'homme maigre cent cinquante-trois francs

— Ce n'est pas suffisant, madame Picard, vous savez bien que ce n'est pas suffisant

— Il faut vous en contenter

le deuxième mois cent vingt francs, et le troisième seulement quatre-vingt-sept francs

et pourtant il a plu cet automne-là, jusqu'au mois de décembre il n'est pas passé une semaine sans que la terre reçoive comme une bénédiction les eaux du ciel, mais les affaires allaient mal pour tout le monde, et au marché celles qui s'habillaient de dentelles, ces dames devant lesquelles on s'inclinait bien bas, n'acceptaient plus de payer le prix qui leur était demandé, c'était ainsi et pas autrement, elles avançaient leur bouche en cul-de-poule et grimaçaient lorsque je leur annonçais le prix de mes fromages, et j'ai bien été obligée de céder à leurs caprices de femmes riches et de leur vendre trois fois rien ces fromages qui devaient m'enrichir

après

après Noël je veux dire, je n'ai plus rien porté à l'homme maigre parce que je n'avais plus un sou, c'était l'hiver, le froid et la neige perturbaient notre travail et nos déplacements, tous les jours je voyais Charles et Camille se ronger les sangs parce qu'ils ne trouvaient pas à se placer, et tous les jours j'entendais Eugène et Léon s'amuser autour de la table au lieu d'aller à l'école, parce que je n'avais pas d'habits assez chauds à leur mettre sur le dos

à table je ne servais plus que des pommes de terre à l'eau et du fromage, et Mékika, qui avait volé je ne sais où un sac de sorgho, nous préparait des galettes que nous mangions avec les pommes de terre et le fromage, à la tombée de la nuit, devant les flammes du feu

des bruits de pas, des bruits de voix

seigneur Dieu, je vous en prie, permettez que j'en finisse avec mon histoire

et il ne s'écoulait pas une heure sans que je trouve le moyen d'ouvrir la porte et de me précipiter dans la cour pour voir si par hasard des hommes n'étaient pas en train de remonter le chemin, des hommes avec des sacoches pendues comme des choses méprisables au bout de leurs bras, des hommes qui allaient me prendre ma ferme et me jeter dehors, moi Emma Picard, veuve à qui la France avait offert vingt hectares de terre algérienne

permettez

mais j'avais beau surveiller le chemin, me lever trois fois dans la nuit et vérifier que rien ni personne ne rôdait autour de la ferme, j'avais beau vérifier cent fois que mon fusil caché sous le lit était bien chargé et prêt à tirer sa dernière cartouche de chevrotine, aucun homme maigre n'est venu frapper à ma porte, c'était comme si je n'avais jamais emprunté d'argent, comme si la ferme d'Emma Picard avait été rayée de la carte par un trait de plume de l'homme maigre

chaque matin Mékika se plantait les poings sur les hanches au milieu de la cour et me demandait

— Qu'est-ce qu'on fait, patronne ?

et je lui répondais

— On travaille. On a travaillé hier, on travaille aujourd'hui, et on travaillera demain. Il y a le champ de blé à labourer, les deux lapins qui nous restent à nourrir, les vaches à traire. Et j'ai des fromages à faire pour le marché de lundi

— Mais vous savez bien que ça ne se vend plus les fromages, patronne

— Et alors ? Peut-être que lundi prochain je vais recommencer à en vendre

Mékika secouait la tête et de son pas traînant d'Arabe partait traire les vaches, Charles préparait la charrue, Camille empilait du linge dans la lessiveuse

avec des gestes lents, une mine qui n'était pas bonne, était-elle grosse ?

Eugène et Léon apportaient des brassées d'herbe fraîche aux lapins, et la fourche sur l'épaule allaient nettoyer la grange, puisque j'avais renoncé à les envoyer à l'école il était bien normal qu'ils nous aident

il faut dire que nous avions tous mauvaise mine, l'œil terne et qui avait tendance à s'enfoncer dans l'orbite, les joues creuses, la bouche crispée, et si nous étions dans cet état-là c'est parce que nous ne mangions plus à notre faim, que nous n'avions plus un morceau de viande à nous mettre sous la dent, Charles s'était pourtant fabriqué une sorte de fronde pour économiser les quelques cartouches qui nous restaient, une arme de sauvage avec des morceaux de cuir et de la corde, et c'est avec cette arme qu'il battait la campagne, une besace remplie de pierres en travers de la poitrine, mais il ne rapportait rien, pas un poil, pas une plume, parce que le gibier avait fui depuis l'invasion des sauterelles, et que les poules de Carthage, comme les lièvres ou les perdrix, étaient devenues si rares qu'il aurait fallu s'aventurer bien au-delà de nos terres pour espérer attraper quelque chose

misère de misère, qu'avions-nous fait nous autres colons pour être punis de la sorte ?

je te le demande, Léon, qu'avions-nous fait ?

nous avions pris l'habitude de nous taire, nous contentant d'écouter notre ventre, cette faim qui gargouillait dans notre ventre, et les jours de grisaille nous travaillions comme des fantômes dans les champs, gris et silencieux comme des fantômes, transparents comme des fantômes

Charles, Camille, Eugène et Léon

et Mékika plus maigre encore que nous autres

je me levais la nuit et écoutais ce que pouvaient bien se raconter les pierres dans le chemin obscur, est-ce qu'elles n'étaient pas en train de se moquer de l'homme maigre qui s'approchait à pas de loup de la ferme ?

seigneur Dieu, permettez que j'en finisse avec mon histoire

et c'est ainsi que janvier a passé, et février, et mars, et peut-être que d'autres mois auraient pu s'écouler de la même façon, et de la même façon nous appauvrir un peu plus, mais Dieu ou je ne sais quelle puissance supérieure en a décidé autrement

permettez que je raconte la fin

une nuit

une nuit de ce mois d'avril déjà si sec et si chaud que le seau cognait sur les cailloux au fond du puits, je me suis soudain assise dans mon lit, les yeux écarquillés, l'oreille aux aguets, réveillée comme je ne l'avais jamais été à cette heure-là

qu'avais-je entendu ?

un bruit sans doute, un bruit inhabituel, mais quel bruit ? je me suis levée en vitesse, et je suis sortie pour voir ce qui se passait dans le chemin, mais le chemin était obscur, silencieux, et le ciel ainsi que les collines, et les champs, et les arbres étaient de la même façon plongés dans le silence, et c'était ça, oui, c'était ça qui m'avait réveillée, ce silence dans lequel la campagne tout entière s'était figée

comme si la terre était en train de retenir son souffle

je ne sais pas pourquoi, mais j'ai senti mon cœur s'emballer dans ma poitrine, ma gorge se nouer, un frisson me parcourir l'échine

seigneur Dieu

et soudain des grondements se sont échappés des entrailles de la terre, sourds et lointains d'abord, et puis de plus en plus menaçants, et c'est alors que les choses ont commencé à trembler autour de moi, les feuilles des arbres, les bosquets, les gamelles et les seaux qui tintaient les uns contre les autres, les murs de la maison et ceux de la grange, et le sol lui-même qui cherchait à s'ouvrir et à m'engloutir

seigneur Dieu

je me suis mise à courir, à courir comme une maboule en criant

— Charles ! Camille !

j'ai franchi la porte

— Sortez ! Sortez vite ! La terre tremble !

j'ai attrapé Eugène et Léon qui ne se réveillaient pas assez vite, les ai tirés par les bras, par les pieds, par ce que je pouvais

— Vite !

les traînant dehors, mes pauvres enfants, pendant que tout était secoué dans la cuisine, dans les chambres, que tout basculait, se renversait, se brisait dans un vacarme de fin du monde

est-ce que c'était la fin du monde ?

— Vite !

sous le toit de la maison qui tenait encore debout Charles et Camille en profitaient pour sortir ce qui se trouvait à portée de leurs mains, faitouts, casseroles, assiettes, draps et couvertures, fusils, chapeaux, sacs à linge, pendant qu'Eugène et Léon pleuraient, hurlaient, m'appelaient, et de leurs yeux hagards me cherchaient alors que j'étais à côté d'eux au milieu de la cour, regardant avec effroi le grand corps malade de la terre d'Algérie se tordre dans des convulsions mortelles

misère de misère, qu'avions-nous fait nous autres colons pour être punis de la sorte ?

regardant Mékika que la peur avait jeté à moitié nu hors de la grange, et qui était tombé à genoux, les bras dressés en direction du ciel, et qui implorait Allah, son Dieu tout-puissant, d'épargner nos vies si fragiles, si courtes, nos tristes vies de travailleurs de la terre

misère de misère, qu'avions-nous fait nous autres colons pour être punis de la sorte ?

et puis les tremblements ont cessé, je veux dire que d'un coup la terre s'est arrêtée de trembler, les gamelles et les seaux n'ont plus tinté les uns contre les autres, le sol n'a plus cherché à s'ouvrir et à m'engloutir, et dans le silence du nuage de poussière qui montait de la terre crevassée comme une malédiction nous n'avons plus entendu que les bêtes enfermées là-bas dans la grange, l'âne, le cheval, le bœuf et les vaches qui ruaient des quatre fers, meuglaient, hennissaient et brayaient à pleins poumons

— Sortons-les

a commandé Charles, il est passé derrière Mékika, l'a attrapé par le bras

— Et si ça recommence ?

a dit Mékika

— Justement, il faut se dépêcher

oui, il fallait se dépêcher de sauver les bêtes, et Camille, et Eugène, et Léon les ont suivis dans la grange

et moi qui étais en train de redresser le piquet de la corde à linge, et qui me disais je ne sais trop pourquoi que ce linge lavé la veille serait à relaver, je les ai laissés faire, je les ai laissés s'engouffrer en courant dans la pénombre de la grange

mais où donc avais-je la tête ?

je les ai laissés disparaître dans cette grange toute de guingois où l'âne, le cheval, le bœuf et les vaches ruaient des quatre fers, meuglaient, hennissaient et brayaient à pleins poumons

où donc avais-je la tête ?

et avant que j'aie le temps de leur crier quelque chose, la terre a été de nouveau parcourue de contractions, de secousses et de soubresauts, de spasmes si douloureux que le pays tout entier d'Algérie a poussé un hurlement, une insupportable plainte qui s'est peut-être entendue jusque de l'autre côté de la Méditerranée

et déchirée en son milieu la nuit a déversé ses humeurs, et vrillés de terreur les troncs des arbres se sont brisés, et secoués comme fétus les murs ont éclaté et le toit de la grange s'est écroulé sur la tête de mes fils, de Camille et de Mékika

seigneur Dieu, que vous avaient-ils fait ?

dans un fracas de pierres, de tuiles, de poutres et de poussière

je voudrais bien le savoir, que vous avaient-ils fait ?

j'ai traversé en hurlant la cour, et je suis tombée sur les genoux, la bave aux lèvres et l'œil exorbité, m'arrachant les cheveux, me griffant le visage

— Eugène ! Léon !

je rampais comme un animal dans la poussière qui m'aveuglait

— Charles, réponds-moi !

je reniflais, tâtonnais, cherchais une main, un pied que je pourrais attraper

— Répondez-moi tous, dites-moi que vous êtes vivants, je vous en prie, dites-moi que vous êtes vivants

sous une poutre tombée de travers j'ai aperçu la tête de Léon, j'ai empoigné ses cheveux, ses oreilles, le col de sa chemise, et j'ai tiré pour dégager son corps

et je répétais

— Que quelqu'un vienne m'aider ! Toute seule je n'y arrive pas ! Je n'y arriverai jamais !

tentant de repousser les pierres, de soulever la poutre

— Je n'y arriverai jamais !

et soufflant, suant, crachant de rage et de désespoir, jusqu'à ce que j'entende un os craquer, un membre se déboîter peut-être, et le corps de Léon glisser entre la poutre et les pierres et m'être enfin rendu

— Léon !

il avait du sang sur la poitrine et dans le cou, mais ça n'avait pas d'importance, il était là dans mes bras, et c'était ce qui comptait, que je le tienne dans mes bras et le serre contre mon cœur, en rassemblant mes forces je l'ai porté tant bien que mal, allongé au milieu du pré silencieux, tout baigné de ce silence printanier qui sentait bon l'herbe et les fleurs

comme si ce qui faisait le malheur des hommes ne faisait pas le malheur du pré

avec l'eau de la rosée du jour qui commençait à poindre j'ai mouillé le fichu que j'avais autour du cou, et vite essuyé son visage

ton visage souillé d'enfant, Léon

ses yeux pleins de poussière, sa bouche où avait coulé un filet de sang, son nez encombré de matières

tu ne saignais plus, tu semblais dormir et attendre que je te réveille

— Léon, tu m'entends ?

sa poitrine tout endolorie

— Léon, tu m'entends ? C'est moi qui te parle. Emma, ta mère. Tu n'as plus besoin d'avoir peur. C'est fini. Tu m'entends, Léon ? c'est fini

mais il ne m'entendait pas, je voyais bien qu'il ne m'entendait pas, et qu'est-ce que je pouvais faire pour qu'il m'entende ? j'ai pris sa tête dans mes mains, je l'ai pressée, réchauffée, secouée

— Léon, je t'en prie, réveille-toi !

j'ai soulevé ses paupières, et les ai laissées retomber parce que les yeux qui étaient dessous ne me voyaient pas

— Réveille-toi

j'ai passé mon doigt dans ses narines, et dans les trous de ses oreilles qui avaient saigné elles aussi

— Léon, je t'en prie, réveille-toi !

je l'ai même forcé à ouvrir la bouche, et dans cette bouche ouverte j'ai soufflé tout l'air qu'il y avait dans ma poitrine, une fois, deux fois, trois fois, essayant de regonfler ses pauvres poumons dégonflés

et à la fin, comme je n'arrivais à rien, j'ai décidé de le laisser dormir, sans doute avait-il un grand besoin de se reposer pour retrouver des forces, et allongée tout contre lui dans l'herbe fraîche du pré je me suis contentée de tenir son corps au chaud entre mes bras, considérant le ciel qui avait viré au rose en se moquant du malheur des hommes, c'est ce qu'on aurait dit, et c'est ce que j'ai pensé avant de m'endormir moi aussi, gardant bien serré sur mon ventre le dernier de mes fils que l'Algérie n'avait pas réussi à me prendre

des bruits de pas, des bruits de voix

seigneur Dieu, permettez encore un dernier mot

et lorsque je me suis réveillée, le soleil brillait haut dans les immensités du ciel, c'était presque un jour comme les autres, le vent chahutait les jeunes tiges du blé, et l'herbe des prés bourdonnait d'insectes, seules les ailes noires des vautours qui obstruaient par endroits le ciel, allant jusqu'à former là-bas au-dessus de Mercier un voile noir de mauvais augure, seules ces ailes de malheur rappelaient le tremblement de terre

je me suis redressée et, la main en visière contre mon front, j'ai découvert l'amas de poutres et de pierres et de tuiles brisées de ce qui était hier encore une grange et n'était plus aujourd'hui qu'une tombe sous laquelle gisaient Charles, Camille, Eugène et Mékika

misère de misère

j'ai découvert le trou que la cheminée avait creusé dans le toit de la cuisine lorsqu'elle s'était écroulée, et l'éboulement des pierres de l'entrée, et l'éclatement de la porte qui pendait hors de ses gonds, et la cassure grosse comme le bras dans le mur extérieur

misère de misère

j'ai voulu prendre mon fils à témoin, me suis retournée, lui ai dit

— Regarde, mon fils, regarde ce que cette terre d'Algérie nous a fait

mais Léon dormait toujours, le pauvre, il avait eu si peur

alors je l'ai attrapé, soulevé, porté dans mes bras jusqu'à la chambre qui était demeurée intacte, traversant le pré fleuri, les nuages d'insectes qui bourdonnaient à mes oreilles, zigzaguant entre les tuiles, les pierres, les brouettes et les seaux renversés, les fourches, les râteaux, les branches brisées de l'acacia, et tout le fatras de choses que Charles et Camille avaient eu le temps de sortir et qui s'étaient éparpillées un peu partout

et dans la chambre je l'ai allongé sur le seul lit qui était encore debout

— Dors, mon Léon, dors

lui ai-je dit

et moi qui ne voulais pas me taire, qui voulais au contraire dénoncer la rouerie des discours de ces hommes à cravate assis derrière leurs bureaux de fonctionnaires, je me suis laissé tomber sur une chaise, mère foudroyée, mère anéantie

mère vaincue peut-être

mais femme portant encore en elle des restes de fierté qui me commandaient de poser les mains à plat sur mes cuisses, et de redresser la tête, et de raconter

et depuis je raconte

en attendant que tu veuilles bien te réveiller, mon fils

je raconte dans quel enfer on nous a jetés, nous autres colons, abandonnés à notre sort de crève-la-faim sur des terres qui ne veulent et ne voudront jamais de nous

Léon ?

Léon, tu les entends ?

des bruits de pas, des bruits de voix, ce sont eux, ils sont dans le chemin, l'homme maigre et ses gendarmes

mais qu'ils viennent, qu'ils se présentent dans la cour, ils ne trouveront que des murs écroulés, que des toits crevés

des toits crevés, Léon, je te le dis

il pourra bien ouvrir sa sacoche, l'homme maigre, me montrer les papiers que j'ai signés

signés là, et là, et là encore

Voyez madame Picard, comme il m'appelle toujours sans jamais me regarder, voyez ce que vous avez signé, trois cents francs à rembourser tous les mois et que vous ne remboursez pas

Léon, tu lui diras toi pourquoi je ne rembourse pas

en conséquence de quoi, madame Picard, je me vois dans l'obligation de saisir votre ferme et les terres qui l'entourent

qu'il saisisse les poutres sens dessus dessous, les murs écroulés, les tuiles en morceaux, tout ce qu'il veut, mais moi il ne m'aura pas, et mon fils non plus, qu'il essaye seulement de s'approcher qu'il essaye

j'attrape le fusil

ne bouge pas

avec un bout du drap je m'essuie le front, les joues, et les yeux pour y voir bien clair

ne bouge pas, Léon

et je passe comme une furie par la porte de la chambre, et débouche dans la cour, et les vois qui remontent le chemin, l'homme maigre déguisé en père Perret, et les gendarmes en colons

mais j'ai compris le piège

je pointe le fusil, tire dans ce tas d'hommes qui avancent et aussitôt après se couchent dans la poussière du chemin

— Emma, c'est nous !

crie l'homme maigre déguisé en père Perret

et les voilà qui se redressent et s'avancent

je n'ai plus de cartouches, je ne peux plus les arrêter, alors je cours me réfugier dans la chambre, abandonne le fusil, tourne en rond autour du lit et de la chaise, les mains aux cheveux, le visage en feu

folle que je suis, folle chrétienne

Léon, qu'est-ce que je dois faire ? réponds-moi Léon, qu'est-ce que je dois faire ?

par la fenêtre je les vois qui approchent en se cachant derrière les arbres, je ne veux pas les voir ! je ne veux pas les voir ! les mains aux cheveux, le visage en feu, je me glisse sous le lit en gémissant, non je ne veux pas les voir !

folle que je suis, folle chrétienne

et vous seigneur Dieu répondez-moi, qu'est-ce que je dois faire à présent que vous m'avez châtiée à votre façon ?

que vous nous avez tous châtiés à votre façon, nous autres colons ?

qu'est-ce que je dois faire ?

et puisque tu ne me réponds pas Léon, et que le seigneur Dieu pour toute réponse se contente de m'envoyer siffler aux oreilles son infernal sirocco, je comprends qu'il n'y a rien à faire, qu'il ne me reste plus qu'à quitter sans remords cette terre d'Algérie qui n'a jamais voulu et ne voudra jamais de moi

alors je sors de dessous le lit, empoigne le corps mou de Léon qui ne sent pas très bon, il faut bien le dire

oui, Léon, c'est vrai que tu ne sens pas très bon

et me précipite dehors, et me mets à courir

— Emma !

crie quelqu'un derrière moi

— Emma !

mais ils peuvent toujours crier, ils ne m'auront pas, les gendarmes tout comme les hommes à cravate assis derrière leurs bureaux de fonctionnaires, et les hommes maigres équipés de sacoches pendues au bout de leurs bras comme des choses méprisables

tu entends, Léon, ils ne m'auront pas

tout de suite je suis au bord du puits, tout de suite je prends mon élan

misère de misère

et je ferme les yeux, et je saute dedans.

j'ai signé en pensant aux enfers dans lesquels j'étais entraînée chaque jour plus profondément, pénétrant des ténèbres visqueuses, des labyrinthes inextricables, des abysses peuplés de tourments [...] dans lesquels nous tombions tous, nous autres colons, comme les anges déchus tombent du ciel, nos âmes condamnées aux ténèbres, aux labyrinthes, aux abysses, et nos corps rompus livrés à la terre et aux cailloux du cimetière débordant de croix

Achevé d'imprimer en juillet 2024 par les imprimeries Corlet.
ISBN : 978-2-37055-435-2 | d. l. : octobre 2024
N° imprimeur : 24070480